高校德育成果文库

GaoXiao DeYu
ChengGuo WenKu

长安星雨蕴芳华
福建师范大学校报文化副刊选集

陈志勇　主　编

程惠斌　乐华斌　颜　郡　副主编

光明日报出版社

图书在版编目（CIP）数据

长安星雨蕴芳华：福建师范大学校报文化副刊选集／
陈志勇主编 . -- 北京：光明日报出版社，2018.12
ISBN 978 - 7 - 5194 - 4714 - 4

Ⅰ.①长… Ⅱ.①陈… Ⅲ.①中国文学—当代文学—
作品综合集 Ⅳ.①I217.1

中国版本图书馆 CIP 数据核字（2018）第 235075 号

长安星雨蕴芳华——福建师范大学校报文化副刊选集
CHANG'AN XINGYU YUN FANGHUA——FUJIAN SHIFAN DAXUE
XIAOBAO WENHUA FUKAN XUANJI

主　　编：陈志勇	
责任编辑：章小可	责任校对：赵鸣鸣
封面设计：中联学林	责任印制：曹　净

出版发行：光明日报出版社

地　　址：北京市西城区永安路 106 号，100050

电　　话：010 - 67014267（咨询），63131930（邮购）

传　　真：010 - 67078227，67078255

网　　址：http：//book. gmw. cn

E - mail：zhangxiaoke@ gmw. cn

法律顾问：北京德恒律师事务所龚柳方律师

印　　刷：三河市华东印刷有限公司

装　　订：三河市华东印刷有限公司

本书如有破损、缺页、装订错误，请与本社联系调换，电话：010 - 67019571

开　　本：170mm×240mm	
字　　数：316 千字	印　　张：20
版　　次：2019 年 4 月第 1 版	印　　次：2019 年 4 月第 1 次印刷
书　　号：ISBN 978 - 7 - 5194 - 4714 - 4	
定　　价：95.00 元	

版权所有　　翻印必究

序

福建师范大学校报从1980年春复刊以来，文化副刊在校报发展中一直不可或缺，成为校园发现真善美、展示真善美、传播真善美的文化阵地。本书收录了1980至2018年近40年间发表在福建师范大学校报文化副刊上的100余篇文学作品，从高校的视角记录了中国改革开放40年波澜壮阔、令人振奋的发展历程。

我们在翻阅这些作品时不难发现，不少作者或是求学师大时初露文学才华，或是在师大工作时展现文学魅力，或是离校后缅怀母校时光，其中不乏陈祥耀、孙绍振等名家。此外还有相当一部分作者刚刚走上社会甚或还在校读书，他们的作品尽管还透着些许青涩，但更多的是探讨与追求，是感悟与体验，是聪慧与灵性。在他们的作品中，有对亲情的温馨回顾，对友谊的真诚眷念，对成长的多维思考，对社会的密切关注，对未来的倾心向往，对真善美的不懈探究……他们身上显现出来的蓬勃潜力，使我们对之有更美好的期许，也足以让我们对师大的青年学子有更多的信心。可以说，这本选集不仅是对改革开放40周年的一份独特献礼，更是师大文学人才笔耕不辍与薪火相传的别样体现。

《长安星雨蕴芳华——福建师范大学校报文化副刊选集》的编印，是校园文化建设的一大成果，是学校广大师生思想才华的集中展示，是大学文化精神的积淀，必将对全校学风建设、思想政治教育和校园文化建设产生积极影响，也必将激励、影响和带动更多青年学子走向追求文学的道路。校报的发展得益于校党委校行政的正确领导，得益于各单位的关心和支持，也得益于兄弟院校校报同仁的关注和认可，更离不开广大作者、读者的鼎力相助。校报将继续坚持正确的办报方向，与时俱进，积极创新，不断提高办报质量，提升办报水平，为促进文化传播、推进校园文化建设、推动高水平大学建设发挥更大的积极作用。

2018 年 6 月

Contents

目 录

第一辑 师恩难忘	1
教师节抒怀——示同学诸子	3
水龙吟	4
忆易园师	5
第十届教师节献词	7
怀念可夫先生	8
忆根泽师	11
忆叔夏师	14
让歌声飞	17
春在书窗碧水边	20
星光灿烂	23
一辈子不用换血	26
我的老师们	28
余音缭绕的怀念	33
我的老师,我的亲人	36
"愿将暮齿为蚕烛,放尽光芒吐尽丝"	38
怀念恩师	42
师大的"风景"	50

仁智兼具的精神斗士——记我心中的好导师孙绍振教授 …………… 54

我们班与辜老师的愉快记忆 ………………………………………… 61

爱如水仙 ……………………………………………………………… 64

第二辑　青春韶华 …………………………………………………… 69

你和我一样 …………………………………………………………… 71

望海潮 ………………………………………………………………… 73

再见了，亲爱的学友 ………………………………………………… 74

第一排诗行——写在教育实习的日子里 …………………………… 76

蝶恋花 ………………………………………………………………… 78

我属于夜 ……………………………………………………………… 79

青春散记政教八二级 ………………………………………………… 81

远方的涛声 …………………………………………………………… 83

话说校电台 …………………………………………………………… 85

永远的长安山 ………………………………………………………… 88

师大畅想 ……………………………………………………………… 90

月上中天 ……………………………………………………………… 92

给自己点一盏灯 ……………………………………………………… 95

毕业有感以记母校哺啜之恩 ………………………………………… 97

中秋 …………………………………………………………………… 98

第二次上大学 ………………………………………………………… 101

奋斗在快乐的跑道上 ………………………………………………… 104

那年我们在长安山"占位置" ………………………………………… 107

金示演的故事 ………………………………………………………… 110

军旅生涯的一段"布衣"岁月 ………………………………………… 112

难忘的生日 …………………………………………………………… 119

长安脚下，安步当车 ………………………………………………… 122

我和我遇见的他们 …………………………………………………… 125

长安山 ………………………………………………………………… 128

梦忆长安山 …………………………………………………… 130

第三辑　校园剪影 ………………………………………… 133

我们从这里走向未来 ……………………………………… 135

文科楼抒怀 …………………………………………………… 136

我爱长安绿 …………………………………………………… 137

长安山秋晨 …………………………………………………… 139

长安山之晨 …………………………………………………… 140

新春试笔 ……………………………………………………… 142

小巷花语 ……………………………………………………… 144

〔越调〕小桃红·过福建师大新校区 ……………………… 146

早安,师大 …………………………………………………… 147

千里有梦长安山 …………………………………………… 149

湖 ……………………………………………………………… 152

长安秋月 ……………………………………………………… 154

师大赋 ………………………………………………………… 157

长安山 ………………………………………………………… 159

我的长安山 …………………………………………………… 161

星雨湖月色 …………………………………………………… 163

第四辑　岁月回眸 ………………………………………… 165

沉香师大 ……………………………………………………… 167

梦想的岁月 …………………………………………………… 171

我是长安山第一批入住者 ………………………………… 175

三个"福建师大中文系" …………………………………… 178

咱娘家的人 …………………………………………………… 181

福师大百年赋 ………………………………………………… 184

百年师大赋 …………………………………………………… 186

世纪巨树 ……………………………………………………… 189

3

筒子楼里的美好时光 ……………………………………… 192

哦,那二十四号大杂楼 …………………………………… 194

校徽的记忆 ………………………………………………… 198

回忆大学那四年 …………………………………………… 201

十年攀登蓦然回首:离天三尺三 ………………………… 207

伤心最是近高楼——读陈宝琛书法 ……………………… 210

留历史之证,传文化之魂 ………………………………… 213

长安山见证我的成长与成熟 ……………………………… 217

第五辑　闲笔落花 ……………………………………… 221

元旦述怀 …………………………………………………… 223

家山洋海隔乡梦又归来 …………………………………… 224

罗汉岭情思 ………………………………………………… 226

秋访中岳庙 ………………………………………………… 228

喜欢 ………………………………………………………… 230

绿窗小札 …………………………………………………… 232

初冬小记 …………………………………………………… 234

独自前行 …………………………………………………… 236

书魂 ………………………………………………………… 237

一种缘分 …………………………………………………… 240

烟水 ………………………………………………………… 243

厦门的骑楼 ………………………………………………… 247

世界走进我的书斋 ………………………………………… 249

书香墨影里的香港 ………………………………………… 254

千年韭花 …………………………………………………… 258

御风而行 …………………………………………………… 261

读书人 ……………………………………………………… 264

记忆里的春天 ……………………………………………… 267

秋日想起海子的花楸树 …………………………………… 269

生命的记忆行吟 ……………………………………………… 271

假想敌 …………………………………………………………… 275

我的三个心境 …………………………………………………… 279

潜心学术乐在其中 ……………………………………………… 283

小巷深深 ………………………………………………………… 287

另一种风景——我和华文文学 ……………………………… 297

爱它的人已经老了 ……………………………………………… 300

我的 2017 年 …………………………………………………… 303

五月的惊雷 ……………………………………………………… 306

第一辑 01

| 师恩难忘 |

第 122 期 1985 年 9 月 9 日

教师节抒怀——示同学诸子

黄寿祺

坐拥皋比五十年，
榕坛设教岂徒然！
羲经妙契渐王弼，
礼学深通慕郑玄。
华夏声威成众志，
炎黄文化赖师传。
先忧后乐期同勉，
温故知新继昔贤。

（黄寿祺 福建师范大学原副校长、教授）

第 122 期 1985 年 9 月 9 日

水龙吟
教师节赞园丁

李少园

辛勤料理秋来，怡红快绿芳菲苑。茶蘼不谢，菖蒲久蕊，姚黄乍绽。护得花繁，拼将憔悴，壮哉斯愿！纵蜗居陋巷，无鱼箪食，徒四壁，夫何憾？眼下风和日暖。喜园中，生机烂漫：嫩杉拔翠，新松抽节，嘉材勃展。百载荣勋，双肩殊任，一腔忠胆。领后昆，笑对无边学海，趁风帆满。

（李少园 福建师范大学文学院教授）

第 149 期 1987 年 4 月 5 日

忆易园师

俞元桂

易园师逝世三十多年了，不知怎的，我近年时常想起他。

初见易园师是在他设宴招待新生的筵席上，那时他是协和大学中文系主任，全系学生仅十八人，加上师母，恰好两桌。他环顾一下，得意地称之为十八学士。或许是仿效孔夫子的故事吧，席间易园师要我们各言其志。轮到我，我不好意思地说，要当个新闻记者。其实，我对记者工作所知甚少，在报社也无关系，可能是听到"无冕之王"的说法而感到羡慕。那时才入学，姑妄言之，自然是不算数的。在我印象中，易园师说着一口带北京腔的国语，面露笑容，但有一副师严道尊的庄重神态。

近年，我常想起易园师在教学上的一些创造性活动。我上易国师的最初课程是大一国文，全体新生的必修课，这课照例是由系主任把关。他规定每节课开讲前，由一位同学上台做五分钟演讲，按座位轮流。讲过后，有两位同学各做一分钟的评论，其中一位也是依座次排定，另一位自由发言。对我们这些未经世面的新生来说，这就遇上一个大难题，因为面向全班四五十人演讲，是生平第一遭，紧张的心情就别提了。可奇怪的是硬着头皮渡过这一关，意外地打破了神秘感，觉得上台并无危险，反而是练习口头表达的极好机会，所以后来到了自由评论时，许多人竟跃跃欲试了。万事起头难，易园师很善于抓这个起头。

我们系办了一个学术刊物：《协大艺文》，一年两期，铅印的，发表学生的学术论文和诗词作品。还有一个文学研究会，讨论文学的有关问题、每月开会两次。艺文社设有校对、编辑、正副社长，由易园师指定；研究会设有事务、文书、正副会长，由会员选举。按易园师授意，一年级学生只能任校对、事务，

5

二、三年级学生可任编辑、文书，正副社长、会长非四年级学生不可。那时合系的学生数少，任职的机会多。我当过两年校对、编辑，幸而有这基础，以后我接编全校性刊物《协大周刊》，包办编、校和发行工作，就不觉得棘手。我也当过会长，组织能力得到了一番切实的锻炼。

易园师讲授的《中国文学史》是二年级的专业必修课，这门课规定要交学期论文，好的文章推荐给《艺文》发表，老师很注意极早地让表们进入科学研究阵地。我在学时有两篇文章刊在《艺文》上，用文言文写的，经易园师修改润色而成。这文章谈不上研究，只可以说是科研的模拟训练，它确实大大地增加了我们探索学术的兴趣和勇气。

上述平平常常的三件事，今天看来自然不算什么，可五十年前则是一种革新。我当时对此并无认识，随着时间的流逝和阅历的加深，我才体会到这些并不起眼的措施，抓住了培养能力这一重要环节，很符合于教学原则，就是五十年后的今天也不失其意义。我应该向我的老师致谢，可是他早已长眠，现在无从向他表达我的感激了。

易园师应过科举，曾留学日本，到了老年没有蓄须，算是一位维新派人物。可我们与他之间确实存在着代沟，那时他六十多岁了，一身夏布或蓝布长袍，足下是圆口布鞋；我们二十岁上下，有的穿着小花衬衫，吊带挂着高腰身三排扣西裤，有的西装革履或中山装。他讲的是诗词辞赋，前清民元。我们谈的是新诗话剧，拜伦易卜生。我们难得和他亲近。可是他确实是我们的恩师，我们在他很有创造性的措施中得到了锻炼，可说是终身受益。事情就是这样充满矛盾，既不亲切而又深受教益，存在代沟而其中又有相通。

我以后也走着老师的路，四十多年了，这道路迂回曲折，夹杂悲欢。现在路上照着阳光，但我已入老境。我与学生之间也存在一条代沟，还曾经有过一堵人造的高墙。也许由于这缘故，我近年会想起老师，想起他的教泽、想从自己对老师的情感变迁中获得一点慰藉。

易园师晚年还勤于著述，40年代末期我曾拜望过他一次，他十分高兴，告诉我正在继续撰写福建编年史。新中国成立前他在我省教育界负有盛名，如果今天还健在，一定会得到很高的礼遇，可是他无缘领受了。历史将是公正的。我想，易园师和其他在教育工作上做过贡献的老师，历史应该是不会把他们忘记的。

（俞元桂 福建师范大学文学院教授）

第 232 期 1994 年 9 月 15 日

第十届教师节献词

曾桂生

长安灯影三更时，
石砚磨穿鬓有丝。
甘育英才期辈出，
岂愁红烛乏膏遗。
人梯欣接摩天路，
心血喜传化雨诗。
盛世芳菲桃李茂，
十番佳节更扬眉！

（曾桂生 福建师范大学资产经营公司）

第 368 期 2003 年 5 月 26 日
怀念可夫先生
陈国英

　　我惊知可夫先生走了，但不知确切的时间，只知他是在上海病逝的。师母隔了一段时间才转告这一噩耗，并告知，先生在病危时曾提到莆田几位学生的名字，这更使我们心中悲切倍增，不忍详闻。如果他在福州住院，包括在福州举办他的追悼会，我们肯定去探病、去告别，但他的后事却是在上海举办，天各一方呀……

　　有一位同学对我说："可夫先生是我们认识大学老师形象的第一人。"这话说得很实在。因为他是我们踏进大学后为我们开讲第一门功课第一节课的老师，这也许是他的一个偶然。谁也不会忘却，他站在讲台上，颀长的身躯、瘦弱的脸庞，一双偏小而且不太对称的眼睛，侧着脸看我们，那很随意的、不可以多些斯文的模样。这些大的三十多岁、小的十五六岁各自经历不同的学生，恢复高考后的第一批学生，对上大学有着特殊的情感，对大学老师这久违的形象，同样敏感。但他一开讲，大家注意力便高度集中了，很有兴致很明白地在听他的课；他教得不合学生的想象，上完四节课下来，黑板上只留下一行板书："文章不为稻粱谋"，还有些斜。我们同学中，尚有不少为中、小学老师出身，有的还是多年高中毕业班的班主任，虽有惊讶，但很快都被他的学问征服了。下课时，全班一百多人齐声鼓掌，且经久不息，这成功的讲课效果，也是我们之前所没有感受到的。

　　后来，我们才零星地知道，可夫老师当过兵，后入北京大学中文系，毕业后当过一家报社的老总，南下来福师大。他有过较多的生活磨难，又有对生活的较多思考，在课程教学中，又是那么坦然面对、交心谈心式的传授学业，对同学很有启迪。有一次讨论课，他让孙绍振老师来回答同学的疑问，他静静地坐着旁听；孙老师走后，他总结时为我们作了点拨，归纳了孙老师的"辩证思维"写作理论框架，很受大家欢迎，可夫老师的谦逊教风，使同学对他又增加了几分尊敬。可夫老师带着我们到各单位采访，对我们的采访作业认真批改，又到出版社拿出选题，让我们参与编辑，一直到出版，倾注了很多心血，这种开放式的教学方法，同学们受益匪浅……

福建师大的校风，有一个很突出的特点，即对学生的尊重。"师道尊严"古训早在实践中演化为"学为人师、行为世范"，可夫老师从来对学生不令言厉色，倒像朋友般地亲密交往。他邀请我们到他家做客，聊至深夜，师母为我们煮汤圆夜宵，（师母还是一个官，为省广播电台台长）。记得他家客厅墙上贴着儿女学生成绩评比的红旗表，上面的栏目"看谁得到红旗多"，给我们留下很深的记忆，推算他的儿女那时还幼小，两路红旗差不多，教育家在家庭中亦在实践着一种鼓励法，甚具风趣。他的那门课下来，全班同学得优的多；教材后来出版了，为30万字的《基础写作教程》。之后全省不少高校和电大系列教育单位都采用这个教材，说明可夫老师不单是我们的老师，真正是"桃李遍布八闽"，这一点也不为夸张。

我不敢自诩为可夫老师的高足，但与可夫老师尚有私交。我留校任教一段后又入伍，他也曾有过这个念头；后来我到野战军工作，他对别人说："这个学生鬼里鬼气真会溜，幸未相从，不然把我丢在那边怎么办呢？"他还介绍我加入全国写作学会，参加全国性学术研讨会议，不忘提携后学，很是感人。

一别经年，当我得知他有了病情后，心中很是哀痛。我们毕业15年聚会时，看到带病参加会议的他，外表气色似乎健康，面部上为师如父的欣慰之中亦有些忧郁，我察觉到了，心中更增悲寂。他不久要去厦门讲学，答应了在途经莆田时下车转转的邀请。我很悉心地准备了一番，包括下榻的房间，其间的参观景点及用餐安排，以及陪同的同学等，但后来接到一信，说他有急事不来了，信中写道对莆田的怀念，原来他当兵时曾在莆田驻守过，还有与"敌特"周旋战斗过的历史，这是我第一次听说的。一个人与一方土地有过这么多的瓜葛，这就是难得的文化现象。这块土地上，有他青年时战斗的足迹，又有那么多通过各条渠道、各种形式接受他授业的学生，又有他那多次往返而没有重游的抱憾。世界之小、心灵之大、时光之快、人事之变，都是难以言尽的。我于1998年主编《莆阳文荟》时，他得知我需要一篇评论，即使当时已重病在身，但还是主动提出，且较快交稿，题为《没有光圈只有原色的军营才俊形象》，评论的是拙作《我的连长》，对拙作之原意及价值，析之透彻，赏之有度，且有我颜，让他人欣羡。这其中肯定是他对学生的挚爱在起作用的。

近年来我老是写些悼文，别人曾非议过我。这有什么办法呢？人生（包括师生）之情，又无法一次性用什么来收购，完了锁入不让人知的地方。写悼文往往是让人泪眼离迷，胸次堵塞，绝无法歇笔时陶陶然而余哀全消了，吐出哀思而忘痛。比如悼可夫先生，亦不能如此哉！写到此，可夫先生第一节课仅有的那句板书"文章不为稻粱谋"一行字，又再次在我的眼前跳跃飞舞，让人眼花缭乱矣……

（陈国英 文学院1977级校友）

第 387 期 2004 年 6 月 15 日

忆根泽师

穆克宏

罗根泽先生是我敬爱的老师之一。

解放初期，我在南京大学中文系读书，当时罗先生为我们讲授中国文学史，给我留下了深刻的印象。

那时南京大学中文系著名教授甚多，他们都亲登讲坛为学生讲课。记得给我们开课的老师，除罗先生之外，还有胡小石、陈中凡、汪辟疆、李笠、方光焘、张世禄、陈瘦竹、孙席珍诸先生。诸位先生讲课各具特色。而罗先生的中文文学史课是比较受学生欢迎的课程之一。

罗先生讲的是中国文学史，每周四节课，讲授一年时间。时间短，内容多，因此，他讲得比较简明扼要。由于罗先生对中国文学史做过深入的研究，他出版过《乐府文学史》《中国古典文学论文集》等著作，发表过几十篇中国古典文学研究论文，所以，他的教学深入浅出，常能讲出自己的见解。例如，过去认为《战国策》是刘向所撰，而罗先生却认为《战国策》出自秦汉间的蒯通。他详列证据，层层剖析，很有说服力。此说虽不能成为定论，对我们却颇有启发。这是其中的一例。只是由于罗先生对诸子学和中国文学批评的研究名声大，他在中国文学史方面的研究就表现不出来了。

应该特别提到的是，罗先生和胡小石、陈中凡、汪辟疆等先生对我们的学习十分关心。为了使我们能够学好中国古典文学，接触较多的原著和资料，这几位老师将自己的借书证给我们使用。当时每位老师的借书证，可借阅六十本书，借阅时间为半年。我们就用几位老师的借书证向学校图书馆借来两三百本

11

常用的古籍和有关参考书，供我们班上二十多位同学学习参考。这对我们提高古典文学的阅读和分析能力起了良好的作用。这件事情因为是我经手的，所以我至今难忘。

在当学生时，因为请教问题，我曾去过罗先生家里几次。罗先生的书房在楼上，四壁排满了书架，书架上排满了书。书架的高度和墙的高度一样，藏书相当丰富。看起来罗先生的藏书并没有什么珍本秘籍，但都是很适用的参考书，如《四部备要》《丛书集成》等，都是古典文学研究者所常用的。罗先生认为自己最值得珍视的藏书是诗话，从 1931 年春天起，到 1937 年卢沟桥事变，罗先生寄居北京，购求诗话竟达四五百种。其中有明刊本《诗学丛书》二种，即宋人蔡传《吟窗杂录》和明人胡文焕《诗法统宗》，比较罕见。另外，罗先生还从《苕溪渔隐丛话》《诗歌总龟》《诗林广记》及诸家笔记中，辑出两宋诗话数十种，题为《两宋诗话辑校》（见《中国文学批评史》（三）附录《两宋诗话辑校叙录》），弥足珍贵。

1953 年 8 月，我离开南大以之后，还和罗先生保持通讯联系。可惜信件在"文化大革命"初期焚毁，手头再也没有罗先生的手迹了。在罗先生的来信中，给我印象最深的是教我如何研究中国古典文学。罗先生说，要从事古典文学研究工作，首先必须认真阅读《诗经》和《楚辞》，这是中国古典文学作品中最早的两部总集，十分重要。我对中国古典文学的研究，就是按照罗先生的教导，先精读《诗经》《楚辞》以打好基础，然后选择魏晋南北朝文学作为自己的研究方向。

我阅读罗先生的《中国文学批评史》是在南大读书的时候。而认真阅读此书是在我离开南大之后。当时我想对刘勰的《文心雕龙》进行一些研究。为此，我阅读了郭绍虞先生的《中国文学批评史》、宋东润先生的《中国文学批评史大纲》和罗先生的《中国文学批评史》。这三部文学批评史，是三位先生的力作，各有特色。但是，我认为罗先生的文学批评史特色最为显著。郭先生的批评史撰写的时间较早，影响较大，开创之功不可没；宋先生的批评史是讲义，是大纲，不可能那样详备。但它远略近详，可补一般批评史之不足。而罗先生的批评史运用西方文艺理论分析各个时代的文艺思潮和批评家的文学思想，用朱自清先生的话说："编制便渐渐匀称了，论断也渐渐公平了"，"值得细心研读"，

"教人耳目一新","兼揽编年、纪事本末、纪传三体之长"（《朱自清古典文学论文集·诗文评的发展》），优点是比较突出的。使人感到遗憾的是，罗先生的批评史只写到两宋，未能写完。一代学人，只活了61岁，岂能不叫人感到惋惜。

罗先生逝世已42年了。先生虽已去世，而其音容笑貌，永远活在我们的心中。他的著作，受到学术界的重视，已成为我国学术研究的珍贵遗产。这是历史给予一位老专家的最公正的评价。

（写于2003年3月30日，罗先生逝世42周年）

（穆克宏 福建师范大学文学院教授）

第 497 期 2010 年 5 月 31 日

忆叔夏师

俞元桂

业师严叔夏教授（1897—1962），是严复先生的第三子，师母是台湾望族林家的女儿。如果他能够同寿逾百岁的师母偕老，凭此岸名门哲嗣和彼岸显要丈人的身份，该会过几年风光岁月，从而平复他多年忧患、凄惶的心。然而这是空想，他逝世已经三十多年了。我多次提起笔来想追忆他的音容笑貌，总因心情沉重而搁笔。现在我已到暮年，应该写出，即使略见须眉也好，否则，他日就不好意思拜见先生于地下了。

我是在协和大学中文系三年级就读时认识叔夏师的。他讲授两门功课：一门是文字学，读生硬乏味的《说文解字》；一门是《历代诗选》，老师本为诗人，讲起来总令人心思飞越。那时抗战已经三年了，学校寄寓山高水冷的邵武，条件相当艰苦，老师住在校内一间简易宿舍里，课余饭后，我们时常拜访他。叔夏师表情严肃，一副重而威的神气，可是闲话起来却和蔼可亲。他的房间老是弥漫着烟雾，一盆炉火，那是自炊和泡开水常用的，喝茶、抽烟几乎不曾间断。他身边带一个十来岁的少年，是他的次子。傍晚吃饭前，老师常叫他的孩子上街沽一瓶土黄酒饮用。后来，我知道了叔夏师是抗战开始后，才离家来邵武执教的，从前他长期由师母照顾，在家里读书、写字、吟诗、作画、精研佛学，过的是名士和居士的生活。战时他做客山城，生活反差和心情沉闷可以想见。对饮食他十分小心且讲究卫生，备有棉花酒精盒，饮食器具和双手都要先用酒精消毒过。沏茶讲求传统方式，不厌其烦，香烟把手指熏成焦黄色。饭余酒后，有时会应我们的请求讲几则笑话，多为文人逸事，气氛轻松，师生间感情益加融合。老师中年离开温暖的家，妻儿分散数地，战争时期前途未卜，他只好用这种生活方式来解闷消愁，缓解沉重的心境。

后来，他的长子严侨也来协大生物系读书，此人性格直爽，口若悬河，是个奇人，很快地成为我们的好友。叔夏师在两年间迁居多次，先搬住学校西门宿舍，再移住西门民居的楼上，后又迁租东门的一间民房，那里有厨房，他雇用一位厨工帮助料理生活。到了1942年夏天，日寇侵犯浙赣路，靠近邵武，老师估量时局，带次子与我们同学五人买舟南下，暂寓建章学兄的古田山间乡居，静观形势。这样，我就同老师中途分别了，过了几个月，我听说他应南平的福建省师专之聘前往执教。

1946年夏天，我毕业于中山大学研究院，回福州谋职，恰巧叔夏师应迁返榕的协大之邀主持中文系系务，很自然地我得到他的引荐，回母校任讲师。当时中文系教师一共不过五位，分配一起住在校园内靠后山谷的一栋两层楼房里，上下各一厅两房，我年轻就和老师同住在一个房间里，时常聆听他的教诲。一别四年，我发现他身上有不少变化，茶烟酒的享用没有从前那么频繁了，热心阅读《大众哲学》和《文艺心理学》等书籍。偶尔与我闲谈家事，说到太老师重视家学而不拘泥正规学历的培养方式，有时也会思念在台湾的师母和儿女。他说师母大他几岁，平时对他十分体贴照顾，他对男儿未加揄扬，对聪明而美丽的女儿则甚为激赏。一年之后，我把家眷接来学校，宿舍在山下，不能经常与老师在一起了，但我发现他与密友交流晚上收听解放区广播的消息，也热心为学生导演话剧，并与进步同学结成友谊，此时他已与居士心境、名士风度告别了。

新中国成立后，叔夏师的生活变化更大。他参与省市民盟的领导工作，应邀宣讲辩证唯物主义，担任协大和后来经政府接办改名为福州大学的校委会副主委，不久又被选任福州市副市长。有些人不明白他怎么转向这么快，殊不知这是他长期思想变化的结果。我国的老一辈知识分子，往往是儒道释互补的，其中心还是儒家的入世思想，关怀国运民生。"穷则独善其身，达则兼济天下。""进思尽忠，退思补过。"叔夏师的诗书、佛学是身在江湖时的生活爱好，到了一定时机，兼济的观念就抬头了。老师的思想和行为的跃进，到了老年我才有所体会。

叔夏师到福州市府之后，工作十分繁忙，我也忙于教新课并参加政治学习，因而见面机会极少，只有逢年过节，才专程进城拜候。老师心情甚佳，同我多次谈及市的文教卫生工作情况以及对工作的一些设想，他完全是一位实干的政府工作人员了。

1957 年，我国进行了一场空前规模的"反右"斗争，叔夏师陷进去了，许多与他交往较多的朋友和学生也陷进去了，我难免要经受几番风雨，这些我不忍追怀。在一次专门批判他的会上，我远远地坐在后排，看到老师表情严峻，这是我见他的最后一面。虽然同在一个城市，但师生间隔着一堵无形的铁壁，遗憾的是我竟不敢越雷池一步，直到老师的去世。我想，他可能带着惶惑、凄苦的心情离开尘寰的，身边没有亲人，也许他的佛学能够帮助他。我记起老师讲过的《邹阳狱中上梁王书》一文的开头几句："臣闻忠无不报，信不见疑，臣常以为然，徒虚语耳。"历史上忠信之士含冤受屈的屡见不鲜，然而终归能得到剖白。老师当然也得到平反，可是他早已化灰安息，不识不知了。

叔夏师家学渊源，国学外语根基深厚，书法、诗词、金石，灿然可观，他精于佛学，广涉文学哲学，才气纵横。只是生不逢时，他未能充分发挥才能；其书艺手迹多付劫灰；其诗词，著述散落，尚未结集；其从政抱负也仅昙花一现。如今高校中文系能找到几位像他这样学艺双修的老师呢？怎能不令人发出黄钟毁弃的慨叹！

（俞元桂 福建师范大学文学院教授）

第 509 期 2011 年 2 月 28 日

让歌声飞

——由《沉默的歌唱》所想到

李敏

寒假里,文学院的老师送来一本书——《沉默的歌唱》,由福建师大文学院编,海峡文艺出版社 2010 年 11 月出版。该书汇集了文学院 2009 年度文学创作大赛的 90 篇优秀作品,除了 5 位作者系研究生外,其余 85 篇作品均出自文学院 2006 至 2008 级本科同学之手,涵盖了小说、散文、诗歌、戏剧等类别,还有两篇是文学评论。

翻开同学们的作品,洋溢着青春气息的思考、辨析、忧伤、调侃扑面而来。余岱宗教授对这些获奖作品进行了全面、概括性地归纳介绍,为这 500 多页的大部头写了序。他不仅以作家、评论家的眼光,更以教师的情怀,循循善诱,引领读者走进由同学们自己构造的文学大观园,遨游在诗歌的海洋,品味散文的优雅,琢磨小说的情节,体会戏剧的冲突。

面对同学们的创作,我脑海里浮现出了与文学院有关联的几位中青年老师,我有想写写他们的愿望。

认识余岱宗教授,应该是多年前读了他写的小说,对他有了印象。某一日才知道他原来供职于师大文学院,我真是有眼不识泰山啊。时逢听课周,有余教授的学术动态系列讲座,我特意去听了一节课,试图能与作家的距离拉近一些。记得讲课的内容是"小说如何辩护",大意是小说中边缘人物的命运,无不与身处的社会环境有关,影响着性格。他特别以《哈姆雷特》为例,从人物的命运、结果去追溯性格的形成，这大概是应了"性格即命运"。余教授还借助对多篇小说的剖析，娓娓道来法律与文学的区别：法官寻找事件发生的证据，作家则挖掘事件发生的原因。我注意到听课的大学生们专注的神态，不过有部分同学据说因忙于考研，错过了恭听作家教授的精彩见解，我为他们遗憾。

在《沉默的歌唱》的"序言"里，余岱宗教授用了差不多二分之一的篇幅去分析同学们的获奖诗歌，称欣赏这些作品无疑"是一趟美妙的体验"。一直以来，我与诗歌保持着相当的距离，自忖没有想象的才能，轻易不去碰诗。在余教授的导游下，我试着去咀嚼每一首诗的意象和趣味，结果还有一个发现：在作者的笔下出现了一位诗歌评论家的影子，虽然描述比较含蓄，但会唱英文歌，一腔川普，实非王珂教授莫属。王珂教授年轻时就钟情于诗歌，之后在诗歌评论界大展身手。我听过王教授的课，大约四五年前，他为基地班开设诗歌欣赏。站在讲台上的王珂教授，从头发丝里冒出来的活力，足以表征其对诗歌的热度，学校的校报上还曾以大版篇幅刊登过他的教案。王珂教授应当感到欣慰的是，有这么多的校园诗人正整装待发，"面朝大海，春暖花开"这类脍炙人口的佳句是有可能在他们中间产生的。

文学院还有一位小说家，陈曦博士，小说笔名陈希我，我是先认识人再去读作品的。陈曦老师曾留学日本，他的小说有点特别，看完后往往还得想想。2007 年为庆祝学校百年华诞，特意请陈老师率写作班子创作由时任校长李建平教授亲自题名的长篇纪实报告文学《情系马尼拉》，讴歌福建师大赴菲汉语教学志愿者活动五周年的历程。为此他还专门去了一趟菲律宾，实地采访了正在华校教授汉语的志愿者们。虽然据陈老师讲自己并不擅长报告文学，而且还是纪实的，但毕竟其文学功力深厚，底子在，洋洋洒洒的 25 万字很快就一气呵成了。这本书已成为后来的每批赴海外汉语教学志愿者的必修读物。当然，我也配合做了一点贡献，提供给书封的椰林蕉丛照片是典型的菲律宾南部乡村景色。

上面提及的几位都是男教师，这里还得说说一位青年女教师。她虽不在文学院任教，但本科毕业于文学院第一届基地班，研究生的学习生涯也在文学院度过，可以说文学院是培养她成长的青青芳草地。记得是 2009 年的国庆，学校教学督导团的蒋松源教授向我推荐这位青年教师的新作——《倾城梦》，说的是大唐某公主与遭受黥刑的逃犯五年来的离散牵扯，万水千山，属于新历史言情小说系列。我认识也听过这位老师的课，看着她那孱弱的身板，怎么也不能与叱咤江湖、浪迹天涯、情深似海的武侠类小说联系在一起。她叫李莎，在海外教育学院教汉语，现代的、古代的并行，去年还获得福建师大青年教师教学技能大赛二等奖。这位年轻老师特别让人感动的一件事是在2003年的初夏，新婚不到一个月就随共和国首批汉语教学志愿者去菲律宾任教了。

带着对《沉默的歌唱》书名的疑惑，我特地请教了文学院郑家建院长。家建院长告诉我，书名是他取的，还颇费一番思量，寓意同学们今天的文笔或许还比较稚嫩，个人的风格尚在打磨，就像初学唱歌者，内心虽然充分酝酿着，但还怯怯的，还放不开。辑录出版同学们在校期间的优秀作品，是文学院党政领导为弘扬学院传统特色文化、加强专业建设、提升人才培养质量做出的决定。这一举措在福建师大中国语言文学专业的办学史上尚属首次。我以为，文学院特地为同学们的创作搭建这样一个舞台，是希望在老师们的悉心指导下，唤起同学们精神和思想上的觉醒，逐渐学会独立行走，去追寻内心的向往。本书"后记"历述了众多教师为培养莘莘学子的热情投入和辛勤劳动。

读着这些获奖作品，我想，今天同学们的歌唱虽然是悄无声息的，但谁又能说明天没有婉转如夜莺般的歌声、雄浑如磐石般凝重的嗓音、间或还有大珠小珠落玉盘的泉水叮咚呢？

期待着同学们的歌声响彻校园，穿透云彩。

让歌声飞。

（李敏 福建师范大学原副校长）

第 519 期 2011 年 9 月 30 日
春在书窗碧水边
黄河浪　连芸

收到黄寿祺教授百年诞辰纪念暨易学思想研讨会的邀请函时，我们正在夏威夷举行一个由夏威夷华文作家协会主办、并由世界各地大学及文化机构合办的世界华文文学国际研讨会。会议间隙，断断续续忆起与黄教授相处的片段及当年的大学生活。一回首，惊觉已过了半个世纪！

他给我们的印象是外表清朗，温文儒雅，从未见他对学生疾言厉色，或摆出高高在上的样子，一看就是个潜心做学问的学者和负责任的良师。同学们都亲切地称呼他"黄主任"。

1960 年刚踏进大学校门，就听同学说，我们的系主任在中国古典文学方面有很高的造诣，是研究《易经》的专家。那个年代，某些人以偏见代替学术，以谬误冒充真理，简单而愚昧地认为《易经》八卦，就是看风水的，就等于封建迷信，因此我们只能在私下偷偷学习。

黄主任有时也给我们上古典文学课，一次他亲自到我们班上讲解屈原的《离骚》，他一边用清亮的嗓音吟诵诗句，一边仔细分析其中的含意。他还用生活中的事例做比喻，生动活泼。最后，极为精确地归结为："离骚，犹离忧也"，一个"忧"字，把诗人内心的忧伤、忧愤、忧患意识都概括进来，可说是画龙点睛，至今不忘。

在全系学生大会上，也能经常听到黄主任做报告，他的讲话没有官腔和八股味，常说一些与本系师生有关的事情。有次他以赞美的语气告诉大家，系里的陈祥耀教授在一份有影响的全国性报刊上发表了题为《杜诗沉郁解》的学术论文，对杜甫诗歌风格和思想有深刻理解，说时充满喜悦之情。另一回他提到，自己写了诗发表在省报上，表扬系里的侨生不怕艰难，努力学习，追求进步。当年因印尼排华，我们系里有不少归国侨生，那时偏遇上三年困难时期，生活艰苦，黄主任对他们特别关心，并时时给予照顾和鼓励。由这些看似平常的小事中，可以了解他对师生的关爱之情。

毕业后离开大学，不到两年就遇到"文革"，文化界知识分子首当其冲，大都被打成"牛鬼蛇神"、"反动学术权威"。从零星得到的消息得知，黄主任也无法幸免，大会小会批斗之余，还要被逼进行"劳动改造"。据说他不大出声，只是默默地将系里的周围环境打扫干净。我们不清楚他当时心里想什么，也许是处变不惊，也许希望熬过一段日子，仍可恢复正常教学秩序。然而冷酷的现实是，整个大学被解散，他也被遣送回乡。家乡人民并没有苛待他，听说还请他到当地的小学任教。一个大学教授和系主任，竟然做了小学教师，别人当怪事也好，当佳话也罢，他都欣然接受，可见他心里的信念之火仍未被完全扑灭，作为教师的责任感时刻未放下。

灾难过后，渐归正常，约在1980年福建省召开第二届文代会，我们当时已在香港定居，作为特邀代表出席。在省作协领导郭风先生细心安排下，请黄主任接见我们。我们看到他终于渡过劫难，身心无恙，并已复职，心里十分高兴，紧握他的手，感谢他多年的教育之恩。他勉励我们，无论在哪里，都不要忘记继承和发扬中国的优秀传统文化。他的教诲，给了我们信心和力量，令我们克服许多困难，在海外能够顺利地发展。

他后来当了大学副校长，担负起更重大的领导责任。但留在印象里的，仍是平易近人的黄主任。而对学术的钻研和追求，他又是一丝不苟，锲而不舍。在生命的最后十余年，他终于有机会将平生所学的精粹做系统整理，出版了多本很有分量的学术专著，其中有关易经研究的典籍，尤为被学界所重视。黄寿祺教授以他丰富的学养和精深的理论，卓然而成公认的易学大师。

今天，在纪念他一百周年诞辰的日子里，我们不禁忆起他吟诵《离骚》时的神情，"虽九死其犹未悔兮，吾将上下而求索"，我们觉得这也是黄寿祺教授自己内心的写照。

最后，谨以一首小诗，敬献先师在天之灵：

几番沧海变桑田，
春在书窗碧水边，
皓首穷经终不悔，
云山深处有诗篇。

（2011年8月底草于美国夏威夷）
（黄河浪 我校校友、夏威夷华文作家协会会长）
（连芸 夏威夷华文作家协会理事）

第 520 期 2011 年 10 月 15 日

星光灿烂

——怀念中文系的老师

陈志泽

1962 年，我在填写高考志愿时，毫不犹豫地将几个主要志愿全都写上了福建师大（那时叫福建师院）中文系。九月，阳光明媚的一天，像是到一个离家不远的亲近的地方去，我搭乘一辆熟人的货车奔赴我的梦想……

我报考意愿如此坚定，最重要的原因是福建师院中文系具有强大的师资队伍，这是闻名遐迩的、有公论的，对于正在做着文学梦的我来说，吸引力实在太大了。而等到我学习生活开始后，我才知道，师院中文系的教学风范，老师们的卓越才智，系里浓厚的文学氛围，远远超出我的预期。我的选择岂止没错，简直可以说是非常高明。

一年级，给我们上《文选与习作》课的是俞元桂老师，那时他是副教授、副系主任，在我们的心目中已有很高威望，上过课后，他的威望变得更高。有一次他讲解赵树理的小说《小二黑结婚》，他把人物形象分析得透彻又生动，平时他的脸上就总是挂着亲切、和蔼的笑，这时，他的笑透露出丰富的潜台词，更具有微妙的韵味，同学们的情绪都被感染了，也一次次回应他会心的笑声。俞老师善于精辟地将自己几十年积累的渊博知识传授给学生，无形中也给我们树立了教书育人的楷模。他在给我们做入学训导时指出："心中的书要多，案头的书要少。"这一句概括了深刻读书道理的话，从此像一盏明灯闪亮着，指引我在书海里航行。我与俞老师的师生情谊一直保持到离开母校后的几十年。1992年底我准备出版一本文艺鉴赏文集，想请俞老师作序，但那时他已身患重病，虽是经过治疗恢复得很好，我还是担心他的身体，便先写信询问。没料到，信才寄出几天，立即收到老师的回信。信上说："为自己学生的作品作序，我以为是一种很好的享受，比欣赏阳台上盛开的花朵还够味。"要我立即将书稿寄去。可是不久，老师的病情又有了变化，再度住院前，他将序的草稿寄来，以不能抄正为歉，要我"代劳"。读这一篇留下他认真修改笔迹的序叫我感动不已！这一字一句，是他在生命遭受到极大威胁的时刻，一笔一划写出来的啊！又过了一段时间，他在临终前，还给我来一次信，说到他要送给我将要出版的散文集《晓月摇情》。信中一句"无论如何，将来按我的名单奉送……"紧紧揪住我的心。他的这封信，字迹已不可能像从前那样清秀，甚至许多字写得不太清楚，有的轻如游丝，有的叠到一起，但他的睿智、机敏、泰然自若还是让我惊叹。信没有结尾，没有署名——他的生命已经耗尽……

二年级，为我们上《文选与习作》课的是郑锹老师。他是作家，以"燕青"为笔名发表许多作品。碰上这样一位作家老师是我们的福气！我们院艺术团合唱队还请他为大合唱的歌曲作词。他很注意仪表，年轻、潇洒，穿一件浅蓝色开襟羊毛衣，别具风采。他的作家、艺术家气质决定他的课堂堂精彩。他是最早发现我有一定文学才能的大学老师。一次上课，他将我的诗歌作文抄写在黑板上讲评。诗的优缺点在他的"显微镜"与"放大镜"下被凸显出来，让我深受教益。那是一次手把手地细致引导，令我至今难忘。走上工作岗位后，我仍像当年缴交作业那样，时常将我的习作寄给他矫正。1983 年福建人民出版社出版我的散文诗集《相思树》，他接到书后，立即满腔热情写了评论《浓烈而明丽的诗情》发表于《福建师大学报》1984 年第一期上，给了我巨大的鞭策与鼓舞。

配合俞老师、郑老师上《文选与习作》课、批改我们作文的是高素霞、练向高和王耀辉老师。他们都是十分优秀的青年教师，给予我们深入、细致的指导与具体帮助。那时我任系里《闽江论坛》主编，王耀辉老师负责指导我，又多了一些接触。他的亲切、诚恳让我感受到慈父般的爱护与关怀。数十年后，我有一本《论评与歌吟》请他写序，他没有二话，带病撰写，给我很大鼓舞。文艺理论课对于我们是陌生的，可能还是枯燥的，没想到郑松生老师把这门课上得那么新鲜、有味，让我们产生了浓厚兴趣。郑老师上课时常有瞬间的停顿，目光先是注视着我们，随即左右扫视，似乎在期待着我们的思考和回答。为了某种表达，他有时还会把声调突然提高……陈祥耀老师的古典文学课大大提升了我们在中学时对古文的理解。他很有针对性地采用深入浅出的教学方法，他干净利落而又淋漓尽致的讲解，让我们很快明了并吸收了课文的精髓。离开学校后，他多次赠送我《五大诗人评述》等多部学术专著与书法作品集，对我的关爱一如当年。李少园老师讲课字正腔圆、一丝不苟，他注意师生的互动，课堂上气氛活跃。课余，他竟然时常与我结伴在"教工之家"乒乓球室挥拍对垒。

师院中文系的老师自然不可能都为我们授课，有的老师只是见过面，但也留下深刻印象。例如李联明老师。传闻他是口才极好的名嘴，我听了他的一次讲座，便领略了他高超的讲课艺术。

当时我们班级创办了刊物《飞舟》，系主任黄寿祺教授竟欣然应邀为《飞舟》题写了刊名，给了我们极大的鼓舞与支持。那时系里文学创作氛围比较浓厚，学生写作、投稿，黄先生既给予肯定与鼓励，又时常告诫学生，一定要首先学好功课，切勿本末倒置。

老师们的教导、培养让我终生受用，我永远从心里感恩师院中文系！

（陈志泽 文学院 1962 级校友）

第 522 期 2011 年 10 月 15 日

一辈子不用换血

蔡芳本

大学时，崇拜过不少老师：教外国文学的李万钧，大胆泼辣；教文艺理论的李联明，字斟句酌；但我接触最多的还是孙绍振老师。大家都叫他孙老头或老孙头，尽管当时他年纪并不大，相貌也不显老。

他的厚厚的眼镜片后面闪烁的是狡黠和智慧的目光，两片薄薄的嘴唇像一个机关枪，不断地吐出一串串妙语。他的嘴巴一张开，你就别想叫他合上，侃上几个小时也用不着喝一口水。

孙老师的课汪洋恣肆、一泻千里，幽默而又生动，让你觉得气象万千。而最让我佩服的是他思想的敏锐性和先锋性。当朦胧诗出现时，中国诗坛一片惶乱，有人反对，有人赞扬，有人不知所措，《诗刊》由此展开一场争论。孙老师的一篇《"朦胧诗"的崛起》，给予朦胧诗相当的肯定。他和他的"崛起论"为舒婷们摇旗呐喊。谁也没想到，朦胧诗一下风靡全国。中国诗歌这个苦命的孩子，一下子激活了，新生了。

孙老师的眼光并没有局限在诗歌，他关心着诗歌以外的世界。

改革开放之初，邓小平一上台就实行分田到户，那时，我已经大学毕业。有一次我到福州，找到孙老师，闲聊时，我表示对邓小平改革政策的不理解。我当时"左"得很。我以为中国好不容易建立社会主义，田地连成一片，现在分田到户，每家每户一小块田，以后拖拉机、收割机怎能用得上？我脸红脖子粗地大发牢骚。孙老师狠狠地教训我，他的意思是，中国不走改革道路就没有出路，邓小平是要救活中国。我带着满腹狐疑回了家，稀里糊涂地教着书，中国的事咱管不了。

后来事实当然证明了我很傻。孙老师的目光是锐利的，他早就预测到中国的前途。以前，听说他读马列读得很用功，许多段落都会背，没想到他读马列却不把马列当幌子欺骗人，不把马列教条化。这在当时的中国是难能可贵的。

我不能不服了他。

现在，有机会大家一起聊天，他还会取笑我："蔡芳本反对改革开放，被我狠狠批了一顿！"

我笑了笑。要不是老孙头这样一批，我可能还不觉悟，还不懂什么叫"市场经济"。

孙老师关注中国的命运，还包括对中国教育出路的关注。曾有一段时间，他连续写了几篇长文章，对中国教育的弊端发出炮轰。其中《炮轰中国高考体制》一文，我拿来我办的杂志上发表了，让一些人害怕担心了一阵子，因为观点似乎太激烈了。现在读起来，才明白，孙老师他不是不要高考，而是要改革高考，改革那种压抑学生个性，牺牲几代人童年、少年的欢乐和青春的考试办法。后来的基础教育改革的实践又再次证明，孙老师当时敲响的警钟是对的。孙老师敢于发人之不敢言，说人之不曾说，这在于他对于国家、对于民族的责任感太强烈了。

老孙头对泉州的感情很深。因为各种缘故，他曾在华侨大学和德化的一所中学任过教。所以他很留意写泉州的文章，不论我编什么样的报刊杂志，他都乐意为我写稿。一个电话过去，他的稿就来了。不过近来有点"糊涂"，常常将投给别人的稿再拿给找。他说约稿很多，忘了给过谁了。

忘得好，生活其实也不需要太多的记忆。

但是孙老师的人品、精神、思想却一直在我的血液中流淌，而且受益，一辈子不用换血。

（蔡芳本 文学院 1976 级校友）

第 533 期 2012 年 5 月 15 日
我的老师们
穆克宏

我在年逾八旬以后，由于目力不济，书读得少了，文章写得少了。闲暇无事时常常怀着感恩的心情，回忆青少年时代的老师们对我的教导。他们教我读书，教我做人，影响了我的一生。

抗战时期，我在南京读小学。小学六年，给我印象最深的是一位教音乐的黄老师，教我们唱一首《临江仙》的歌曲。其歌词是：

滚滚长江东逝水，浪花淘尽英雄。是非成败转头空，青山依旧在，几度夕阳红？

白发渔樵江渚上，惯看秋月春风。一壶浊酒喜相逢，古今多少事，都付笑谈中。

这首歌词，原是明代杨慎的《廿一史弹词》第三段说秦汉的开场词，上片写"是非成败转头空"，下片写渔樵闲话。"古今多少事，都付笑谈中。"我国古代小说的名著《三国演义》开头就引用了这首词，所以流传很广。做小学生时，老师教，我们就跟着唱，什么也不懂。后来，了解了这首词的内容，每次唱毕，总感到有几分感伤。在人进入老年之后，每唱一次，不免感慨系之。

中学六年，我是在南京一中度过的。记得在初二时，遇到国文老师王嘉存先生。他对中国现代文学有研究，指导我阅读曹禺的剧本。正是由于他的指导，我在初三时，写了一篇小型论文，题为《论曹禺及其作品》，约一千五百字，发表在当地的杂志《芸芸》上。我还记得，初二时，没有国文课本，他把《古文观止》《唐诗三百首》当作课本。在课堂上，我学习了许多中国古代诗文名篇。

这对我以后学习中国古典文学起了良好的作用。

高一时，著名词学专家唐圭璋先生在南京一中兼课，他在课余时间为学生开唐诗讲座。他讲解唐诗通俗生动，我们学生听得懂，记得住，激起了我学习古典文学的兴趣。从这时候起，我开始阅读《唐诗三百首》《唐诗别裁》和《杜诗评注》《楚辞补注》等书。我的阅读方法是，读得懂就读下去，读不懂的就跳过去。

高二时，教我们国文课的是贺凯先生。贺先生是山西人，是一位文学史专家。他写过一部《中国文学史》。新中国成立后，据说他回到山西大学去工作了。贺先生上课讲的是山西话，同学们听不太懂，不感兴趣。不过，他的一次作文课却给我留下了深刻的印象。他让学生写一首古体诗，我写的是《雨中游莫愁湖》，这首诗是这样写的：

华严古刹雾中楼，春雨连绵似无休。

登高眺望眼前景，湖天一色是莫愁。

当时，我不能分辨平仄，也不了解平水韵，可是这首不合格律的小诗，却受到贺老师的赞赏。

高中毕业以后，我考上了南京大学中文系。按照当时的规定，学生入学前必须经过口试。对我进行口试的是著名学者胡小石先生。胡先生是两江师范学堂毕业的，对古文字、《楚辞》、杜诗、书法皆深有研究，著名书法家李瑞清（梅庵）是他的老师。口试时，胡先生问我读过什么书？我说，我爱读《楚辞》。他接着问，你读了《离骚》以后有何感受？我说，《离骚》是一首伟大的爱国主义诗篇，写出了诗人内心的愤怒与不平，表现得雄伟而悲壮。他微笑地点了点头，口试就算通过了。

入学后，胡先生给我们上《中国古代韵文选读》（先秦至六朝部分）。胡先生讲课不用讲稿，他的手头只有一张卡片，讲得有条不紊。他的记忆力极好。胡先生讲课，语言生动，富于感情。有一次讲蔡琰的《悲愤诗》，讲到曹操派人到南匈奴接蔡琰回归乡里，她与年幼儿子分别的情景云：

"……邂逅徼时愿，骨肉来迎己。己得自解免，当复弃儿子。天属缀人心，念别无会期。存亡永乖隔，不忍与之辞。儿前抱我颈，问"母欲何之？人言母当去，岂复有还时？阿母常仁恻，今何更不慈？我尚未成人，奈何不顾思！"见此崩五内，恍惚生狂痴。号泣手抚摩，当发复回疑……"

有的同学深受感动，竟然流下了眼泪。汉献帝兴平（194－195）年间，蔡琰被胡兵掳去。在南匈奴生活了12年，生了两个儿子。曹操派人将她接回时，她与幼子难舍难分，场面极为凄惨。这一段诗，经胡先生讲解，感人至深。于此可见胡先生讲课艺术之高超。

胡先生还是著名的书法家。他的字古朴瘦硬，享誉书法学界。胡先生是书法家，也是教育家，他对学生充满了关心和爱护。我们毕业前，有些同学希望能得到他的墨宝。凡是提出要求的，他都一一赠予。胡先生桃李满天下。他是一位德才兼备的真正的名师。

进入南京大学中文系以后，我又认识了陈中凡、汪辟疆和罗根泽先生。他们都是学术上有很高造诣的著名学者。

陈中凡先生是刘师培的得意门生，他是我国第一个撰写《中国文学批评史》的学者。著名学者郭绍虞说：

"那时看到中华书局出版的陈中凡先生的《中国文学批评史》，我就根据此书在大学中开设此课。陈先生此时在东南大学任教，本是我久所敬仰的前辈，所以我的研究中国文学批评史完全是受陈先生的启发。陈先生的学问很博，他在这方面开辟了门径之后，又在其他方面建立了许多新的园地，似乎在这方面反而变得不大注意了。可是在我，饮水思源，始终难忘陈先生的启迪。"（《治学集·我是怎样研究中国文学批评史的》）

由此可见陈先生在中国文学批评史研究领域开拓之功绩。陈先生给我们开的课是《中国古代散文选读》，后来他研究的学问是戏曲。他是当时德高望重的教授。

汪辟疆先生是江西彭泽人，1912年京师大学堂毕业。长期在中央大学、南京大学任教。著名学者程千帆、徐中玉、霍松林等都是他的学生。汪先生给我们开的课是《中国古代韵文选读》（唐宋部分）。汪先生上课乡音很重，不容易听懂。我是他所开课程的课代表，与他接触很多。他对学生很好。有一次，我到他家联系课程安排事宜，他取出珍贵的宋版书《王建诗集》给我看，并且讲了宋版书的特点，我受益良多。他还跟我说，他的住房，南京晒布厂五号，是用《唐人小说》的稿酬买的。我大吃一惊，当时的稿酬竟那样高。汪先生的诗词造诣很高，他常与黄侃先生一起饮酒赋诗。他也常和我讲黄侃先生的轶事，很有趣。汪先生还是著名的目录学家，他教导我治学应从目录学入手，对我一生影响极大。

罗根泽先生，字雨亭，河北深州市人。1900 年出生在一个世代务农的家庭。1927 年，他考取了清华国学研究院，研究诸子学，指导导师先是梁启超先生，梁先生去世以后，由陈寅恪先生指导。后来，他还考取燕京大学国学研究所，指导导师是冯友兰先生和黄子通先生，研究的是哲学。我在南京大学中文系读书时，他给我们开的课是《中国文学史》。罗先生的文学史课颇有自己的见解。但是引起我注意的是他的《中国文学批评史》。此书激起我对《文心雕龙》的兴趣。我后来研究《文心雕龙》自然是受了罗先生的影响。罗先生为人极好。我大学毕业时，成绩是全班第一名，却被分配到一所中等专业学校去教书。临行时，他跟我说："先去工作，过几年，我设法把你调回来。"后来政治运动不断，作为老先生，他自顾不暇，加上身体不好，大概他已力不从心了。此事就不了了之了。毕业以后，我与罗先生还有书信来往。他知道我要研究中国古代文学，在来信中教我精读《诗经》《楚辞》，练好基本功。今天，我在六朝文学研究上取得一些成就，和罗先生的亲切关怀和热心指导是分不开的。

当时，南京大学中文系的名教授很多。张世禄先生是著名的语言学家，他给我讲《语音学》。我因对此不感兴趣，印象已不深了。张先生治学勤奋，著作等身，在语言学界享有盛誉。张先生在"思想改造"运动之后，调到复旦大学去工作了。

方光焘先生是中文系主任，他是研究语言学的一级教授。方先生给我讲《中国现代语法》，他上课很少讲正题，大都评论语言学界的一家专家与著作。他说，中国现代语法，你们看看王力的《中国语法纲要》就可以了。按照方先生的教导，我把开明书店出版的《中国语法纲要》，认真地读了一遍，颇有收获。

孙席珍先生是我国著名作家。他研究外国文学，同时也研究中国现代文学。他给我们开的是《中国现代文学》课。他上课似乎不用讲稿，常常讲的是他与这位作家认识、与那位作家熟悉，讲讲他们的一些轶事。课程结束以后，觉得给我的印象不深。这可能与我对现代文学不感兴趣有关，当时我的精力几乎全部集中到古代文学那里去了。

陈瘦竹先生是研究戏剧的著名专家，他给我们讲戏剧课，内容大半是外国戏剧。也是因为我志不在此，除了大戏剧家莎士比亚等人外，其他也逐渐淡忘了。

老师们的辛勤劳动，使学生一天天地在成长。我后来能在学术研究上取得一些成就，应该说都是老师们谆谆教导的结果。尊敬的老师们，我衷心地感谢你们。你们的高尚形象与光辉业绩永远铭刻在我们的心中。

（穆克宏 福建师范大学文学院教授）

第 537 期 2012 年 9 月 15 日余

余音缭绕的怀念

季仲

牙牙学语是人生必经的天真无邪的阶段。可我上大学那年，已经 19 岁，我的同窗有些是调干生，大二十几甚至将近而立之年，大家仍在"牙牙学语"。因为我们的普通话说得很糟。福建古代属东越族，乃南蛮之地，山高地僻，交通阻塞，在许多地方十里不同俗，百里不同语，来自四面八方的同学，真是南腔北调。闽南人说"是不是"变成"希不希"，称"老师"为"老希"；福州人叫"大桥"为"大球"，称"香蕉"为"香纠"；客家人说"吃饭"为"歇饭"，称"我们"为"呃梅"；而我这个来自闽北的山里人，舌尖天生笨拙，怎么也发不清带"R"声的字，把"热水"说成"捏水"，把"温柔"说成"温由"。更不用说我们同届同学中，还有少数江浙人、四川人、安徽人和东北人，来自五湖四海的学生相聚一堂，像树林中的鸟儿发出各种各样的声音。如果仅仅是同学间交流，说得慢一点，辅以手势，加上一定的语言环境，即使不可言传，还是能够意会的。然而，我们学的是师范专业，毕业后将为人师，连普通话都说不好，怎么能给学生传授知识？

于是，师大中文系一年级都有一门必修课——现代汉语。现代汉语分两个学科：一为语音，一为语法。为我们讲授语音的老师是潘懋鼎教授。潘先生四十多岁，中等个儿，鼻梁上架着一副细边眼镜。即使在那个封闭而单调的年代，他的衣着仍是颇为讲究：夏天大都是雪白的衬衫，锃亮的皮鞋，冬天有时是古典的汉装，有时是笔挺的西装。满头黑发理得长短得体，胡茬儿刮得干干净净泛起一片青光。总之，潘先生斯斯文文，衣着不俗，一副文质彬彬的学者风度，给我留下深刻的印象。

我记得，潘先生上第一堂课就开宗明义对我们说："现代汉语语音课的任务是什么？就是学讲普通话，像婴儿似的，牙牙学语。你们学说话比婴儿有利的条件，是汉语课能让你们了解发音原理，掌握拼音规律；比婴儿学话更难的地方，是你们都有很重的方言乡音，土腔土调，要纠正这种腔调，有一个艰苦的过程……"

潘先生真不愧为汉语教授，一口漂亮的普通话堪与广播电台的播音员相媲美。他的普通话带着明显的京味京韵，字正腔圆，标准得无可挑剔；而且极好地掌握节奏感，抑扬顿挫，委婉动听，有很强的音乐性。古代齐人听一个叫韩娥的女子唱歌，有"余音绕梁，三日不绝"之叹。我们听潘先生授课也有类似的听觉享受。下课后，不管走路、吃饭、睡觉，耳边总是余音缭绕地响着他的京片子普通话。事实上，许多同学下课后，也不时模仿他，卷着大舌头说话。这样，听了潘先生一年的汉语课，他的京片子普通话，就是"余音绕梁，三年不绝"。

潘先生为人谦恭敦厚，和蔼可亲。下了课，我们常常把他围在走廊上问这问那，他总是有问必答。他让学生张大虎口，或撮起小嘴，不厌其烦地纠正我们不成样子的口型，从"B、P、M"和"Y、W、Ü"开始练习发音，潘先生亦张口咧嘴做种种示范。直到开饭铃声响起，同学们急慌慌奔向膳厅，潘先生才夹起皮包离开教学大楼，脚步依然不慌不忙，永远一副斯斯文文的学者风度。

潘先生的教学方法很科学很先进。我记得他教拼音时，在黑板上挂着许多图表，把舌尖、舌根、口腔、鼻腔、声带各个部位在发声中的作用解释得一清二楚，我才知道人人都会的"说话"，原来有这么大的学问。潘先生还说著名的戏曲演员都是"拳不离手，曲不离口"的，学普通话也必须如此。于是，我和我的同学们早起晨读，常常在浓荫如盖的树林里，在绿草如茵的山坡上，跟着挂在电线杆上的大喇叭传出的播音员的声音，牙牙学语，朗诵诗歌，有时还练绕口令。一整年的语音课学下来，我那一届同学的南腔北调，渐渐规范而统一，"林子"里不同的"鸟音"和谐动听多了。我原来是个闽北口音极重的南蛮子，后来有些人听我说话，竟把我当作北方人了。多少年后，还有好几位同学，成了高校的汉语教授。

<<< 第一辑 师恩难忘

这一切，不能不感激潘懋鼎先生！

当然，让我感激不尽铭记于心的恩师，数不胜数。比如，著名《易经》宗师黄寿祺教授讲授的《诗经》《楚辞》与诸子百家，让我最初沐浴先秦文学的灿烂阳光；陈祥耀教授讲授的唐诗宋词与散文八大家，引领我踏上文学殿堂的门槛；张贻惠教授在讲授古汉语时总是妙语连珠引人喷饭，然而又往往在这哄堂大笑中纠正了我们在认读和书写古文古字时常见的谬误；文选习作教授钱履周先生那时已是白发苍苍的老者，在我作文本上的圈圈点点与殷殷朱批，无疑让我对文字的感悟增添了些许自信，也许是激励我日后走上文学之旅的一种助力……还有不少名师学者，我在校四年始终无缘聆听教诲，然而，他们的风采学识，则无不令我高山仰止。比如，我刚入学那年在中文系竹篷饭厅举行的迎新联欢会上，学贯中西的黄曾樾教授用法语引吭高歌《马赛曲》，既擅书法又谙音律的程世本老师弹奏一曲《十面埋伏》，那就不仅仅是"余音绕梁，三日不绝"了。时隔半个多世纪，我至今一闭上眼睛，犹能听到黄老师那苍凉而雄浑的法语歌声，以及程老师激越而奔放的琵琶曲。

我的人生经验告诉我，人生在世长途漫漫，大学生活应是至关重要的一环。我们如果是一株桃李，当是园丁们辛勤培育的时候就开始孕育枝头的果实吧；我们如果是一垄麦苗，当是农夫们日日浇灌呵护才能企盼一个丰收的季节吧。"十年树木，百年树人。"正是敬爱的师长们以自己的心血和智慧，孜孜不倦地实践这一个"树"字，莘莘学子才能在某种意义上成长为一个真正的"人"。

岁月匆匆，我走出母校已经半个世纪。然而，只要见到那些文质彬彬的教授学者，只要听到有人把普通话说得抑扬顿挫又字正腔圆，我心头就会涌起余音缭绕的怀念——所有于我有滴水之恩的老师呵，你的弟子，我永远深深地深深地怀念你们。

（原文有删减）

（季仲 文学院 1956 级校友，曾任福建省作家协会副主席、福建省文联副主席）

35

第 539 期 2012 年 10 月 15 日
我的老师，我的亲人
李向京

2011 年这一页即将要翻过，可想起 2010 年那一场大病，许多事情历历在目，特别让我难以忘怀的是许多关心我的老师们。

首先想到的是王耀华老师。大家都知道，他是国内外著名的民族音乐学家、音乐教育家，他有许多头衔：福建师范大学音乐学院教授、博士生导师，教育部艺术教育委员会副主任，联合国教科文组织国际音理会亚太音理会副主席，亚太民族音乐学会会长，北京大学兼职教授等。同时，他还是一位副部级的官员，可他没有一点官架子，骨子里就是一位很平民化的学者，质朴厚道，平易近人。著名作曲理论家、音乐教育家王安国教授曾跟我们说过，耀华老师是一位情商很高的人，是一位值得大家学习的人。王老师为人热情、随和，心里总是装着别人。他在北京开会时，大家在一起吃饭，他总是抢着去买单，为大家盛饭、挟菜（王老师请学生吃饭时也是这样），逢年过节时他总是第一个给大家寄贺卡，为大家带来祝福。

在我心里，王老师不仅仅是我的博士生导师，他更像是一位家长，一位关爱我的亲人。他治学严谨，尽显学人本色风范。在我博士研读期间，他总是像家人一样在工作、生活上对我处处关照。为了让我能更好地提高作曲与作曲技术的理论水平，他出资将我送到上海音乐学院贾达群教授处学习。可以说，如果没有那次的上海学习，就没有我现在的博士论文。让我特别难忘的是，在我生病期间，他先后十余次到医院、到家里来看望我、关心我，而且每次都带来许多营养品。我想起音乐圈内曾流传的一句话："田青的嘴，王耀华的腿"，当时我还并不真正懂得这话的意思，现在我终于明白了其中的含义，王老师关心别人总是最勤快的。此外，王老师还非常细心，记得有一次他带了许多樱桃来看我，过后才知道他为了让我能吃上新鲜的樱桃，亲自到水果店一粒一粒地挑选。王老师不仅关心我，而且还时常关心我女儿的学习与生活。我女儿在日本留学期间，王老师多次打电话问候她。我女儿回国后，王老师又百忙之中抽空专程为她接风洗尘。王老师在我身上花了太多的心血，而我只是他千百名学生中的一个普通弟子，却让他如此悉心牵挂，我真的很感动，大爱无言，无法用语言来表达我对恩师的感激与崇敬之情！

其实，在我们学院，像王老师这样的教师还有许多，他们都像亲人一样关心、支持着我。尤其在我生病期间，院长叶松荣教授、书记骆积强教授以及院领导班子和许多在职与离退休的老师都经常来慰问我，关心我的身体状况，减轻我的工作量，关照我的生活等等。那无言的情感，如亲人们的殷殷深情，给了我莫大的精神支持，让我从噩梦中走了出来。可以说，老师们的关爱，是我的精神力量，也是我战胜疾病的坚强动力。

回首二十多年的工作历程，尝尽酸甜苦辣百味。像亲人一样帮助过我的老师还有许多许多，无法一一提及，在此一并表示深深的谢意。在今后的生活中，我要像老师们一样，更多地去关爱别人，并将老师的爱心和精神不断传承下去。当今社会，智者生存，唯有向学，躬行实践，方能不负众望。我将带着感恩之心和老师的厚望，去开启新的征程，奋发有为，努力实现人生的价值，以谢众恩！

（李向京 福建师范大学音乐学院教授）

第 541 期 2011 年 11 月 15 日

"愿将暮齿为蚕烛，放尽光芒吐尽丝"

——记黄寿祺教授晚年入党

徐金凤

我校原副校长、文学院教授黄寿祺先生逝世至今已 21 年，今年是先师的百年诞辰纪念。《福建名人词典》首推他是经学家。他是中国易学领域中最高权威之一。同时，学界公认他为著名的教育家、古典文学专家和才情洋溢的诗人。

1954 年，我考入福建师范学院中文系时，他供职中国古典文学教研组担任主任。我大学毕业后留在系里中国古代文学教研室任教时，他担任中文系主任并兼古代文学教研室主任。他是我的恩师，亲炙教诲，获益良多，终生受用。黄寿祺先生给我印象最为深刻的是于"古稀"高龄加入了伟大的中国共产党。当时我担任中国古代文学教研室党支部书记，中文系党支书记李青藻和我一同当他的入党介绍人。我乐于把他入党前后的情景，撰文敬献诸读者面前。

黄寿祺教授作为一位高级知识分子，其入党申请是经过深思熟虑的，态度很坚定、真诚。

新中国成立前，他追求进步，从未参加过任何反动组织，是位民主人士。早在福建师专任教时期，就十分向往进步事业。他的得意门生不少是当年地下党的骨干。比如高才生叶挺荃，思想先进，学业优秀，是校内学运的领导者。黄老曾说过，他"时时向我宣传党的政策和毛泽东思想，使我对解放区有了新的认识，而寄希望于共产党，实自此时始。"叶挺荃后来为革命壮烈牺牲，令黄寿祺先生深为震撼。在黄老的一生中，受吴承仕（字检斋）教授的影响至深。吴承仕是著名的经学家、国学大师。黄寿祺先生在就学中国大学（今北京师范大学）国学系期间，他是系主任，除在课堂上听讲以外，还承他之约每周五上午到他家面授半天，历时三年之久。吴承仕受业于章太炎。于1936年秘密加入中国共产党，为我党第一位运用马克思主义研究经学的老辈学者。后因日寇汉奸的迫害而染疾，于1939年9月20日逝世。噩耗传到延安，毛泽东的挽词为"老成凋谢"；周恩来的挽联为"孤悬敌区，舍身成仁，不愧青年训导；重整国学，努力启蒙，足资后学楷模。"黄老于八十年代写有诗句云："晚岁终成新战士，长教后辈吊英魂。"（见《纪念先师吴检斋先生绝句》）表明了后辈对先辈恩师的追念心迹。

新中国成立以后，黄寿祺先生积极靠拢党组织，1958年就提出了入党申请。因当时受到运动的冲击而被延搁。1980年又重新递上入党申请书，1981年送交自传，同年6月20日，他被党支部一致通过，接纳为中国共产党预备党员。次年7月1日又承批准转正。参加党组织以后，他自豪地说："加入党的队伍是我一生最重要的追求，应该在余生为党做更多的工作。"又在《黄寿祺自传》中说："我相信中国的前途是光明的，在共产党的领导下的中国人民终究要开创中华民族的新纪元。"

诗言志。黄老于入党前后才情充盈地撰写多首绝句，1981年春月《述怀》云："七十如今已不稀，九旬还可望期颐。愿将暮齿为蚕烛，放尽光芒吐尽丝。"《建党六十周年纪念日献辞》（二首）其二说："我已行年垂七十，何期能做党婴儿。但求永保童心在，绝假纯真志不移。"这是我最喜欢先师的两首极佳名诗。"放尽光芒吐尽丝"，共产党的宗旨是全心全意为人民服务，他形象地坚定表示：要为党的事业、为其一生钟爱的教育和学术事业奉献自己的一切。"但求永保童心在，绝假纯真老不移"，婴儿是不能、也决不会离开母亲的，童心永保，绝假纯真，永远依偎在母亲的怀抱里，与党同心同德，奋斗终生。黄先生的"蚕烛"观广为流传，他期望做"党婴"一事在师生中传为美谈。

黄寿祺先生自认为，参加入党宣誓仪式，是他"一生中最难忘的一件大事"。在全校举行的宣誓大会上，他代表新党员讲话："论年龄，我是在座中最年长的一位，论党龄，则是最年幼的小学生。"全场师生报以善意的笑声和热烈的掌声。入党后，他像孩子般兴奋地对亲友说："共产党伟大，入了党，我此生之愿足矣。"他的光荣入党，在校内外产生着积极的影响。福建社会科学院文学研究所蔡厚示研究员闻讯后，撰词《浣溪沙》致贺，赞扬他"万里征途腾老骥"，以他为榜样，不几年，蔡研究员也追随黄先生之后加入了共产党。我校教育学院高时良老教授，与黄寿祺是同年同月同日生，又是老同事，也到了耄耋之年加入了党组织。

黄老入党时还在副校长任上，有一段时间仍在古代文学教研室党支部过组织生活。尽管他年纪最大，校领导职务最高，又是师长，然而他没有任何架子，始终以普通党员的身份与会，摆看法，谈认识，交流思想，共同提高。他是按时缴纳党费的，有时还亲自上门将党费交给组织委员，有时因外出开会，便托亲属代交，从不拖拉。1984 年，他的唯一儿子黄高宪也加入了党组织，这时他家里已有三位党员，即爱婿李悦照和他父子俩，他说："我们家里可以成立个家庭党小组了。悦照你党龄最长，就当小组长吧。今后我有什么不对的地方，你可要指出来，不能讲面子呵。"他就是如此严格要求自己，谦虚谨慎，虚怀若谷。

黄寿祺教授入党之后的十年，在学术研究上处于新的黄金期。我国高校第一家正式命名的"福建师范大学易学研究所"成立于 1983 年，黄老为首任所长。他以学科带头人的身份领衔老、中、青研究团队，进行艰辛的学术探研，并以显著的科研成就，使该研究所迅速崛起为大陆"东南易学重镇"，享誉海内外。1983 年 4 月至 11 月，黄寿祺先生应北京师范大学之邀赴京整理出版吴承仕先生遗著，其中《吴承仕读书提要》《吴承仕文录》《淮南子旧注校理》等书，已由北京师范大学出版社刊行。《略述老师吴检斋先生的学术成就》一文也在该校学报上发表。《周易研究论文集》（第一辑至第四辑），与黄老高足张善文合编亦于此后几年内出版，影响深远。我于 1984 年 9 月，陪同先师黄先生赴山东曲阜参加孔子诞辰 2535 周年纪念会，他递交《从易传看孔子的教育思想》论文参与学术讨论（当年登载于《齐鲁学刊》），引起关注。会后随同他登上泰山极顶，实现了他晚年最后一次的人生跨越。《"观物取象"是艺术思维的滥觞——读《周易》札记》《试论周易对＜文心雕龙＞的影响》《周易对立变化的创新思想中的美学意义》等论文（与张善文合撰）的刊发，都是黄老自觉以马克思主义的立场、观点和方法进行学术研究的新成果。与张善文合著《周易译注》一书是我国易学界改革开放以来的最新研究硕果，为学术界所推崇，比利时汉学家试图以英文或法文将其翻译出版。黄寿祺教授于1990年2月至3月间，应邀赴美国洛杉矶考察、讲学。据美国《1990年华商年鉴》（南加州版）报道："易学——使人类聪明的学问。由世界易经权威、中国大陆著名易学教授黄寿祺先生担任院长，主持讲授易学原理及易经应用等。"其间，他没有违反党的纪律，坚持做他该做的事。后因身体不适，提前经香港返闽。这是黄老推动《易经》走向世界的积极举措。

令人深为感动的是，1990年6月间，黄寿祺先生在病榻上坚持参与"党员登记"写道："我自1981年以来，能在校、系党组织的领导下，认真参加党组织的各项活动，积极完成党组织交给的各项工作"，"我现在虽年迈体弱，仍愿意为党的事业奉献出自己的一切力量。"这是他对党所说的最后的话。一个月过后，黄寿祺教授即在福建省立医院与世长辞了。福建师范大学在追悼大会上称他为优秀的中国共产党员。他的学生撰文称赞"你是我们的恩师，古稀之年加入中国共产党的形象，永存在后学的心间。"这些赞誉，他是当之无愧的。他是我们学习的楷模。

（原文有删减）

（徐金凤 福建师范大学文学院副教授）

第 574 期 2014 年 9 月 15 日

怀念恩师

李豫闽

今年暑假，经历了许多事儿。其中，高一呼老师的离世最为令人心痛。有人说："高先生的去世预示着福建师大美术学院一个强人时代的结束。"于我，则是长达 35 年师生交往的戛然而止，但那些经历过的人和事，情与景皆历历在目，仿如就发生在昨天。

20 世纪 70 年代后期，对于全省的美术考生来说，向往的首选院校并非浙江美术学院、景德镇陶瓷学院、苏州丝绸工学院、无锡轻工学院等美术院校，而是福建师大艺术系，这是因为诸如谢投八、谢意佳、高一呼、林以友、薛行彪等油画名家，林子白、陈明谋、陈德宏、杨启舆、翁开恩等国画家，吴启瑶、苏瑞庭、叶淑华等水彩画家都在此任教。这个时期的福建师大艺术系名家荟萃，大放异彩，好一个强人时代。这其中的谢、高、林三位油画名师声望最高，说实话，自己就是冲着他们考学来的。大学四年，高一呼先生教了我三年，从此，我与一呼先生结下了不解之缘。

上课

1979 年我考取福建师范大学艺术系美术专业，当时师范院校的课程通常是两年普修，两年主修，而一年级新生的主干课程主要是：《素描》《水彩粉画》《国画》《色彩学原理》《解剖学》等基础课程以及文学、英语、马列等公共课。高一呼先生时任色彩画教研室主任，我们班入学的第一课就由高先生任课。对我们班的同学来说，这是极其特殊的，也是极其幸运的。

初识高先生是在课堂上，他身着深色风衣，戴着鸭舌帽，头发有点翻卷，配黑色皮鞋，胖胖的体型，说话带着湖南口音。我至今还保留着笔记本，上面是这么记的：

今天素描课，地点在艺术系传达室背后的平房画室，天窗采光。高一呼老师上课。同学们，大家好！今天我们进行模拟考试，让大家画一张头像素描，就像入学考试一样，你们尽管放松心情去画，我也可以了解各位同学的专业基础和能力。下面，我结合头像素描的要求强调几点：

1. 素描练习的目的。素描练习是通过特定的方法和表现手段，即以单色的铅笔和炭条或毛笔等作画。训练人的观察方法和造型表达，在二度空间的平面上表现出三度空间的形象，以素描的方法，表现出体积感、空间感和人物的特征，最终达到眼、心、手的高度一致。

2. 素描的要求。首先要做到造型准确，从起稿时至结束始终贯穿着形体的准确性问题。当然，深入细部刻画也是必要的，一个准确的外形轮廓没有生动的五官塑造，这幅头像素描是不成立的。反之，只有局部刻画而大的形体不准确则是无根之树，无基之塔。形体与塑造是相辅相成，互为关系的。

3. 素描的方法。先整体、后局部、再整体是大致的步骤。起稿时把握大致的形体基本形，铺上大关系（调子）后，可以开始局部刻画，最后再回到整体关系的审视和调整。作画时，要胆大心细！放得开，才能塑造出形体结构，缩手缩脚是画不出具有艺术品位的画作来的；心细，是指微妙的五官刻画、神情的捕捉、特征的把握等。画人物要将这一个人的特有的形貌和气质画出来……

高老师还讲了许多绘画的道理，不一定全部摘录下来，静心想来，他讲课喜欢开门见山，把作业的目的、要求、方法都讲到了，简明扼要，言简意赅。

紧接着，让同学们作画两小时。画到一半时，高老师站在我身后，让我站起来，问："你从哪儿来？"我回答："福建漳州考来的。""跟谁学的画？"我说："李修煜、王振裕、邱招元三位老师，陆续跟他们学过。"高说："王振裕、邱招元我认识，你有空到我家来。"哦！天哪！他老人家当着全班同学的面，叫我有空去他家，简直不敢相信这是真的。更不可思议的情形随后出现了，大约到了第四节课时，高老师让大伙停止作画，他依次将同学的作业从第一张摆到最末一张，排成一列，位置次序是他认为从优、良、合格到不及格的排序。开始了他的作业点评，高老师的作业点评我根本听不进去，因为我的作业被摆放在最前面，神情有点儿恍惚。下课时，我低着头收拾完画具赶紧溜，生怕挨揍！

鱼丸

从大一起，我常去高老师家，不敢一人去，便邀上同班好友恩琦一块儿去。刚去高老师家时很拘谨，双手合十垂放在两膝之间，一问一答的方式，也不太敢起身看老师的画，偶尔高老师不在屋内，才凑近画作狠狠地瞄上几眼。再往后，常去了，交流起来便流畅，自然多了。敢向老师提问：关于风景中背光部分是用啥颜色调出来的呀？远处天空的浅灰色怎样才能画得悠远而妥帖啦？怎样处理画面的对比关系使之主体突显出来啦？在家里的高老师比在课堂上的他显得和蔼、可亲！可能是因为少了那袭风衣、皮鞋和鸭舌帽，少了几分威严，此刻的老师两只胖乎乎的手臂交叉在胸前，或许是不必讲太多生僻的概念，更多是谈自己的实践心得，表情没那么严肃，透出几许的得意和愉悦。

读书那会儿，福州的生活条件谈不上优越，食堂里长年的供给是一种生长在水里的空心菜，加半个卤蛋什么的，自己买米蒸饭。不到十八岁的我正在长身体，营养缺乏，偏又喜欢打球，下午泡在球场天黑时去食堂常常连菜都没了，从家里带来的猪油搁在饭里拌点酱油是常有的事儿。所以，我平时常傍大款，恩琦是华侨家庭，有钱，常带我去中亭街烧腊店买点荔枝肉什么的给我解馋。那年代，师生情谊极为朴素，记得住闽北的同学开学返校时，常背一袋米来送给高老师，因为老师亦过得不宽裕，高老师养了三个男孩，老大上初中、老二上小学、老三上幼儿园，都是需要食物、需要营养、需要教育的年纪。

记得有一回上老师家，师母玉萍老师煮了四粒鱼丸，我和恩琦各分二粒。虽然平时我们也买鱼丸吃，但在老师家吃的鱼丸还是不同的。同样鱼丸，同样是汤里漂着葱花，搁着少许的虾油和酸醋，但咬下去，那劲道和味道着实不一般，时至今日，我遍尝各地鱼丸：塔巷鱼丸、大福星鱼丸、湾边鱼丸、连江鱼丸、福清鱼丸、台湾鱼丸，但都比不上高老师家的好吃。我常常跟师母提起，这辈子吃过最好吃的鱼丸就是在您家里吃的。因为那种滋味不只是在舌尖上，那是在特定年代青春少年饥肠辘辘的美味，那般沁人心田的味觉记忆始终无法抹去。

师徒

一年级的素描课，接受高老师的造型训练，打下了坚实的基础，转瞬间，到了大三，主修油画专业，再次成为他的门徒，班上的同学由普修时的15人，变成了8人的小班，学习更加投入，老师辅导亦更有的放矢。

专业学习期间，我们进行了三次外出写生和考察。一次在鼓山上军营里待了一周，天天画涌泉寺和熙熙攘攘的游客，也画鼓山的松树和远眺福州城与闽江；天天拎着画箱跟着老师画风景，近距离地观察老师如何取景和表现，学到了课堂练习中学不到的方法和观念。另一次是到云霄常山华侨农场写生，画印尼归侨黝黑的皮肤和花花绿绿的衣裳，纯朴的民风，好客热情的华侨和特征明显的人物形象非常入画，学生和老师天天沉浸在艺术的劳作中，亲历了高老师几幅人物写生佳作的产生，尤其是看他如何在短时间里捕捉人物肖像的基本特征，突出重点，抓大放小。这种实战训练可看成是习作与创作的对接，对学生的综合能力提高有着极大的帮助。大三时系里安排外出参观考察，高老师带队赴上海参观画展，顺道回访他的母校，拜访了胡善余先生、徐君萱先生和他的师弟徐芒耀老师，大开眼界。重要的是二次外出实践活动，与老师同吃同住同画"三同"生活，增进师生友情，接受老师手把手地辅导和实践，受益匪浅！

通过下乡体验生活，进一步了解了高老师的性情和生活习惯，愈发地觉得他真是位可亲可爱可敬的好老师。在常山华侨农场写生期间，我们师生一同被安排在农场少体校足球场边上的平房，小小的房屋里挤着老师和学生九人。白天画画很投入，晚上回到宿舍顿感疲惫，但集体生活的乐趣就在于晚上睡觉前的七嘴八舌、天南海北，正聊到兴头上，高老师就鼾声大起，如雷贯耳。以前听说过老师打鼾厉害，其力度大到同事出差生怕跟他住同屋，这回总算是领教了其威力之大。当高老师深深地进入梦乡后，我们八位弟兄面面相觑，相视发呆！有人建议把老师摇醒，但没人敢上。第二天晚上跟高老师商量："老师！您打呼噜水平太高，昨晚大伙都没咋睡，您能不能稍迟点入睡，等我们睡了您再开始。"老师很爽快地答应了。各就各位，不许说话，当我们刚躺下，还来不及关灯，高老师手上揣着书本往脸上一盖，顿时鼾声响起。整夜，我们伴随着他老人家的呼噜声入眠，他的呼噜声异于他人之处在于先是鼾声大作，接着倒吸一口气变成是吹口哨，再紧接着大声呼噜。节奏有变化，而不是一成不变，要命的就是这节奏变化！旁人受不了的恰恰是鼾声大作之后短暂停顿后的口哨声。天刚蒙蒙亮，老师起床了，他唤醒我们："海洋、伟平、豫闽、秋飞、一群、恩琦、培雄、周冰！你们赶紧起床，体校的学生在门口等着跟你们踢足球呢！"亲娘呀！

故乡

高一呼老师祖籍湖南益阳桃江县，17岁时考入县里花鼓戏团任舞台美术设计，1957年考取浙江美术学院油画系，1961年大学毕业分配至福建师范学院艺术系任教。

老师从小喜欢画画，立志长大后成为画家，在剧团工作时虽与绘画有点沾边，但终究是为了生存的谋生方式，考上浙美则是他实现人生理想的开始。大一时，高老师的风景写生《西湖春晓》被杭州晚报刊载，这对他是极大的鼓励，上学时正值全国各行各业向苏联老大哥学习，文艺界一边倒地倾向苏俄风格。此时，浙江美院选派了青年教师肖锋、优秀学生全山石赴列宾美术学院攻读硕士和本科，汪城一参加苏联专家马克西莫夫在北京举办的培训班，将这股学习苏俄之风推向高潮。高一呼没能直接向苏联专家请教，也没有机会赴国外留学，他凭着执着的艺术追求潜心训练油画技艺，以极大的热情投入到素描训练和油画写生练习中，他善于将艺术语言融入到对社会主义建设过程中所涌现出来的典型人物、事件和场景的表现中，塑造出许多真实的、感人的、生动的工农兵形象和主题性创作。

他的勤奋刻苦是有目共睹的。曾经，在号称火炉的杭州三伏天里，高老师热到无处可躲时，便跑进浴室边沐浴边画画。他的刻苦努力使他成为年级成绩最为优秀的学生。他曾被作为扶持对象进行过重点培养，但是，在一切为政治服务的年代里，终究因他的家庭成分，因他的出身被冷落、被遗忘。大学毕业时，系里问他："福建师范学院艺术系要人，你去吗？""好呀！我去！"这一决定注定了他下半辈子的命运。熟悉他的人都说，高一呼如果不来福建，留在杭州，或去北京、上海都将是全国名家。是啊！高一呼因为来福建，确实没能让他在中国艺坛大红大紫，名满天下！但是，他培养了缪鹏飞、黄鸿恩、林之耀、

46

薛行彪、杨浩石、范迪安、郑工、孙志纯、李晓伟、陈宗光、徐里、袁文彬、吕山川等等一大批优秀人才。真可谓得一呼者得天下！

高一呼先生的油画作品里，有种特殊的品格，那就是一种抒情的、浪漫的现实主义意涵。正如他一贯持守的高尚的人生观和价值观。固然，现实生活总不能令人事事如意，世俗生活中存在各种的磨难，而他更愿意将目光投向真善美的情境，更愿意通过自己的画笔塑造和表现出优美的、诗意的、浪漫的图景予人慰藉，予人启迪。上大学后高老师再也没有回过一次老家，是他不愿意回去？家里没有亲人？后来才知，高老师的父亲新中国成立初成分划定为地主，被当地政府从严处理。1982年，他的同乡、同事杨启舆老师鼓动他："老高！咱们俩一起回湖南老家探亲吧！你如不方便直接回家，先到我家视情况而定。"于是，高一呼、杨启舆两位老师从福州启程，先到山东曲阜画孔子故里，后沿着长江三峡南下，辗转回到阔别已久的故乡。他们先到杨的老家（杨与高老家邻县），让人传话，说是该县有位著名画家在福建师范大学任教现已抵邻县。经历短暂的忐忑之后，桃江县政府派车来接高老师，在家乡为他举行了隆重的欢迎仪式，并请他在县政府大礼堂举行了一场美术欣赏的讲座。时隔数十年，故乡为他张开拥抱的双臂，令他倍感温暖。此后他的画作里多了些博爱的情愫，多了些和煦的春风。在《晨光初抹》《鸽子》等作品中，高老师构思着将清晨的阳光洒在乡村女教师与学童的身上；身体残疾的女青年凭窗伫立眼望天空飞翔的信鸽，渴望重生，渴望飞翔，这样一种抒情与浪漫、奋发有为的主题，是否可以看成是老师心路中历程的缩影呢？

故乡在心里，故乡在梦里。

脉传

在长期的教学和实践中，高一呼老师坚持对物写生、对景写生、对人写生。写生，顾名思义是指直接以实物或风景为对象进行描绘的作画方式。直接性使得画者面对事物凭借整体视觉收录并经过整理、概括和提炼，运用绘画手法将其物象艺术地表现出来。艺术地表现，实际上是对画者心智的考验。是传移模写，照相机式的机械复制？还是气韵生动，主观能动地加以表达？高一呼先生以自己的艺术给出了正面的回应。在长期艺术实践中，他练就一手绝活儿，就是将看似寻常的景观，经过他的组织和营构，既凭据现成物的色彩、光影、体积、空间关系而确立物与物、物与景的彼此关系，同时又能强调出和谐的、稳定的基调，采取或削弱某一物体的固有色，或通过一种含蓄的灰色调进行过渡处理，以平衡彼此的色彩关系。此外，他的笔意表现极其丰富，揉、搓、摆、点、顿等用笔变化多样，产生富有油画语言的韵味。而薄涂与厚堆技法的运用恰到好处，高光部位的处理尤为精妙，在一笔挤压或拖带中准确地表现出耀眼的光斑和合理的结构关系。

高一呼超乎异常的写生能力贯穿于他的教学和创作中，课堂写生时，他时常与学生一起作画，从摆模特时起，就进入他的写生步骤程序，他认为，每个人都有特定的动作动态能体现其精神面貌。动态动作设计的好坏直接影响入画的生动性，道具的配置和色彩的调配都是十分重要的。如何让课堂作业画出情趣，如何将创作意识带入课堂写生，这些都是他反复思考和强调的，亦成为学院油画教学的一个优长，成为几代师大美术学生遵循的法则，亦是师大艺术学人安身立命的本领。他的教学理论讲授与示范教学相结合，尤其是后者，往往起到事半功倍，画龙点睛的功效。凡是接受过他的教育的学生大多见过高老师的示范作画过程，领略过他老人家精到的技艺展示，这对于实践类的学科教学太重要了。"说到天上去，不如画出来看看。"概念是抽象的，形象则是具体的，看得见、摸得着，讲得天花乱坠不如脚踏实地来两招。过去那么多学生、画友、同道钦佩高老师，除了他的品德高尚，就是他那一手好画儿，一手绝活儿。

曾几何时，我因画得与老师的画作乱真，引来不少笑话。某日，高年级同学经我们班教室去食堂，进门后嚷嚷"今天高老师又画啦！"同学头也不抬搭了一句："我们班那牛人画的。"为此，自己得意了好长时间。是啊！求学时认真跟着高老师学习，真学到了本事。福建师大美术学院自创办以来，秉承谢投八先生倡导的"一专多能"人才培养理念，"专"就是要做到专精一门学问，"多能"强调提升综合素质，于是，才有了一大批杰出校友的出类拔萃。

高老师十年前经历过一次脑部手术，体能状态大不如前，我隔着马路看到他缓慢地踱步，与风驰电掣的过往车辆形成对比，令人心酸！再往后，老人家变得不太讲话。我知道这都是因脑部神经受损造成的后遗症。每当逢年过节，我必去看望老师，握着他那胖乎乎的双手，逗他说话，常常是我一直唠叨，说了些家长里短，鸡零狗碎，也聊些画界的事，某次，他忽然发声了："咦！我发现你长得比以前好看了！"哈哈！在老师眼里，学生永远是个孩子，在高老师眼里，我还是当年那个瘦如竹竿、面带菜色的艺术青年。老师永远牵挂着学生，学生永远铭记着师恩。恩师一路走好！

（李豫闽 福建师范大学美术学院院长、教授）

第 577 期 2014 年 10 月 31 日

师大的"风景"

——记我心中的好导师王晓德教授

刘永浩

一谈到王晓德教授，大家都会对他所取得的学术成就和各种殊荣津津乐道。他是我国美国外交史研究领域的专家，较早地引入文化分析方法对美国外交做了长期的研究。先生著述颇丰且扎实厚重，荣获各种学术成果奖。尤其是近些年出版的《文化的帝国》和《美国外交的奠基时代》两部专著，均荣获"国家哲学社会科学成果奖"，使先生在年龄超限的情况下，仍被教育部评为"长江学者"。种种耀眼的光环，提升了先生的知名度。但先生平时治学为人的一面却鲜为人知。下面仅就在我求学过程中，我所认识的王晓德老师，略述一二以记之。

2010 年，我念大三的时候，先生为本科生开了一门《美国历史与文化》的选修课。在诸多选修课中，我毫不犹豫地选了先生的课。第一堂课，先生给我们推荐了美国史的必读书目。其中就含有《美国研究手册》和先生的恩师杨生茂先生的《探径集》。因借书权限的限制，我无法从图书馆借阅；又因两册书的印数有限，我更无处寻觅。我只好硬着头皮向王老师发了封邮件询问："有无电子版的《美国研究手册》和《探径集》，若有烦请老师发给我，若无亦无大碍。"在我看来，这封邮件起码得过三两天的工夫，先生才会回复。因为先生不但要做学术研究，同时还担任院长一职，身兼拉美史研究会的理事长，肯定事务繁忙。然而，有时惊喜来的是那么快。第二天（2010 年 9 月 29 日）上课时，先生便帮我把书带过来了。课前，我坐在书桌前正与旁边的同学讨论黄仁宇的《万历十五年》。此时，先生右手拎着黑色皮包从教室的前门踱步而入。口含食物的我无法开口向先生打招呼，只能以微笑示意。先生则以点头回我。片刻后，先生向我招了招手，示意我过去，像是有什么话要对我说。我走上前去，先生从皮包里掏出我寻觅已久的《美国研究手册》和《探径集》，轻声地对我说："喜欢看，就拿去看吧！"我激动地答道："嗯，谢谢老师！"当我翻开《探径集》的扉页时，空白处赫然留有杨生茂先生苍劲有力的亲笔签名。原来该书是杨先生赠给先生留作纪念的。如此珍贵的书，先生愿意割爱借我翻阅，可见其对学生的厚爱。

时隔两月，我趁还书的机会陪先生从教学楼走到院办。边走边聊，我问："老师那些英文原版的书，似乎我们这很难找到。我想看看英文原版的书，提高提高阅读能力，以便到了研究生阶段可以较快进入角色。"先生答曰："英语要不间断的学习，而书可以先看中文的以便打好基础，毕竟中文的著作也很多。至于这些书，可以看看别的，不单单是历史的。"我又问："您的《美国文化与外交》一书所引注的资料都是自己翻译的吗？我觉得里边的句式和句法都很相像，不像是引用别人翻译的作品。"答曰："都是自己翻译的，现在我看的都是英文的原始文献和原著，很少看中文的。"同先生的简短问答，我明显地感受到了先生高大的形象和太过渺小的自我。不过，先生不会因我渺小而藐视我。道别时，先生和蔼地对我说道："永浩，以后想要看什么书可以向我借。"听到这句话，我内心无比高兴，瞬间觉得自己是世间最幸福的人。在先生的身上，我看到了过去民国时期那些学术大师们的身影，切身感受到了先生的美好品质。先生的行动证明了，他是一个言出必行的人。为人师表者，能以身作则，愿意将自己珍爱的书籍与学生共享。先生的人品不言而喻。

时间转瞬即逝，先生的 12 堂课恍然去矣，而我却还意犹未尽。脑海里闪现的全是先生上课时的情景，似乎还陶醉在先生那富有启发和意味深长的温声细语中。先生在课堂上传授的治学之道、人生感悟和道德文章依然记忆犹新，时时在耳边响起。这也许就是先生的感染力在召唤着我吧！这使我对美国史，尤其是美国外交史保持着强烈的兴趣，一直延续至今。

先生的全部课程结束后，我按捺不住地写了一篇课堂随想并发给先生过目。内容主要是谈及自己对先生课堂讲学的感受以及平时阅读过程中遇到的一些困惑。本以为自己写的只是随想，没有太深太复杂的问题，先生看看也就罢了。

然而，先生很尊重学生发给他的每一封邮件，认为这是他身为人师的职责。第二天（2010年11月17日），先生即回复道："永浩你好！看了你写的课堂感想，写得很好。望你能坚持不懈，持之以恒，多读一些书，我希望你将来能上研究生，继续读书。我这里没有美国史学史的书，可在网上找。有事可告知，我将尽力帮忙。"先生这般不断鼓励与呵护学生的话，令我兴奋不已。我当即回复道："王老师您好！谢谢您的回复，有您话语的鼓励与支持是我最大的动力，我已经欣喜若狂了。在将来的一年半的本科阶段，我当努力打好基础，持之以恒。"先生的每一次鼓励都给我带来全新的动力和斗志，让我下定决心继续读研。

有一次，我向先生借《理想与现实：威尔逊"理想主义"外交研究》阅读。因先生事务繁忙，无法当天把书给我，便将书转放至加拿大研究中心（仓山校区教学综合楼三楼）吴万库老师处，通知我可随时去领。当我兴致勃勃地从吴老师手中接过书时，发现书中夹着一张纸条，是先生亲笔在A4纸上写了一句话给我："人总是要有理想，它可以使你在顺境中具有奋发向上的动力，在逆境中看到未来人生的希望。"对我而言，先生亲笔写给我的寄语实在是太珍贵了，具有特殊的纪念意义。因为这张寄语是我崇敬的先生，在没有恳请的情况下主动为我题写的，寓意深刻，注满了先生的厚爱与真情。先生的寄语着实令我兴奋了好一阵子，时不时便会得意地拿出来反复阅读，聊以自赏，总是要心满意足之后，才肯小心翼翼地夹藏在书中，生怕会有半点折损。如此珍贵的礼物，我必定永远珍藏，像古董一样，年代越久远，它的价值就越高；像美酒一样，贮藏的时间越久，它的味道就越发清醇。

大四上学期的前两个月是师范生的教学实习阶段。当实习结束返校后，我便马不停蹄地去聆听先生的课。因为从暑假到实习结束我已整整有四个月没有见到先生了，心里怪想念的。回来后，我听了先生两堂课。课余时分，我向前问候久未谋面的先生。不知怎的，我还未开口，先生却对我说道："你保到我们这啦，回去多看点书，研究生三年好好学习，将来我帮你推荐到南开去读博。"当时，我确实已保送到学院世界史方向，但我还未告知先生，他却早已明了。我想肯定是先生一直在背后关注着我的成长。不然，何出此言？"好好学习，将来推荐你到南开读博。"这是何等的荣幸！何等的幸福啊！正是先生一次又一次的勉励与厚爱，给我带来全新的动力与斗志，才使我有勇气继续读研。如果没有先生的鼓励与厚爱，我是绝不会有读研的信心和决心。

三年问学，我切身感受到了先生治学为人的品行，见证了先生又一个学术发展高潮期的到来。如今，先生仍然在为学院的发展奋斗着，仍然在为中国的美国史研究贡献着自己的力量。记得先生曾经在缅怀恩师杨生茂先生的文章末尾写道："今后唯一可以继续报答先生的就是像先生那样，始终保持'学者的本色'，以'仁者的胸怀'为人处事，以'智者的思考'去探讨学问，在人生的道路上向着更崇高的境界迈进。"现在看来，先生已经兑现了对杨先生许下的承诺，而且正在朝着更高更远的前方出发。

北京大学陈平原教授在《读书的"风景"》一书中，带有几分悲观地认为，"大学校园里面，有学问，有精神，有趣味的老学者，很可能真的就是校园里面绝好的风景。可是，这些风景即将消逝。"其实不然，我认为像风景般的学者和知识分子在高校里，仍然一代又一代的薪火相传着，只是我们缺少发现风景的眼睛。先生在我心中可算得上是，大学校园里一道靓丽的"风景"。

（刘永浩 社会历史学院 2012 级硕士研究生）

第 611 期 2016 年 9 月 18 日

仁智兼具的精神斗士——记我心中的好导师孙绍振教授

蔡惠君

在师大，若你有闲情，最好能到教学楼溜达一圈。你可能会感到疑惑：干巴巴的阶梯教室，有什么可看的呢？但你知道吗？知识与思想的潮水，就在这一间间教室中涌动着。你可以寻着古人遗风坐进古代文学的殿堂，也可以踏着跳动的音符坐进音乐鉴赏的殿堂，还可以追着数字符号的演绎坐进数学的殿堂……于是你发现，师大的精魂似乎化成讲台上一个个鲜活的身影，随着他们上下唇的自如张合，知识的奥妙沿着言语的通道输入每一只开着大口的耳朵，环绕心田。

也许在这样一间教室前，你会不由自主地止步，好奇地张望。从教室末排直到教室第一排，从靠近走廊的首列直到最后一列，都坐着挺直了身板、齐刷刷将目光聚焦在台上的学生。台上站着一白净丰腴的老者，戴着黑色方框眼镜，头顶上几缕自信的白发盘曲着，用着嘶哑中略带尖利的声调，向学生说道：

"你们要学会听我的观点、我的研究思路、我的方法……"

我就是台下这不起眼的一个，从 2015 年 9 月 10 日晚上开始，永远用着仰慕、敬爱的眼光恭候着老者在每周四的晚上 7 点，准点出现在教室门口，徐徐而进，环视全场，张口讲课。偶尔有幸，眼光与其不经意地对视，仿佛窥见了他的 80 多年的智慧之光。

不用我说，你也定猜到，这显然是师大第一宝——孙绍振先生！

对学生：爱之深，责之切

初见孙先生，是在大一的某个下午，于旗山的名师讲堂中聆听他对三国人物的品评。尤记得当时场面的壮阔：浩浩荡荡的学生将讲堂每个角落都霸占了，不留一点余地。全场讲座下来，掌声不曾间断，我则第一次亲见了大学中求知的场面，仿佛大家都争着挖金，却又是找寻一种比金更圣洁的圣物。

而今，四年时光飞逝，我有幸以研一的学生身份，从容坐在教室第一排，看着这位永远年轻的老者，身着一件清朗的格子衬衫，脚穿一双简约的运动鞋，在讲台上时而眉飞色舞、时而神情严肃。

孙先生受学生敬仰，在师大也是人尽皆知的，然而，靠的不止是他的名气，光就他80高龄仍给研究生上课这一事，便可窥知他的不一般。

"因为你们爱听我的课，所以我就来了。"这是孙先生坚持给我们上课的唯一理由。他能在讲台站上整整两个小时，一气呵成地讲满一堂课，这除了硬朗的身体作为支撑以外，恐怕便是他那句话背后的力量在激励着他。然而，滔滔不绝地讲自己的腹中之物，并不是孙先生的风格。孙先生是唯一一个在课上当场看我们所写的文章，并激浊扬清地抨击我们稚嫩文字的教授。他能滴水不漏地组织起一堂课，前一个小时点评我们的文章，后一个小时，用他的说法——是见识见识他的才气，看看他怎么写同一个文本的解读文章。

然而，不争气的我们，狭隘、不严密的文字却是常常惹得他吹眉毛、瞪眼睛，用一种不可思议的语调叫道："怎么会这么写呢？我讲了那么久，你们脑袋中机械唯物论的错误观点怎么还根深蒂固呢？"讲到这，他的脸罕见地微微泛红，恨铁不成钢而又仿佛受到伤害的眼神，从方框眼镜后像一道最强烈的光线，射得你不由自主地低下头，准备接受一场狂风暴雨般的深刻教育。可是，他却又将语气一转："说到底，这也不能怪你们！要怪就怪大学本科时那些不够认真的教授，尤其要怪北大的袁行霈，但其实最应该怪的是我，魅力还不够大，没能让你们早点吸取我的精华！"仿佛父母手中的棍棒刚刚高高地举起，却又不舍地轻轻落下，于是再次鼓起勇气抬头看他，眼神中带着柔和慈爱而又调皮的光，再次用着缓和的语调指点文章："这样直接下结论是不可以的，要把你的逻辑演绎过程写出来。"边说边点着他那神圣的脑袋，以加强肯定说出口的每一个字。

但有的时候，学生交上来的文章的确质量太差，他也就毫不掩饰他那怒不可遏的心情，尖锐的两瓣嘴唇快速上下张合："废话、废话、更废话！"一口气喊出了好几个"废话"，仿佛这样才能将心中之气一吐为快。"我如果不这样严厉地骂你们，怎么能让你们长教训呢？就是要让你们记住在课堂上被骂得这么惨，下次才不会再犯同样的错误！"说完，用手撩拨了下头顶上几缕冒着怒气的头发，稍歇一口气，接着说道："写完文章是要反复修改的，不必要的话语是要删除的，简单地罗列几个观点是要不得的，观点之间是要有逻辑的，最好是层层推进的……"一连几个"的"，拉长了他那带有特色磁音的声调，课堂气氛从前面的零度，随之又微微沸扬，底下的学生忍不住被他这前后的反差逗笑，被批评的同学烧红的耳根稍微褪了点颜色，我们唯一要做的，就是拿起笔迅速记下每个有关"的"的写作教训。

毫无疑问，若不是对我们抱着强烈的期望，若不是渴盼着我们成长成才，孙先生不至于为这讲台桌上放着的小小豆腐块的文章时而微怒、时而发火。要知道，这是个80高龄的老先生，肯为我们上课已经十分了不得，还肯为我们点评文章，这背后对学生的无私之爱，从中可窥见一斑！

当然，偶尔冒出的过得去的文章，也是能得到他大开金口、滔滔不绝地赞赏的。很幸运，我的文章成了第一篇获得孙先生赞誉的文章。翻到我的文章时，他嘴角弯起一道欣慰的弧度："一看这标题，就知道这文章达到火候了。"说完，手指着桌上的文章，把标题一念，微用力地一点头，拉长了起伏的语调说道："要——得儿！"既而，像一个终于得到回报的孩子般，开心地笑起来，此后对文章的点评，也是力求从中挖出闪光点，找到值得肯定的地方。"我的劳动终于有回报了，你们当中终于有人脑袋开窍了！"点评完他满意的文章后，还顺带表达了他内心的喜悦。

在这一次次的点评中，我们深切体会到孙先生口中的"为文之难"。哪怕是孙先生这样在文坛上叱咤风云的大师，写文章也是谨小慎微的，好像蚂蚁运食般，怕毁坏了得之不易的成果。从前，我从文学院老师的口中听到的孙先生是这样的：文章高产，随便在床边一坐，一篇文章就又出炉了。而孙先生则亲口告诉我们，他写文章也是十分不容易的，需要查证大量的资料，写完文章后要反复修改，哪怕是其中的一字一句都是诚惶诚恐，唯恐哪个地方出现了疏漏，这篇稿子就被编辑毙掉了。这让我心中深感震撼，像孙先生学识这般深厚的学者尚且对做文章一事如此恭敬，我们这些初出茅庐的学生就更加没有理由不好好精雕细琢、练好笔头功夫！

爱之深、责之切，是孙先生爱学生的自然流露。他从来不吝啬，总是力图将心中的东西掏心掏肺地传授给我们。每一次课堂上的点评文章，都是一位老先生师爱的彰显！

对学问：敢于抨击权威的智者

如果说孙先生对学生，是毫不保留地爱；那么他对错误的权威观点，则是赤裸裸的恨了。

9月10日晚上，给我们上的第一堂课，他就毫不留情地把他的师兄——袁行霈的那套机械唯物论批到九霄云外去了。从贺知章的一首《咏柳》开始，他先是搬出师兄是如何解读这首诗歌的，既而点燃他一概的豪情壮志，将袁行霈的解读从头到尾点起一把火，燃烧了个灰飞烟灭。"总而言之，全是机械唯物论！是反文学的！毒害了多少代青少年的思想！"光是批判别人的解读是错误的还不足以让人信服，待他批判完，长抒心中一口怨气后，便自信地用手撩拨了下头顶中央姿态傲娇的几缕头发，开始用他的真善美错位论、审美情感论去重新解读《咏柳》。

他把我们从所谓的权威中拉扯出来，带领我们到广阔的思想平原，去驰骋奔跑，呼吸自由空气，领略文学真正的美。孙先生的这项本领可不是浪得虚名，他是有真才实学的，故而有底气在学术界发言，在课堂上解放我们。而孙先生的真才实学与他的勤勉用功是不无关联的。

我们经常在9点下课后，送孙先生回家。好几次，孙先生反复向我们提及他的许多文学素养，都是在"文革"期间打下的。在那段被流放的岁月里，他没有颓废，而是看大量的书、广泛地阅读。而他看书又有一项异于常人的本领：过目不忘。被流放的黑暗日子在他那里，反而成了一段黄金时期，为他打下了扎实的学术研究基础，并在崛起的那一刻，在文坛上发出他最强有力的声音。而今，孙先生因为年纪的缘故，记忆稍不如前，但他说："我会坚持做笔记，来弥补记忆力的不足。"由此可见，孙先生的智慧也是颇下了一番功夫的。这样内藏于心的智慧，也常常让他在各种场合应对自如，得以调动脑中的无尽资源。

57

所以，在孙先生的课上，即便坐上三四个小时，也定不觉得枯燥。他必定会在严谨的讲解中，以他独有的幽默之功，调动起心中的学识，加以风趣地调情，既而引爆课堂的兴奋点，让大家追随着他的思路，进入下一个兴奋点。

能发表著作的教授有之，但敢于抨击权威的教授却少则又少。孙先生是师大的标杆，每一位真正的研究者，都应当努力成为像孙先生一样敢于批判的勇者！

为人处世："低姿态"的仁者

真正的智者，必定也是真正的仁者。这一点在孙先生身上也是十分明显的。别看孙先生一副藐视权威的桀骜姿态，但在我看来，孙先生的骨子里，有着儒家的血统，流淌着仁义之道。这还得从11月12日那天晚上的课上说起。

这是一个像平常一样既寻常又不寻常的晚上，因为晚上又是孙先生的课。教室里同往常一样，每个能坐的角落都坐满了人。7点整，孙先生的身影照例准点无误地出现在教室门口。迈着他仪态端严的步伐，走到讲台桌前时，只见他视线下移，双眉不经意地微皱，但又迅速地舒展开来，拿起话筒准备讲课。孙先生皱眉头这一个微小的细节，因我坐第一排，恰巧捕捉到了。我探身看讲台桌，空空如也，原来是没有椅子！尽管孙先生身体硬朗，但毕竟也是80岁高龄，怎能让他没有椅子站着讲完两个小时的课呢？意识到这点后，我悄悄冲出教室，去寻找椅子。

原以为不过一把椅子罢了，一两分钟就能处理好的小事。然而，我到各个楼层的教室寻觅了一遍，都有老师在上课，自然不好贸然闯进搬别人的椅子。于是又到教室管理员处，然而管理员在工作也需要椅子，最后终于在楼管处找到一把椅子，我赶紧搬着椅子跑回教室。而这时，上课时间已经过去10分钟了。

当我搬着椅子走进教室，轻轻将椅子放在孙先生身后时，孙先生回头一看，立刻用了惊奇且感激的声音说道："谢谢！"在我坐回原位后，孙先生就这一件小事表达了他心中的感恩："这位女同学发现我没凳子坐，就跑出去帮我搬凳子，我必须对她表示十分的感谢！因为没有凳子，站着讲课对我来说是一项挑战。这位女同学懂得去搬凳子，充分体现了她对一个老人的尊重，可见是个有素质的人。"

毫不吝啬地表扬完后，才继续他的讲课。临到 9 点将要下课的时候，让我十分惊讶的是，孙先生竟还惦记着我课前帮他搬凳子这件小事，再次对我表示感谢，并以他一贯的豪情，夸我日后会成为教授，向我投以肯定、期许以及感谢的目光。

我的心是惊喜而又局促不安的。惊喜是因为能得孙先生在课上的表扬；局促不安是因为帮老师搬凳子本是学生的义务，是一件理所应当的事情，是每个在场学生义不容辞都该去做的事，何况眼前的老师还是一位 80 岁的老者，而他竟然对这样一件小事再三表示感谢。说到底，这件事再平常不过，完全不用这样三番两次、用力地表扬。而孙先生则不然。我想，正因为孙先生是一位大师，所以他的胸怀博大到能敏锐地捕捉到每一件极小的善事，并挖掘到这小事背后的善意，然后又深刻地将它宣扬出来。更重要的是，他是以一位老师兼老者的身份，向一个 20 多岁的年轻人表示感恩之情，这让我深为感动。

一把凳子，两次感谢；一位老人的大情怀，一位教授对学生的低姿态，都在我心中树立起了品格的高标，指引着我。大师之"大"，在于学问，然而更在于品德、气节之大！我也在那一刻更深刻地读懂了我们的孙先生，他的骨子里流淌着仁义之道。

孙先生的低姿态不仅体现在为人处世上，更体现在做学问上。孙先生早期并不研究语文教育，但在目睹了语文教育的日落西山后，毅然将手中的笔转向语文教育的领域。学问即目的，在孙先生心里，学术研究不是为了名垂青史，更不是金钱职称之光耀，而是出于内心深处对学生研究的原动力，是生命的动力，是言语的动力，是为了一份精神生命的传承。正是这种发自灵魂深处的渴求，使孙先生一次次以热忱的情怀将生命投入到研究中。这令我深为感动，这是一个怎样真诚热忱的至性之人，如飞蛾扑火般，将整个生命献于学术，但这个生命必将在学术这把火中越燃越旺，凤凰涅槃，为未来的语文教育界带去更耀眼的光芒！而这样一个学识丰富、著作严谨的仁者，他又是谦虚而不卑不亢的。尤其当别人将其研究视为臬极时，他反而不安，非得要有所被批判时，方觉心安。在孙先生身上，我看到了一种纯净的心性之光辉，这是一个真正的仁者！

《论语·述而篇》有这样一句话，我想用来形容孙先生亦十分贴切："温而厉，威而不猛，恭而安。"孙先生在我心中，就是这样一个仁智兼具的精神斗士！

2015 年，恰逢孙先生 80 岁，进入耄耋之年。尽管我笨拙的笔写不出孙先生独特魅力的一万分之一二，但仍要以此一小文，聊抒心中的深情与祝愿，愿如10 月 21 日大家为孙先生办生日会的那天晚上，他在课上所立下的誓言一般："下一个 80 年的今天，我与你们还要再相逢聚首一次！"

（蔡惠君 文学院 2015 级硕士研究生）

第 630 期 2017 年 10 月 10 日

我们班与辜老师的愉快记忆

张琳琳

第一次见辜也平老师时我们还是大三学生，他到我们班讲授中国当代文学史。那一天他还带来一位年轻的小伙子，并且笑嘻嘻地向我们介绍说这是刚从北大读完博士回来任教的黄育聪老师，本来也是我们学校基地班的，所以让我们管他叫"大师兄"。师生间横空多出这么一位大师兄，于是每次上课似乎多了点武侠的味道，大伙儿也因此私下里称辜老师为"老顽童"，而黄老师也主动担当起一些领头操演、答疑解惑以及联系师傅的大师兄角色。

很快我们就发现，无论是上课还是日常交流，辜老师总是诙谐幽默，有时会被自己的话先逗笑。而那笑，似乎还包含着一种少年捣蛋得逞后的神色。后来我们才感悟到，辜老师的诙谐幽默其实是他跟同学独特的交流方式，我们毫无压力反倒觉得亲切。课前我们浏览课本，大家都为十七年、"文革"那些充满浓厚时代印记的内容头痛。但一个学期下来，在老师诙谐轻松的谈笑间，我们几乎是不知不觉地被引进那个年代，去感受其独特的文学风景。他从来不点名，从不给我们开长长的书单，也从不拿考试、成绩之类的话题吓唬我们，并且一开始就明确告诉我们，不要问他考试的重点，也不要跟他计较多几分少几分。但奇怪的是，我们不仅都乐于听他的课，而且那些心底本来很抵触的作品，什么"三红一创保山青林"，也都随着课程的推进一本一本地啃了下来。现在看来，老师课堂上娓娓叙述的文坛趣事，轻描淡写的背景勾勒，以及漫不经心的个人抒发，其实都是在处心积虑地哄骗我们去读作品。他不仅熟悉小说的故事和细节，能信手背诵出一些关键的诗行或台词，而且似乎对相关作家的个性心

61

理、思想气质也知根知底。

更令我们佩服的是他娴熟的多媒体制作技术。他几乎不写板书，但那些关键字句和小视频总是恰到好处地出现在投影屏上。课前和课间，总也是被充分地用上，不是播放诗歌朗诵的视频，就是播放经过他自己压缩剪辑的电影片段，或者与作家相关的影像资料。讲《红旗谱》的课前他放的是朱老巩大闹柳树林，讲《青春之歌》前他让我们看的是林道静北戴河的蹈海与得救，紧接着上课问我们好看不好看，在简要介绍和分析后就建议我们回去把小说借出来读读。有一次课前放的是贺敬之的影像，接着讲十七年的政治抒情诗。由于有前面直观的了解和铺垫，对那些高亢激越的诗行，我们似乎也多了些直观的理解。给我们大家留下更深刻印象的是，第二学期讲先锋小说的叙事圈套，我们听得似懂非懂。而辜老师似乎也早就料到，直接就在投影屏上给我们展示了他在两位学生婚礼上的证婚词。好像是专门为解释而准备，这证婚词如同一篇微型小说，讲述的是两位新人从入学、相识到最后结合的浪漫故事。故事中的具体场景和一些细节，我们是比较熟悉的，所以其中运用的元叙事、戏拟、拼贴与第二人称讲述等，比起先锋小说也就显得更直观，也更容易理解。

课前课后，辜老师也常常结合课程的学习，与我们谈谈理想，谈谈人生，谈谈考研与就业。他总是鼓励我们不要停止学习与追求。从小到大，有关这方面的大道理我们听都听烦了，但对辜老师的告诫或鼓励，我们不仅不反感，而且似乎也听得有滋有味。因为他不是居高临下地指导，也从不抽象地指点或教训。他常常跟我们说的是，哪一届的哪位同学怎样一路走着，哪一届的哪位同学又是如何选择，而哪一届哪一位同学又向他报告了什么喜讯，或者诉说了什么苦恼，就在我们诧异于他怎么记得住那些年代久远的同学的时候，辜老师如同讲完自家小孩的故事之后略加的点评，也就深刻地留在我们的记忆之中了。后来临近毕业，有的同学面临选择的疑惑时，也自然想到打电话征求他老人家的意见。

上辜老师的课，我们是在不知不觉中迎来期末复习考试的。大概比其他课程早两三周，他就提醒我们必须准备期末考试了。虽然不给我们划重点，但他给我们一份包括整学期应该掌握的所有知识点，并且标明每个知识点所在教材的页面。他甚至告诉我们，这份复习的纲要考试完后不要丢弃，将来不管考本校还是考外校的研究生都可以派上用场。后来应我们的要求，他还把现代部分的复习纲要也给了我们。他要我们自己系统地复习考个好成绩，不然就不是我们基地班的水平，同时也有损他"一辈子教书的英名"。交代好这一切上完最后一节，他就真的从我们视野中消失，并且特别交代学习委员谢淑莹不许打电话打探考试的消息。直至考试当天，他才又出现在我们面前，并且笑嘻嘻地说让我们放松，说这时大家还在看的重点统统都不会考。

摄影无疑也是辜老师的爱好，多媒体中穿插的照片，有一些就是他自己的得意之作。转眼到了第二年的夏天，我们的当代文学史课程临近尾声，辜老师邀请我们与他在最后一次课结束后合影留念。"你们应该是我带的最后一届本科生。当然，这句话我说了很多年……"还是他一贯的风趣，却饱含了别样的情味。拍照前一天，他又特意打电话给班长小黑，嘱咐女同学要打扮得漂漂亮亮的，班里仅有的三位男生，也一定要穿不同颜色的衣服。终于到了 2014 年 6 月 16 日这天，大家都起了个大早精心打扮了一番。三位国宝级男生也果真精神抖擞地套上红黑蓝不同颜色的 T 恤，大师兄则穿着活泼而不失庄重的衬衫，而老师自己却似乎很随意地穿了套牛仔装。一下课，辜老师就拿着相机忙不迭地跑到隔壁自习室请人帮忙拍照，接着又根据大家衣服的颜色、身高以及性别安排队形。因为那一天刚好后两节没课，大家又兴致勃勃地从四楼拍到一楼，从课堂拍到室外，之后是一个个宿舍的合影，惜别之情也悄然袭上我们心头。原来大学生活，并不仅仅是那么几堂课，上完就完了，它是那么真切地温暖着我们过往的每一刻。

记忆的闸门一旦开启，往事便如洪流般不断涌现出来。我们即将毕业时，倘若在学校偶遇辜老师，他都会探问同学们的去向。毕业后和我们这些留在本校读研的同学再相见，他总还是惦念着洪明超去了哪里，叶玮恒怎么没有消息，陈明敏是否已经回来，刘凛君怎么还是去了厦门，吴瑞获在上海可好？他给我们班的毕业赠言是"于一切眼中看见无所有"。每当看不分明前路的希望时，我的心底就不期然地浮现出这句话。它是辜老师馈赠给我们的锦囊妙计，它穿越时空而来，赋予我们奋斗的勇气和力量。这原话出自鲁迅的《野草》，而我们也知道紧接这句子之后的是"于无所希望中得救"。

（张琳琳 文学院 2015 硕士研究生）

643 期 2018 年 1 月 30 日

爱如水仙

叶悬冰

厦门也是有冬天的。感谢造化的绝妙安排，让我能够在冬天相遇最美的水仙，相遇最可爱的人！

最冷的日子里，在街巷的拐角处，卖水仙的小贩随处可见。大而扁的竹筐里，整整齐齐叠放着一茬茬水仙。三块钱买一把，就像买一把小葱。清水养在玻璃杯里，不出半日，就开出一束粉绿深白了。

在我小时候，过年时，奶奶会提前养好一盆水仙。雕刻过的水仙，安住在绿色的浅碟里，盖着一层棉花的薄被，边上睡着几颗小石子。奶奶每天给它晒日光浴，往碟子里注温水，目的只有一个：希望能在除夕，不早一天、也不晚一天，开出花来。守岁的夜晚，奶奶把水仙供在案桌上，一炷香和着一缕花魂，敬献给年、给祖先，倒也是应景得很。

奶奶是一个爱花爱美的人，她喜欢的花，我也一直喜欢着。每一年冬天，我都会养一盆水仙。我从不雕刻花球，喜欢养大蒜一般养着水仙，我喜欢它们开出花时那种粗服乱头不掩国色的模样。

昨夜，我在氤氲着水仙香氛的空气里沉沉睡去。睡梦中居然遇见了你——依稀几十年前的模样，温婉亲切，微笑着，远远看着我。早已是生死两茫茫，但依然不思量、自难忘——亲爱的陈老师，我说过的，总有一天，我们师生会有一场纸笔上的重逢，我会在尘世，追忆、缅怀曾经的过往。

该从哪里开始呢？

从1990年吧，我18岁那年，遭遇的那场飞来横祸。那年暑假，和中学的两位好友结伴到山中游玩，回家的路上被歹徒挟持。我们拼死反抗，最后只有一个人活了下来。那个九死一生活下来的人，就是我。

经历了两次大的手术，三个多月以后，我回到了学校。除了一张完整的脸，到处伤痕累累。不知有没有人感觉诧异，就是我依然总是笑着的。难道应该日日以泪洗面吗？当然不，不是说"那些杀不死我们的，终将让我们更强大"？

没有谁生而有力。18岁的我在巨大的撕裂中明白：所有艰难的路，注定要一个人走。人的脆弱和坚强都可以超乎想象。

古典文学已经上到了唐宋。讲台上来了一位女老师，长着一张白里透红的圆脸，一头短发，笑意盈盈。你用温柔婉转的声调，吟诵"春花秋月何时了，往事知多少？小楼一夜又东风，故国不堪回首月明中。"我被深深吸引并沉醉。你读着"繁华事散逐香尘，流水无情草自春。日暮东风怨啼鸟，落花犹似坠楼人。"我在感念落花犹似坠楼人，什么事怎样的情要如此惊心动魄呢？讲唐传奇《霍小玉传》的时候，课后我找了书来看，读到故事的结局小玉对李益说的话："我为女子，薄命如斯。君是丈夫，负心若此。韶颜稚齿，饮恨而终。慈母在堂，不能供养……"我的眼里闪着泪光。

必须承认，年少时，我一直是非常痴愚的女孩，直到真正认识文字。文字令我陷于深情的迷幻。算是一种爱的启蒙，在那些美丽的词句里，一点点破碎着，一点点完美着，一点点放逐着，一点点疗愈着。这是一场自我追逐的游戏。心里的花开了、谢了，谢了、又开了，无人知晓。无人知晓也好，最寂寞的芬芳，最销魂蚀骨。我可以躲在文字里疗伤。

有一天下课前，你突然问："谁是悬冰？悬冰同学请留下来一下，我想认识你。"

我站在203教室外面静静地等你，你握住我的手，细细打量着我："你就是那个传说中勇敢的女孩？真是个好姑娘！"

从那以后，我常常跟着你回花圃新村的家里。享受和你的宝贝毛头一样的待遇，香浓的排骨汤泡线面，香喷喷的，我和毛头一人一碗。

然后，我可以随意翻看书架上的书，喜欢的还可以借走。记得有一个冬天的下午，阳光也如今日这般温淡，我坐在阳台上，看你刻水仙花。阳光里的你散发着淡淡的辉光。你说刻过的花有刻过的样子，也是美的。我学着，也刻了一个。你让我带回宿舍去养，那一个冬天，宿舍里弥漫了水仙淡淡的香气。

不知不觉，到了毕业。毕业前夕，我去与你道别。你送了我一本《唐诗鉴赏辞典》，一本《宋词鉴赏辞典》，还有一本《稼轩集》，嘱咐我多多珍重。我们就此别过。

1999 年，我回到师大读书，有一天和同学们相约文科楼大榕树下。他们调侃着我，我却把玩笑当了真，在榕树下哭了起来。小伙伴们不知所措，你恰好从文科楼出来，我扑进你怀里，热泪长流。你默默抚摸着我，轻轻拍打我的背，让我慢慢静下来。你带着我慢慢走着，路过那条住着很多盲人的小巷。盲人探路的竹竿敲打在路面上，发出"笃笃"的响声。我沉默着，与你相顾一笑，我懂得你想告诉我什么。人的一生里，大约只有难得的极少的几个人吧，你愿意在他们面前袒露伤口。谁都一样，在生命里修行，百炼钢化作绕指柔。

你来给我们上古典文学选读，那样巧，你又做了我的硕士论文导师。有一天我去你们家，毛头正在苦思冥想，写他的研究性学习的作业："姐姐，为什么语文这么不好玩呀？"我大笑，对呀，语文如何变得好玩呢？于是我决定了论文的题目——《让语文课堂充满美感和生机——论语文教学的审美转变》，你说很好。

那年春节，你给我写了一封信。

"悬冰：你说你得了三十岁恐惧症，其实大可不必。不要浪费你的才华，只管往前走。你是一个美丽、善良、勇敢的好姑娘，你的生命里注定会有很多珍爱你的人。一定会的，你要相信。"

又过了很多年，我的生命里迎来了小子由。我给你写了一封信细细倾诉一路的艰辛。你马上给我写了一封信。

"亲爱的孩子：读你的信，我只想流泪，你真是一个多灾多难的人。好在一切都过去了。子由（这可是苏家老二啊）的到来，足以弥补你过去为他而受的种种痛苦。上天终于没有辜负你，送给你这一个可爱的宁馨儿。我也要举手额庆，感谢苍天了。孩子长大后，一定会记得你为他所做的一切。那么今日的痛苦，又算得了什么呢……你身体一向虚弱，要注意休息。来日方长，不要着急，为了孩子，也应该好好爱惜自己……如到福州，把宝宝带来。"

生活一地鸡毛，忙碌而琐碎。我竟没有带宝宝去福州看过你。2012 年，辗转几人之手，我收到你的一封信。你告诉我身体有些小疾，还有就是希望我能帮助一个长期在乡村中学教书的学生发一篇文章。你总是如此，不会锦上添花，惟愿雪中送炭。我赶紧回了你一封信。

"悬冰：读到你的信，真的很高兴。我知道你一定会给我回信的，但我也对这个地址有些疑虑，因为这几年各种学校不断地整合、升级、拆迁以及改名等等，原来的校名、校址都对不上号了。

好在你人缘好，也好在我们有缘分，总算让你收到信了。

我先看了你写的那些文字，笔下的子由果然聪颖可爱，写鱼那篇，真把这个小精灵的声口、神情写得如在纸上。看他的相片，应该就是你文中所形容的"温柔甜蜜"。子由很像你，面目清秀，身材也瘦小，我倒希望他将来壮硕一些。辛弃疾身体壮硕，目光如虎，照样可以写出"色貌如花"的词来，子由也可以是个身材魁梧的才子啊！

你的文字依然很美，有岩韵（还记得我们曾经说过用这个作名字很好，你说已经有个亲戚用了吗）茶香，最重要的是你还保有这样的心情，真好！

我先替我的学生谢谢你。

还记得你的模样，总是笑着。但愿你笑口常开。孩子的事情也要他爸爸帮忙，不然你太累了。

我还好，年纪大了，有些小毛病，也是正常的，请放心。还没当婆婆呢，何来奶奶？毛头今年厦大硕士毕业，立业以后再说吧，这事由得我们吗？"

是的，你我之间，有难得的缘分。

最后一次去探望病中的你，离别之际，你执意送我到楼下。没有说话，两个人眼中都饱含热泪。你紧紧握着我的手，我明白这一握里的千言万语，我们响应着这一握里传递的不舍、温暖和力量。

2016年的初夏，你离开的时候，我想，这个世界上，又少了一个像妈妈一样爱我的人了。但是，我会牵挂和记忆着，你在我的牵挂和记忆里，不曾远离。

去福州开会，老同学相约小聚。傍晚时分，来到母校。他们在电话里让我走到老生物系的门口去和他们碰头。暮色里，我站在学生街尽头的天桥上，我突然想不起老生物系在哪了。我的青春在和我对视，在闪闪烁烁的霓虹和熙熙攘攘的人潮里，它一脸不屑地看着我，不肯与我相认。我深深呼吸，流下了泪水，像一个迷路的孩子，在陌生的天桥上哭泣。

人的一生中，很多的经历都是如此。狂奔在往前活的路上，回首镜花水月，有时常常怀疑有些场景是否真实地存在过。时间的河里，许多东西被忘记，但也有许多被记取。

幸好还有这一场场温柔的花事，年年岁岁，岁岁年年，为生活提供一些确凿有形的东西，用来唤醒、相遇、回忆和期许。

此刻，多想来一杯名为水仙的茶，在一簇簇金盏银盘的水仙花的香氛里。百年老枞的风骨，正可抚慰数十年的岁月沧桑。这琥珀色的茶汤，让人见山见水见人生见自己，柔软的心可以和一切讲和。如此，一切风霜雪雨，都不过是一场云淡风轻了。

还记得吗，有一次，你说起孔子和学生讨论理想的事。孔子问子路、曾皙、冉有、公西华等人的志向。曾皙一边听着同窗慷慨激昂的陈辞，一边悠闲地鼓瑟。孔子问他："你的理想是什么呢?"曾皙从容不迫地回答道："我希望在暮春季节，穿着宽松轻柔的春装，和朋友们一起，在沂水中沐浴，在祭坛乘凉，然后唱着歌，悠悠然走回家去。"孔子听了，感叹道："好啊，我也赞成这样的理想!"你也一定赞成这样的理想吧。愿你能在风和日丽之中、平原旷野之上，依然被学生们环绕着，师生之间，弦歌不绝，琴瑟相和，在另一度时空、另一个诗的国度。

（叶悬冰 文学院 1989 级校友，现任职于厦门市教育科学研究院）

第二辑 02

| 青春韶华 |

第 10 期 1980 年 10 月 8 日

你和我一样
——给一个新同学

孙绍振

我们第一次相逢
在走向邮局的路上
我不知道你的名字
但我却能想象
你的欢乐
多得和我一样
甚至关于教授
关于食堂
你的评价也和我一样
你的第一封信
是给妈妈的吧
是不是也和我一样
信封里装满了
长安山的阳光?
和昨夜在双层床上
第一个金色的梦想

我们又一次相逢

在走向邮局的路上

仍然不好意思交谈

只听着脚步在交响

可我却在默默想象

你的心跳

和我一样

有点小小的紧张

生活中遇到了艰难

最好找人讲讲

关于考试的苦闷

关于思想的彷徨

你的羞涩，是不是

和我也一样

我们装作没有看见对方

可是，我却在暗暗地想：

阴云是天空中暂时的现象

当我们重新来到

通向邮局的路上

连你口袋里的信

也会跟我一样：

向妈妈报告

你的心又充满了欢乐

和金色的梦想

（孙绍振 福建师范大学文学院教授）

第 10 期 1980 年 10 月 8 日

望海潮

长安山迎新

林增琛

　　暮山收尽，流萤明灭，青青山色如屏。星海月凉，风轻夜淡，高堂再结华灯。古调写新情。集八闽俊秀，才气芳馨。几曲笙歌，清词丽句唱鹏程。

　　高楼又聚新朋。指桂花满树，秋菊婷婷。霜露未寒，闽江水暖，飞飞北雁南鸣。对景意能平？喜朱颜绿鬓，年少佳龄。大好田园一片，携手共犁耕！

（林增琛 文学院 1977 级校友）

第 41 期 1982 年 1 月 15 日

再见了，亲爱的学友

——中文系七七级《学友录》代前言

我们相会于一个时代的终结，

我们同窗于一个时代的更生。

悲剧与喜剧，崇高与丑恶，交织于十月的北京城；

泪水和欢笑，回顾和憧憬，汇聚在初春的长安山。

从炉间的炽热、田埂的泥泞、村学的晨读、军营的号音……，走来了一代思考的精英！

一份高考试卷，埋葬了权贵和愚昧；

一张录取通知，呼唤来民主和文明。

称一声"同学"，填平了十二届间的沟壑；

喊一声"起立"，焕发出灿烂的青春。

教学楼的灯光，陪伴过你不倦的身影；

阅览厅的电铃，心疼过你熬红的双眼。

你曾是《闽江》的弄潮儿，唱着《争流》高亢的号子，笑看《浪花》拍岸；

你当过《蓓蕾》的好园丁，借着《伐檀》旁开出的苗圃，护持《萌芽》成长。

于是，论文的目录表里标出你陌生的名字；

于是，作者座谈会上，出现你谦虚的笑脸……

啊——学友，四年来，你沉浸在知识的海洋，此时此刻，又是哪一轮涟漪正缓缓地、轻轻地荡漾在你记忆的湖心？

是讲台上老师清癯的面容，还是科讨会唇枪舌剑的情景？

是春风中的郊游，"五·四"夜的篝火；还是舞台上的朗诵，中秋月下的琴声？

是系运会上争得了总分第一，还是全校篮、排球赛的夺魁卫冕？

假如都不是，你也一定会记起那个狂欢的夜晚：中国女排夺得了金杯，你燃放鞭炮参加游行，一路高呼"中国万岁！"

呵，学友，你又陶醉在收获的季节里了，那火红的凤凰花寄自鼓浪屿，那墨绿的榕树叶采自西湖畔……，你的汗水融进了纯真的童心，纯真的童心正怀着金色的希望！

呵，学友，最最难忘的，该还是在党的六十诞辰庆典上，我们中的许多同学第一次，第一次发出了庄严的誓言！

…………

呵，亲爱的学友：

大学的日历已经翻完，让我们再一次登上长安山，对着那满山的龙舌兰，满山的相思树说：

给一束柔韧的纤维吧，我们要编织登攀的绳索；

给几朵米黄色的小花吧，我们要点缀生活的花环！

呵，亲爱的学友：

我们同窗于华夏民族的振兴年代，

我们分别于海北天南的召唤声中。

前有先驱，后有来者，我们生命的动脉要沟通民族的昨天和明天。

呵，亲爱的学友：

笑着告别吧，告别那难忘的过去；

唱一曲奋斗的歌吧，迈向那崭新的起点！

呵，亲爱的学友！再见、再见，

中华腾飞世界日，我们再相见！

（原中文系七七级供稿）

第 66 期 1982 年 12 月 17 日

第一排诗行——写在教育实习的日子里

郭福平

我曾怀疑，我曾慨叹，

我曾有过后悔，我曾有过悲伤。

我常常幻想着奇迹的出现，

几回回陶醉在甜美的梦乡。

像一只迷途的羔羊，

恍惚中我走到了陌生的地方。

当我刚刚从微醺中醒来，

才发现，我已经站到了课堂的中央。

仿佛置身于灼热的炉膛，

我的每一个毛孔，

都被汗水的河流涨满；

宛若登上了高耸的山峦，

我模糊的视野，

一瞬间变得明晰、亮堂。

我看到一张张童稚的面庞，

我看到一双双期待的目光，

那明亮的光芒，

击碎了我内心的昏暗。

这里回旋着幸福的向往，

这里生长着明天的希望，

任何徘徊踌躇，

都休想找到立足的地方。

在这平凡的讲台上，

升腾起我壮丽的理想；

我要用耘耕的汗水，

去播种微笑和芬芳……

于是，我捏紧粉笔，

举起微微发颤的手，

写下了难忘的第一排诗行。

（郭福平 文学院 1979 级校友，重庆隆盛房地产开发有限公司董事长）

第 127 期 1985 年 6 月 25 日
蝶恋花

别校园
叶必华

最恋长安冰玉月，
　榕暖风凉，
　更冷窗情热。
莺响书声相笑悦，
玉兰噙馨谐勤阅。

无奈目今须作别，
　回首依依，
　泪刻黄金页。
情寄闽流终不绝，
志将鹏翅朝天越。

（叶必华 文学院 1981 级校友）

第 134 期 1986 年 4 月 20 日

我属于夜

林公翔

走到灯下吧，因为我属于夜。这一点五平方米的脱漆书桌，是我生活的全部含义。

我属于夜，蓝色天幕闪烁的星光是我忠实的伴侣，橘红色的温柔的台灯是我钟爱的恋人。我用我的笔的刀，切割着无数的黄昏；我用我的笔的犁，耕耘着白色的土地。

生活没有赐给我俊俏的腰肢，也没有赐给我银铃的歌喉，我不属于街角昏暗的路灯下忧伤的电吉他和招摇过市的光夫衫，也不属于夜的举杯狂饮和变幻不定的节奏中纷乱的迪斯科舞步。我只属于夜，属于灯下的忙碌。

在广阔的天空和无边的大地之间，在遥远的历史和闪光的现实之间，我废寝忘食地笔耕。因为我相信，饱满的生活只属于勤奋劳动者。

我用我的眼睛捕捉与发现。

我用我的大脑思考与求索。

感谢黑夜中灯光给我明亮的启示！书桌旁，我与黑格尔、马克思老人彻夜长谈，朦胧中，我仿佛看见了泰戈尔，他把我引进了一个美妙而神奇的世界，初春的夜，美丽的梦，我变成了他家门前的詹波伽印度圣树上的一朵金色花；灯光下，我与鲁迅、郭沫若谈笑风生，恍惚中，我仿佛听见了李白驾着一片雪白的帆，在烟波浩渺的扬子江上留下粗放潇洒的歌声……

因为有了这夜，因为有了这灯，我才拥有另一个皈依的世界。小小的暖暖的太阳在黑夜里照耀着，使我的人生变得十分充实，变得无比富有。

我属于夜，我的灯下耕耘的收获是我对黎明的最忠诚的献礼。

走到书桌旁，扭开灯，让生命和青春在不会减短的红烛下延长……

我属于夜！

（林公翔 曾任文学院教师，现任福建青年杂志社副总编兼《青春潮》杂志主编）

第 138 期 1986 年 6 月 10 日

青春散记政教八二级

林阳发

（一）

既然挽着韶华的臂膀，

为何还露着淡淡的哀伤？

莫非青春的小船备受搁浅？

是岁月抹杀红颜皓齿？

是生活欠缺风风浪浪？

或许，唇齿相恋日子的逝去，

使纯洁的心黯然神伤？哦

对着茫茫夜空做一次深沉的祝愿吧，

应相信，是船就需驶出平静的港湾！

（二）

你说，咀嚼生活便是咀嚼痛苦，

我说，智者的咀嚼是对青春的祝福。

其间这令人难以理清的混沌，

难道就值得我们花太多的踯躅？

不必到那条灰白的小路寻找失落的童真，

童真的永恒并非没有理智的苦楚；

不必到那片相思树林寻找失落的初吻，

"假如她有了归宿，你也应为她祝福"……

在这个世界上，人们的遭遇也许不同，

但生活到处都是一样

"既有幸福留下的欢娱，也有不幸留下的淡淡哀伤"……

（三）

你说，青春是超负荷的沉重翅膀，

我说，青春是潮湿春天的深沉，

也许，异样的见解都可以互相原谅，

假如它有助于耕耘人生的心荒。

假如你从铺满荆棘的小路走来，

也许你会为青春的曲折黯然神伤；

假如你从陡峭的戈壁走来，

也许你就会为青春的韧劲舒坦呼号；

假如你从浩瀚的海边走来，

你又将为青春的深广而引吭高唱！

哦，不要说她是一朵飘忽的浮云吧，

也不要说她是一朵含苞待放的蓓蕾。

她属于火热滚烫的诗篇，

永远不为迷惘的目光冷却。

（林阳发 原政教系 1982 级校友）

第 138 期 1986 年 6 月 10 日

远方的涛声

——谨与八五届毕业生共勉

黎钟

听！远方的涛声，似茫茫天宇中的疾雷，在滚荡，在喧哗，在诉说和呼唤……

远方的涛声呀，是那么的低沉和雄浑。涛声里挟带着苍莽的荒原，那痛苦的低吟，挟带着古河道上独木舟沉重的喘叹，它好像一棵龟裂的古榕树那样苍老，又恰如沙漠边一丛枯草那样无力。远方的涛声嘈杂而荒凉，仿佛有牛叫马嘶，虎啸猿啼。涛声里，我想起我们胼手胝足的前辈，他们以自己的才智和力量筑造起巍峨的万里长城，从荒无人烟的沙漠开辟出辉煌的丝绸之路，从而向世界显示了自己的尊严和古国的文明。但是，勤劳勇敢的祖先呀，他们艰辛坎坷的命运至今还在伸延，他们代代生息的土地至今还如此贫瘠，他们的理想之花至今还不能完全盛开。远方这沉缓的涛声，使人难于视听和呼吸。

远方，涛声还在轰鸣。多么激昂，多么嘹亮。哦，这是出征的号令。时不我待，刻不容缓！昨天，玫瑰色的晨曦里，那绿茵场上还留有我长跑的足迹；夕阳下的林荫小道，还回荡着我与友人散步时开怀的笑声。我爱办公室和单身汉宿舍，在那里，我在书海里尽情地遨游，时而也在案上铺开洁白的稿纸挥笔疾书；我也爱星期天，在郊外，我把小溪、野花连同友谊和笑声巧妙地摄入彩色的胶卷……蓦地，沉缓的涛声蕴蓄成高亢急切的号令。它在我平静的生活里荡起惊叹和顿悟，我想起父辈们深邃的眼里充满多少的期待，我想起在党旗下的誓词是多么的铿锵，我想起了生命的全部价值和意义……

像那乌云密布里的海燕勇敢地去迎接风暴；像那铲除坚冰的破冰船只，为后人留下宽阔的航道，朋友，让我们到远方去吧！让远方的涛声不再悲叹，让它永远像歌声，永远沐浴金色的阳光和充满蓬勃的生机。

（黎钟，本名黄鲤忠，福建师范大学传播学院党委秘书）

第 175 期 1989 年 3 月 30 日

话说校电台

孙报荣

二十几年前一个炎热的夏夜，几个扎羊角辫的女孩和身穿白洋布衫的男孩子围在一台笨重的盘式录音机旁，兴奋地调试着，汗珠在他们的额角上晶莹闪亮。

摆在我们面前的就是这样一张发黄的照片。"真土！"身后几个播音员伸着脖子边看边叽喳。不错，与今天的一代比起来，他们是很土，但这照片中的旧师院广播站，却是现在校电台的雏形。

随着岁月的流逝，长安山早已今非昔比，而校电台依然是几台老式的录音机，不同的是多了台电扇，因为录音棚里夏天太闷热。但不久它就被驱逐了出来，因为它发出的呼呼声影响了录音效果，播音员们只能抽空从密闭的录音棚里跑出来，满脸是汗地凑在电扇旁贪婪地吹风。一位新招的播音员有一次认真地问干吗不装空调，大家哄地笑了，直笑得她不好意思起来。在大家看来，这念头太奢侈了。

在电台三个年头了，进电台后碰到的第一件事是招聘新播音员。启事贴出后一连五个晚上，电台挤得水泄不通。负责考试的播音组长发给每位报名者一则短文。于是电台内外站满了大声朗诵的同学，一个接一个进棚里录音。有的差不多把短文都背下了，可一坐到话筒前就结巴起来，脸涨得通红，只好让下一个先来。以后数日，电话铃和来访者络绎不绝，最后根据录音仔细筛选。每年报名的总不下七十人，而中选的不过七八人。

棚里春秋知长短，播音员们常干到校园灯火阑珊月色溶溶时才回宿舍。如

85

此有年，不曾间断。到他们毕业时，往往成为相当出色的播音演讲人才，如张艺（现为省电教馆解说员）、庄景华就曾先后荣获全国大学生演讲比赛一等奖。省、市演讲、朗诵比赛中校电台播音员拿头奖二奖更是家常便饭。

常有人问我，台长是干什么的。我想来想去，最有规律最能说得清的便是烧水沏茶给大家喝。好在历任台长都从不以此为苦，稍有偷懒也会受到台友们的弹劾。在日常纷繁的工作中，台长要接待形形色色的来访者、组织台内大型的活动、协调台内外各方面关系、把好稿件质量关，特别是牵涉到校内外一些重大事件的新闻报道，总是慎之又慎。前些日子，校宣传部几位同志如数家珍地谈起历任台长：现在德国访问的政教系副主任、副教授李建平，就是第一任台长，之后有赵怡（省人大常委会某处处长）、王豫生（省教委办公室副主任）、赵肃岐（海峡之声广播电台编辑）、陈进（航天航空部办公室）等人继任。电台这块弹丸之地有过这些人的艰辛和努力，也成为他们成长的摇篮。

最苦的是通联组了，不分寒暑，不论值班与否，东奔西跑地采写新闻。逢到校内大的活动，常要扛二十多公斤的台式录音机去采访，每学期初开全台会议，我常抛出种种诱人的许诺：这学期要买采访机，买最新的音乐资料，买……到期末又总是红着脸跟台友们解释经费紧张，总之心虚得很。几乎每位台友都有这样一种感觉：不管什么时候路过电台楼下，总不由自主地上去走一走，平时大伙之间也常串门，是很知心的伙伴。校党委宣传部的郑老师更是隔三岔五地到电台来看看，大家有什么心事，也愿意跟他聊。电台的专职人员欧阳一真，是我所见到的最诚实最勤勉的人。在他身上，我领悟了瑞士哲学家艾弥尔的那句话："是工作使人生有味。"注视每一次的合影，想着老台友庄景华老师的留言，因为有了电台，我们多了一个家。这一切多么可贵！

每逢老台友毕业，大家都有"电台要垮"之感，确实，因他们离去而形成的空白，要经过好长时间才能填补，百里挑一的播音员，千辛万苦才训练出来，转眼又要毕业了，但电台总也垮不了。魏晓红（现为省电视台播音员）、吴乃心（市电视台播音员）走后，有范春、林榕。他们之后有燕萍、东宏。现在我们又有覃晓清（省电视台"小星星"节目主持人），有志于播音的同学不妨到电台来吧！别嫌庙小，有的是用武之地。

四年一瞬何匆匆，再有几个月，轮到我们八五级台友作别了。正午时分伫立电台窗前，果真别有一番滋味在心头。南国求学的四年中有电台这段生活，给我苍白的生命平添了几抹瑰丽温馨的色彩。工作中的成败之处，我寸心自知，今后的电台只能有期于后来者了。

"三十六陂春水，白头想见江南。"在广袤苍茫的黄土高原上，我的祝福是永远的。

（孙报荣 传播学院 1985 级校友）

第 299 期 1999 年 9 月 10 日
永远的长安山
张雪娟

关于大学校园生活，定格在记忆中的永远是暮色苍茫之际长安山林荫道上那些熙熙攘攘的年轻脸庞。树木葱茏和青春憧憬联系在一起愈发充满了一种简洁的诗意情趣。

"书中乾坤大，笔下天地宽"，四年的大学历程总是充满着惊奇的幻想。

在偌大的长安山上行走，想念温馨恬淡，想念纯净的温暖，想念不知孤独不知冷漠的岁月，那实在是一种曼妙的感觉。诗人过去，歌手过来，"多少浪漫事，尽付笑谈中"。或许每个青春热血的校园中人都应该满足一回赤诚的感伤，清洁一下飞舞的心灵，轻轻叩动生命的喧响，镌刻一次悠长的心的记忆。

还记得在不留痕迹与回味无穷之间，我们哼着些小调慢板，"说了世上一无牵挂为何悲喜？说了朋友相交如水为何伤离别？说了少年笑看将来何带回忆？说了青春一去无悔为何还哭泣？"时间是一种怎样的感觉呢？在你拥有了贝多芬、施特劳斯、梵高、普鲁斯特那么多的朋友之后，诗之思也在语言的庸碌生存中唤醒了我们深邃而迷人的心灵幽境，把无数充满了瞬间之美的旋律装进了历史的行囊。

长安山是个挺拔的高度，也是片广阔的海洋。诗人们都藏在水底，而灵魂则是一条鱼，也会从水中跃起。当你寂坐在文科楼的梯形教室里，任由抒情的感怀从心灵的一角淋漓尽致地溢出，那绝对是一种水到渠成的理想状态。当你途经清华楼瞥见月影婆娑时，再避世的也不能忘情于这里的热闹，再苦寂的也想欣赏这里的一角羞涩。慨叹一声"久经长安雨，未易赤子心"，我们依旧在这条长安路上来去匆匆地行走。

我想永远的长安山也就是一代又一代学人的心境。"四方风雨写史笔，百尺楼台读书灯。"流淌的文字和美妙的音符擦肩而过，把千端万般的情感轻轻敲打，让人只想依偎到一种持续不断的烛光温柔中去。生活中的长安山人原本都应该是生命中的艺术家，学院的丰富与多彩，年轻的灿烂交响成一曲永不衰败的青春华章。

我们也习惯了过平常的校园日子，整天抱着书本急匆匆地奔赴教室的课堂生活是那样的亲切。可敬的教师与经常偷懒的学门弟子形成了课堂上的温柔对抗；雾里看花地徜徉在相思林生长的地方，你在看风景，别人也在看你。聆听着长安山的电波，感受着自己编辑制作节目的乐趣，便注定躲不开这一块方圆十里的地域，"声音的世界一样美丽"。而到了黄昏时分，便是一天中最闲的片刻。"扁舟不系"的保留休闲节目是躺在简陋的钢架床上，在随身听中领悟"闲敲棋子落灯花"的意境。此时此刻，你我都得承认我们是一只只幸福而安详的鸟，栖居于四年长安的羁旅行役中。

永远的长安山，是你我求学生涯中快乐的精神故乡。在这座美丽的故园里，唱支歌跳支舞也是好的，更何况歌声和舞曲还能响到终了，而当等到曲终人散的那一天，我们还可以相约在长安。

故事慢慢流转，永远的长安山在经历了青春的淘洗和漫长的沉淀后，依然会重新发出一个冬日里的阳光寓言。因为这里有一群自由歌哭的年轻生命，因为这里是一块丰厚的思想沃土，更因为这里有着血浓于水之精神的薪火相传。

（张雪娟 马克思主义学院 1994 级校友）

第 329 期 2001 年 3 月 25 日

师大畅想

张再垡

曾经以为秋天是萧索、没有生机的，但在师大又有另一番体会，因为师大的秋天是成熟收获的季节，也是一个让人遐想的季节。就是在这个时候，我走进了师大。

入学的第一天，我兴奋地在校园里奔跑，欣赏着向往已久的学府。从雄伟的文科楼到造型独特的图书馆，从崭新的科学会堂楼群到青砖灰瓦的老楼房……整个校园仿佛是一部历史。走在这样的校园里，慢慢体会其中的气息，当然是一种享受了。

当我郑重佩上那枚校徽，心中的神圣感油然而生：今后我就是师大人了！那天，辅导员给我们讲，师大是一所历史悠久的学校，培养了无数的"人类灵魂工程师"，每个师大人都应该"学为人师，行为世范"。师大人有"爱国、进取"的精神，新一代的师大人，又该怎样去弘扬呢？辅导员娓娓地讲着，不事渲染而发人深省。

这便是我在师大的第一课。

我开始尝试做一个师大人。学校图书馆的综合阅览厅，常常座无虚席。

于是，我学会了每天早早地赶去占座儿；偶尔到长安山散步，也会发现长安山石径上尽是埋头苦读和锻炼的同学。这里的竞争是如此的激烈，仿佛有一股无形的力量推动着我们前进。

渐渐我觉得越来越像个师大人了。我和同学编办一份报纸，从筹款到排版印刷，一切都自己动手。春天的时候，我们成为青年志愿者，为文明校园建设贡献自己的力量。"爱我师大，美我校园"是我们的心愿。

慢慢我觉得自己是个真正的师大人了。悉尼奥运会那会儿，我们挤在食堂的电视前，边吃饭，边为中国健儿加油。当五星红旗一次次升起，我们心中充满了自豪。暑假里，我们放弃休息，带上募集来的书籍，到贫困山区中学。在那里，我们看到了一双双渴望知识的眼睛和贫困山区教育的落后，我们清楚地意识到自己肩上的责任。

我明白了，在过去的90多年里，只要是师大人，就要背负起民族的希望和责任，走向讲台，走向饥渴的心灵和渴望的眼睛。

忽然想起刻在石碑上的校训："重教、勤学、求实、创新"，这就是师大人的精神。在过去90多年里，它就像一首嘹亮的歌，面对新世纪面对未来，这首歌一定会不断传唱下去。

（张再垈 公共管理学院 2000 级校友）

第 383 期 2004 年 3 月 31 日

月上中天

张标明

真不知该从何说起。大三了，经历了很多，也还要面对更多不可预料的人和事，但是心态已经变得泰然，少了大一时的那份悸动和冲动，多的是一点平和与沉稳。不敢说自己有多成熟（很多时候一双娃娃脸总会把自己出卖），但是觉得真的可以坦然面对一些事情了，月明星稀的夜晚，看着多少出双入对的情侣，反照自己的形单影只，也不再觉得有多寂寥和落寞。月上中天，我终于可以对相伴两年多的长安山说，我长大了。

真的长大了吗？回忆自己走过的日子，那段仿佛还触手可及的日子，那段每一个记忆都镶上了师大烙印的日子，有些微的遗憾，更多的是喜悦。就如同宿舍楼前火红的三角梅，每每念及，心中总会浮起一阵暖意。那是怎样的一段成长的路途啊！

我是报到的前一个晚上来到师大的，独自一人，茫然无助。刚踏入校园，从来不恋家的我也赶紧找了个电话亭打电话回家，听到父亲厚实的嗓音时，我蓦然觉得，自己原来真的离家好远了，一座座山、一条条河、一个个隧道，生生分隔，那时我就有点怕，如果真的发生什么，我是不是就再也没有那种安全的依靠了？行李箱第一次在长安山干净的水泥路面碾过，我的声响映衬着我的不安。我记得那时也有月亮，挂在高高的文科楼上，月华印在笑容满面的学长们脸上，使我的心绪稍稍平静。长途的跋涉令我累极了，一下子就在这异乡睡着了，这一睡，代表我要在这里睡四个春秋。这是一个信任的放逐，是把自己毫无保留地交给这个有着浓厚人文气息的大学，把自己的青春加注在这个依山而建的浪漫学府。

大一总是充满着憧憬，激情满怀。图书馆看不完的书籍，校园里数不尽的社团，还有一个个有着神奇经历的老师，都让我为之神往不已。我是山乡来的孩子，山乡的水土孕育了我的不安分，我开始寻找自己的方向。年少轻狂，我进了校学生杂志《读书与评介》，跑到了校学生会，也闯进了校青年通讯社，凭借一支笔，我开始放飞梦想。那时候是多么的可笑和稚嫩啊！以为这便是张狂的资本，嬉笑怒骂，神采飞扬，平静之后才发现许多事情都只是假象，没有自己所想象的美丽和辉煌。舍友不解，朋友疏远，我一夜间一无所有。面对那一轮冷月，我好想离开。迷惘而易碎便是我那时极好的写照。有一句歌词唱"一颗心在风雨里飘来飘去"，我大抵就是如此了。更让自己无法承受的是，那时的我，失恋了。考来师大，我一半是为了她，但是当一起来到这个城市的时候，我们却发现彼此已经不复当初了。白天失意苦闷，夜晚蚊蝇相泣，我几乎到了崩溃的边缘。美好的回忆一旦破碎，那么记忆的整条河流都将写满伤痕。还好，在我最无助的时候，老师还有九九级的学长们给了我支持下去的理由。

我刚在汉本待了一个月就去了基地班，身边的同学都介意重重，一贯喜欢笑的我也觉得喘不过气来。作为竞争者，我是被排斥的，也是被看轻的。我很感谢潘新和老师，他给我的第一篇文章打了最高分"95"，这不禁让身边的同学侧目，也让自己找回了一点自信。我主编班刊，请他写序言，他很抱歉地说非常忙，不能写了，甚至脸有点泛红。而第二天他却把文稿给了我，我除了感激便是无语。此后，我能在文笔上有较大的进步，都和这位言语柔和、慈眉善目的长者的鼓励是分不开的。还有高少峰老师，很遗憾的他不能行走，但是却从没缺过一次课。他对我总是奖掖有加，让我愧然，当他得知我英语四级没过而要回到汉本时，高老师遗憾喟叹不已。大三我最后去上他的一次课，他见我来，对我说的第一句话是："我今天很高兴张标明同学也来听我的课。"此后又加了许多要我宽心的话，而我却也只能低头无语，遇师如此夫复何求！授课以幽默见长的辜也平老师在看过我的诗集之后，遇到我也总会问起我的写作情况。言谈之间，蕴含关切，仿若朋友。我没有想到自己区区一个竖子竟得如此厚遇，心中的郁闷也渐渐化解。

如果说老师给我的关怀让我重拾阳光，那么，九九级的学长们给我的便是一个指南针。大学校园万花筒般斑驳绚烂，极易让人迷乱。大一的我便是如此。《读书与评介》前主编林清海是我精神上的指引，什么该做，而什么又是浪费时间与精力，什么该好好把握，什么又是应该适时地放弃，我有点像只迷途的羔羊，缓缓走在回家的路上。之后，我陆续从学生会、青通社退出，给了自己多一点的时间；通过一个纪实中篇的写作，我也终于一步步走出了初恋的阴影。正如忧郁可以感染人一样，快乐也是。清海宿舍里的谈笑也潜移默化了我，微笑重新回到了脸上。不开心的时候，不再是很酷地点一支烟、狂灌几听酒，而是把感伤化为文字，甚至也试着看了一点简单的《周易》注本，在幽深的典籍文化中寻求乐趣。久而久之，案上的文稿也一点点加厚，学校的各类杂志、报纸上出现自己名字的几率也高了起来。很清楚地记得一句电影台词："前方是绝路，希望在转角。"如今我看到了那个转角，在这个曾经我想离开的地方。这个地方已经有了我太多的情感积淀：铺满了黑色煤屑的操场，青砖垒就的古旧楼房，已经不是如表面上的那般味道了。这个古老而美丽的学校，有太多的东西值得我去为他喝彩，为他情随事牵。九十五周年华诞，我是电台的一个普通的编辑，然而却有幸为我们不普通的母校宣传；那个激动人心的庆祝晚会，我也扯起一面旗随歌炫舞。

大三了，那些古旧的楼房被推平，新的建筑拔地而起，新的草地延展铺开。还有新的校区，又有了新的同学、新的期待，人面桃花，今日又天涯。现在当我住在清海他们曾经住过的宿舍里，看着清海他们曾经看过的那一番月景时，我要向清海述说的感激也只能遥寄这轮明月了。我寄雄心与明月，随风直到二郎西。我们各有我们的生活，我们各有我们的路要走，只是曾经的相逢，让我终身受益。我把自己主编的那本《读书与评介》寄给了清海，然后对着自己那些朝夕相处的可爱的小编们说声再见。是的，他们也许有他们的困惑和烦恼，但是秉承了母校的优良校风，我们没有理由怀疑他们拥有的是一块明亮天空，没有理由怀疑他们将开创一个美好的未来。所以我也走了，像清海一样，像我们所有的优秀的学长一样，把天空晾在这里，静待月亮的升起。

月上中天。

而我们与母校同在。

（张标明 文学院 2001 级校友）

第393期 2004年11月30日

给自己点一盏灯

张苏

独坐夜阑，房顶悬着一盏灯，桌上放着一本书，桌脚沏着一杯茶，手里握着一支笔。一盏灯、一本书、一杯茶、一支笔，一开学，我就打算以这种方式来应对即将到来的考试。然而这种看似简单的方式付诸实践在目前却有一定的难度，以至在念到"Fatigue"（疲乏、劳累）一词时，我已身在其境。看来自己的确需要重拾那久违的毅力了。

离开学生时代已经两年了。几天前，曾经睡在上铺的兄弟给我发来个 E－mail，原文写道："兄弟，毕业两年了，虽然两年的工作让你有时很疲惫，很茫然，甚至很悲观，但不要忘了前年散伙饭上，你喝下最后一杯酒，给自己的承诺；不要忘记时常给父母通一下电话，也许，你自己正为了美好的未来努力打拼，但你日渐苍老的父母时刻惦记着你，他们听到你的声音，会很高兴；周末的时候，给那些在学校里一同踢球的兄弟们发个短信，有些人也许很少有机会在一起，但同窗情谊永远是真诚的；天黑的时候，望着满天的繁星，想一下你大学时代的朋友们，咱们一起走过青春最美丽的韶华；每个月要读一本书，离开了学生时代，你还要经常保持阅读的习惯，大学的时候，考前的通宵达旦，让你具备了快速学习的能力，不要让这种能力钝化；准时去报亭买份《体坛周报》，因为你还关注着体育，你还关注着激情；有机会，咱们再聚一聚，回忆我们当初的单纯；最后，好好努力，多多赚钱，好好生活！"看了这些，我颇有感触，照着原文与之呼应，回复中写道："我永远忘不了咱们第一次举杯对饮的情景；忘不了公寓7号楼下叫电话的吆喝声（'7号楼201－2 某某某你爸电话'）；

忘不了雨天那场酣畅淋漓的球赛；忘不了繁星下，你我共畅未来；忘不了，考试前打着手电临阵磨枪；忘不了2000年奥运会、亚洲杯、欧洲杯和2002年的世界杯，那一个个激情飞扬的夜晚；忘不了我们共同写在扉页的那句话'生命原本脆弱，我们只能坚强地活着！'"

坚强地活着，我时刻这样对自己说。年轻没有失败，失败是在考验青春。时常羡慕金庸小说中飘在江湖的侠士，那种飘的感觉真好。然而，细细想来，这种飘源于长久修行习得的盖世武功，源于几十年行走江湖参透的人生真谛。于是，我告诫自己不可枉自称侠少英豪。考试的功利性不言而喻，然而更重要的是，年轻的我还要沿袭过去的激情与毅力，学做人、学做事、长学问。做自己想做的人，这是自己的人生目标和定位。我深切地体会到，漠然于空间也必然漠然于时间，唯有远离尘世的喧嚣、浮华与躁动，淡泊明志、宁静志远、潜心修学，方能领略到奇峰突兀之中旖旎的风光。

在与邻屋那位同为考试而鏖战的同志切磋英文单词之时，他总在怀疑自己。于是，我将几天前偶然瞥见宿舍楼底墙角下的一簇野菊花之后的随想与之共勉。野菊花虽小，可是每一朵都骄傲地扬着笑脸，没有任何一朵嫌自己不够美丽而拒绝开放。它们通通肆意而奢侈地开着，理直气壮地开着。每一朵花都坚信自己是最美的，一朵相信自己的花，你有什么理由说它不美呢？战友听之，连连点头称是，伸出右手与我相握，并说道："心若在，梦就在，我们小酌几杯如何？"我告之："10月23日之后吧，到那时咱们再对酒当歌，琴箫合奏一曲《笑傲江湖》！"

写到这里，顿感浑身轻松，宣泄之后的大脑有了难得的平静。我打开窗户点亮桌灯，这是一盏在茫然中指引我前进的灯，一盏照亮我前程的灯。

（张苏 福建师范大学省部共建工作办公室副主任、副处长）

第 401 期 2005 年 05 月 20 日

毕业有感以记母校哺啜之恩

苏建新

遥忆往岁，寒窗江夏。吾师门下，初探佳话。
十又六载，负笈海峡。喜逢齐师，雨露周匝。
循诱善导，剪灯新话。三生有幸，感激无涯。
才逊八叉，笔乏妙花。中心有愧，唏嘘嗟呀。
南安楼头，长安山颊。才子佳人，风流潇洒。
樟树飘香，羊蹄亮甲。师友领导，关爱有加。
三岁溉我，榕城师大。地老天长，此情铭挂。
伏祈母校，前景如画。桃李满园，龙行天下。

（苏建新 文学院 2002 级博士生，福建工程学院林纾文化研究所所长，福建工程学院文化传播系教授）

第 433 期 2006 年 12 月 20 日

中秋

张安妮

从立秋开始，我就莫名地产生了一种难以言喻的情绪。说不上喜，却带着淡淡的甜；说不上悲，却带着微微的涩。不同的滋味纠缠在一处，化解不开。临近中秋，这种感觉便愈加强烈了。看到福州街头巷尾的小店里整整齐齐摆出的精致月饼，强烈的失落感时不时撞击我的心头。回忆去年的中秋夜，金风送爽，月明如镜，我们一家人就围坐在摆满水果和月饼的餐桌前，一边赏月，一边畅谈……此情此景是何等的幸福惬意。可是今年呢？孤独、冷清、思念已在悄悄侵袭我的神经。

24 日，突然接到福建省华侨联合会的邀请函，邀请我们 15 个菲律宾同学和 7 个印尼同学参加中秋联欢会，还安排我们登台表演节目。这个消息如同在静谧的湖面上撒下一把石子，在沉默的大鼓上敲出一串鼓点，使我们异常兴奋。意外之喜为这个中秋节增添了别样的光芒——那一夜，余音缭绕、飘缈深远……

26 日下午，我们驱车赶往位于福州市内的老年干部活动中心联欢。到场入座后，我们才发现会场的 400 个观众席上几乎都是归国的老华侨，他们持着一份比我们更浓郁的乡愁携家带眷来参加省侨联的中秋联欢会。坐在我们前排的几位老人热情地和我们闲聊，当得知我们学成归国将从事华文教育工作时，他们的脸上满溢着激动与喜悦，不停地拉着我们的手说："太好了，太好了！"看着他们饱经风霜的脸，我有些心痛，我仿佛又见到了那熟悉的期盼中华文化薪火相传的目光。还记得那一天，因为我们准备表演时间仓促，开演前心情十分紧张，侨联的领导一直反复安慰我们说："离了自己的家，别难过，来到中国，侨联就是你的家，回家哪有不好意思的!"

也许就是这样一群流着华夏血、心系两故乡的人组成的侨联，才能感动和安抚那离家的归侨吧! 也才会在这样的节日里，出现互倾思乡情、共庆中秋意的感人画面吧!

那日我印象最深的是一个以朱自清《荷塘月色》为背景音乐的舞蹈节目，奶奶们齐刷刷地躺在舞台上，用他们粉红的鞋表现出那含苞待放的荷花，真是堪称一奇。只见那点点荷花苞在绿油油的荷叶里整齐地摆动，仿佛阵阵清风轻抚水面，那些花苞好似被那皎洁的月光蒙上了一层白纱，更显得娇嫩可爱。月光下的荷塘月色如此完美地呈现给观众，让我们好像沐浴在那些溢满乡愁的月光里。那轮中秋的圆月，捎上我们游子的思念送到远方同赏一轮月的亲人心中吧!

在这点点花苞中联欢会被推向高潮……

目睹着曼妙多姿的此情此景，怀拥着福州不是亲人胜似亲人的浓浓情谊，我的耳畔仿佛又响起了李敏副校长的谆谆教诲："在最短的时间里提高汉语能力、提高师范教育能力，充分体验百年师大的氛围……"回想在福州的短短时间里，从师大校领导到海外教育学院的领导老师们都对我们倾注了很大的热情和心血，李敏副校长在那么繁忙的工作中居然每个月都抽空过来看望我们这一群海外学子，这是何等的关心和照顾啊! 我们每个人心里都暖烘烘的。海外教育学院还每天安排一名中国大学生来陪伴我们看中国的电视节目，给我们讲解节目内容，这种生动活泼、持之以恒的学习方式不仅让我们了解了中国的国情、文化、民俗，也让我们体会到了学院心细入微、周到有效的教学方式。

这一切的一切，都在我心中激起了阵阵涟漪，2006年中秋之夜，我将一生难以忘怀，我收获到了家的全部内涵：温暖与希望，勇气与力量! 我真是庆幸我们能够有这样的福气，能够来中国留学，能够遇上师大这么多优秀耐心的领导和老师，能够交到这许多热情友好的中国朋友，无论在学业和情感上，我们都获得了太大太大的收获。我们真心希望在这一年里能够好好学习汉语知识，把中国的文化、把在中国感受到的一切热情和温暖带到菲律宾和印尼……

我蓦然发现，尽管此时思念依旧，但孤独与冷清早已经消失得无影无踪。抬头望天，天上那轮清辉光洁的月亮，此刻，正是满圆！

（张安妮 海外教育学院 2006 级校友）

第 521 期 2011 年 10 月 15 日

第二次上大学

叶双瑜

辛卯大暑，我从北京出差刚回到单位，见案头上摆着一封红色信件——福建师范大学 105 周年校庆约稿函，一时把我的记忆，带回到了在职求学的日子。

20 世纪 90 年代初期，国家改革开放进入了一个关键时期。一方面，中共中央制定了《关于建立社会主义市场经济体制若干问题的决定》，计划经济的坚冰已经打破；另一方面，面临的国际国内环境条件出现了许多新的变化，一些社会矛盾凸现。思想理论界对社会主义市场经济体制深层次问题的认识分歧较大，争吵不少。我们在实际工作中，常遇困惑，深感自己原有的学识已不能适应和很好地把握新的问题，迫切需要加强理论知识武装。1994 年，国家推出了部分高校招收在职研究生的新举措。怀着对名师的仰慕、对知识的渴求，我报考了福建师范大学经济法律学院。经过笔试、面试，共有七位同学（其中经法学院五位、地理学院两位）被录取，成为百年师大在职研究生教育的开门弟子。校园里多了几位既不像老师、又不像同学的老学生。每当在上大课时，总会引来学弟学妹们惊奇的目光。于我们而言，在毕业多年之后，重回大学课堂，放下身段，再做学生，开始了一边工作一边学习的生活。

入学之后，挑战随之而来。几位同学平时工作都比较繁忙，本来节假日加班就多，要保证学习时间，特别是每周六、日上课时间，只能靠挤。三年寒来暑往，我们几乎没有休息过一天，远离了各种应酬。白天工作，晚上加班后回到家里，再捧起书本，就这样每日坚持"三班倒"。出差外地，讲义、作业总是随身相伴，遇到开一天、半天的会，总是半遮半掩地背写英文单词。

101

我们的一位同学也是班长，原来在省委机关工作，入学不久，就调到一个设区市担任市长，主政一方，工作千头万绪，仍坚持做到不缺课。有时，夜里开完市长办公会议，自己驾车，经过几小时山路，直奔师大课堂。虽一夜未眠，擦把脸后，竟然还能神情专注地听老师授课。

我们的一位同学，工作在外地，考试期间住在驻榕办招待所，复习功课到深夜，困了和衣而靠，醒来捧起书本，一连几天，床上被子未曾打开过，服务员大为不解。还是这位同学，来校考试前老父亲病危，随后去世。妻子为了不影响爱人的情绪，直到考试结束后，才将这一消息告诉他。此时子与父，一个在课堂，一个在天堂。我们为此感动得落泪。

我们的一位同学，特别乐于助人，常骑摩托车载上同学一同去上课。他原毕业于上海交大，在科研和管理工作岗位上，已经卓有建树，获过科技大奖。参加在职研究生学习后，孜孜以求，刻苦严谨，成为文理兼通的复合型优秀人才。

我们班唯一的女同学，在闽西一所高校担任主要领导，远离省城，家里上有瘫痪在床的年迈婆婆、下有年幼的孩子，工作、家庭重担在肩。为了求学，付出了许多艰辛。在学期间她曾几次想放弃，但在老师、同学的鼓励下，坚持到毕业。

我所在单位有一段时间工作特别忙，又遇学习考试，每天晚上只能休息三四个小时。爱人见我衣带渐宽，不思茶饭，先是劝我放弃学习，不成之后，就把我的课本、作业藏匿起来，我一边好言相商，一边四处寻找，最终得到了她的理解。作为父亲，我还带动了孩子刻苦勤奋学习，父子相互鼓励，后来他考取了博士。还未毕业，我由省直调到高校工作，从此学习研究又多了一个方向，向师大领导们和老师们学习高等教育管理，借鉴师大改革发展的经验，同样获益匪浅。

坚持在职学习，对我们的意志和体能都是一种砥砺。还好单位的同事很支持，顶替了我们的不少工作。而且同学们都在农村当过知青，吃这点苦，对我们来说算不了什么。同学之间，原来毕业于不同的学校、不同的专业，工作在不同的岗位，有缘同窗，学学相长，丰富了我们的人生阅历。

我们学习期间，国家有关主管部门迫于种种压力，出台了一系列管理规定，对已入学的学生要求全国统一考试测验。记得一次考外语，省内各高校的在职研究生集中在省高招办笔试，开考才十分钟，一位身怀六甲的女生，即交卷离开考场，一脸无奈。我顿生感慨：这位即将为人之母的在职研究生，必定是做出了艰难的选择——为了孩子而放弃学业。她从前排座位上转身离去的身影，我至今不曾忘却。

桃李每从肩上过，人才多是梯上来。三年求学，让我们最受感动的是，为我们授课的老师，他们中许多是学界泰斗，为了指导和安排好我们的学习，放弃了节假日休息，甚至带病讲课，还影响了手头的科研项目，精心教导，特别是当我们遇到困难时，总是热情鼓励，关心备至。他们的渊博学识，让我们享用不尽，他们的师德风范，永远激励我们前行。

胡锦涛总书记在庆祝中国共产党成立90周年大会上的重要讲话中，号召我们：必须按照建设马克思主义学习型政党的要求，抓紧学习人类社会创造的一切科学的新思想新知识；全体党员、干部都要把学习作为一种精神追求；真正做到学以立德、学以增智、学以创业。高校招收在职研究生，作为一项新的改革，一开始就有存废之争。在实施这项制度中，个别高校不重视质量，疏于管理，更是为持否定意见的人找到了依据。客观地看，这项制度仍需进一步探索完善。但如果摒弃功利主义、沽名钓誉和不良风气影响，其对于构建学习型社会和终身教育体系，特别是干部防止精神懈怠和能力不足的危险，无疑是值得肯定和坚持的。实践是最好的检验。

（叶双瑜 我校校友，曾任福建省人大常委会副主任）

第 524 期 2011 年 12 月 15 日
奋斗在快乐的跑道上

黄文川

毕业离开福建师范大学已经十年了，我也从福州到北京工作了，每每想起母校，就想起在葱葱郁郁的长安山下，那个有 400 米跑道的操场，那场印象深刻的运动会。

我是 1998 年考入福建师大中文系读研究生的。2000 年秋天，中文系举办了运动会，中文系学生多，体育水平也挺高，每届运动会竞争都很激烈。我参加 5000 米长跑，要在 400 米跑道上跑 12 圈半，这活很辛苦，但报名参加长跑比赛的竟然有近 50 人。那时我根本不属于热门人选，我是研究生，一看年龄就属于大叔级别的，况且之前我还没有参加过正式的运动会比赛。比赛枪响，几十人奔跑着，那些长跑专业人士要讲究很多技巧，我没那么复杂，看到前面有一个跑得很快的，我就紧紧跟在他后面跑，跑了 2000 多米后，我看选手们都挺累的，但那些啦啦队却异常兴奋，加油声此起彼伏，而且啦啦队同志们对那些大叔级的选手特别支持，好多人喊着我的号码，认识我的人喊名字。

在大家的鼓励下，我信心十足，信念坚定，到 10 圈以后，我不知道自己处于什么位置，发现前面有选手，大家都对我大喊，超过他，我就一鼓作气，把他超越，到第 12 圈时候，我已经在同志们的鼓励下，超过前面看得见的 3 位选手。到最后 200 米，发现还有一个人在前头，几乎全场的拉拉队都高喊，超过他，超过他，终于，在快到终点线时候，把他超过了，虽然后来才知道，那个人还有一圈没有跑。比赛后，大家告诉我，我第一名，是冠军。

这一次的长跑冠军，让我收获很大，我获得了 2000 年度中文系"十佳运动员"，这个称号我一直很珍惜，也给我带来很多帮助，研究生毕业后，不论在福建省工作，还是在北京上班，我都会很自豪地在个人简历里写上"十佳运动员"，因为这个称号不容易得到，代表一种挥汗的拼搏，也代表一种坚持不懈的毅力和勇气。我后来总结，这次长跑的成功，关键在于运动会前两个月持之以恒的艰苦训练。那时候我读研究生住在 A 楼，A 楼下面游泳池边上，有个 200 多米的跑道，不是很规范，那时候还是土场，就在这个场地上，我每天傍晚都坚持训练。运动会前两个月，研究生院老师动员大家报名，说研究生重在参与，我们一直很少有机会拿到好名次，我那时有一股劲，如果我参加，我一定争取拿到好名次，所以每天都训练得很艰苦，因为我原来体育基础比较一般，刚开始每天坚持跑 1000 米，后面不断加大训练强度，到比赛前几天，基本每天跑 4000 米，在 200 多米的跑道上要跑 20 圈，那时就感动了很多路过的同学。这次长跑的成功，正是有这样一种吃苦的精神，持之以恒的毅力。

福建师范大学毕业后，这种奋斗在跑道上的精神一直鼓励着我，帮助我克服了一个又一个的困难。我在福建师大读研究生时候，师从马重奇老师，属古代汉语专业，研究古体诗歌押韵问题，三年期间，马重奇老师的敬业态度和孜孜不倦的奋斗精神深深地感染了我们，也启发了我们。硕士毕业后，我通过公开招考，考到福建省财政厅，做统计评价工作。工作一开始，福建财政厅厅长马潞生同志就告诉我，你是学中文的，要做好财政工作，必须懂经济学，鼓励我报考经济学博士。因为我本科在漳州师范学院也是汉语言文学专业，没有太多经济学基础，要考经济学博士难度是非常大的。但一旦有了奋斗目标，我就要为了目标艰苦奋斗。

在财政厅工作了 2 个月左右，当时福建省委开展"三个代表"重要思想学习教育活动，由省委组织部领导。省委组织部需要财政厅推荐一个年轻干部，因为我是中共党员，当过学生干部，就把我推荐到福建组织部组织处。那时候省委组织处"三个代表"办公室在省委大院里面，也叫屏山大院，因为大院里面有座山，我们办公室就在半山腰，是个有 12 间平房的四合院，我准备考经济学博士，就住在值班室。白天工作很忙，读书都只能安排在晚上，屏山大院白天上班人多，挺热闹，晚上人少，就很清净，有时过于冷清，野猫特别多，每天晚上野猫群叫，声音让人浮想联翩。还有一段时间，从屏山公园跑出了几只猴子，一直躲在我们办公室周围，晚上时候猴子出来觅食，经常溜到我房间，偷走一些点心。加上山上湿气重，条件挺艰苦，艰苦的条件不断挑战我的意志力，也考验着毅力。但正是奋斗在跑道上的这种精神不断激励着我，让我克服了种种困难，坚定了信念。终于，2003年秋天我考上了中共中央党校经济学博士生，师从中央党校刘海藩副校长。

博士毕业到中央机关刊求是杂志上班以来，我也常常能感受到奋斗在跑道上的精神带给我的快乐和帮助。2010年春季，我报考北京大学光华管理学院博士后，当时报考经济学家厉以宁教授的人特别多，竞争非常激烈，我多次都被告知无法录取。但正是凭着这种持之以恒的执着，艰苦的努力，最终赢得了北大光华管理学院老师的赞赏，实现了自己的目标。前段时间在厉老师家还提起这个事情，厉老师说，我之所以特意交代录取你，就是因为看到你的坚持不懈，我们也被你感动。2010年秋天，我参加第十一批西部博士服务团，中央组织部、团中央把我选派到四川广安（伟人邓小平家乡），在伟人家乡开展工作，推进经济社会发展，争取中央及其各方面的支持，也经常遇到各种困难和挑战，每一次，在师大培养积累起来的这种奋斗精神都能够鼓励着我前进，完成一个又一个的任务。

应该深深感谢母校福建师范大学，因为那里的老师，还有那里的氛围，不但教给我知识，更教会了我一种学习和工作的态度和精神。这种态度和精神不断鼓励我们勇敢向前，坦然面对各种困难。

（黄文川 文学院1998级硕士生，《天津日报》副总编）

第 528 期 2012 年 2 月 20 日

那年我们在长安山"占位置"

唐颐

1978 年的福建师大，读书风气好得一塌糊涂，同学大都是辍学 12 年的"老三届"。感谢邓公，又让我们走进久违的课堂，新鲜之后唯有努力读书，况且当年深入人心的口号就是"为振兴中华而读书"。于是每天吃完晚饭，第一件事就是去教室或者图书馆占位置，把书包放在桌面即可。因为上课时规定两个人坐一张桌子，晚自修按惯例一个人可独享整张桌子，桌少生多，所以占位置是必须的。我们宿舍住 8 个人，实践出真知，每天派一个人去占位置足矣。后来这任务就固定在依弟肩膀上了，依弟入学时 16 岁，那时初高中学制合计四年，所以才有这么年少的应届考入生。而我们班的老大姐入学时，她的儿子刚好也入小学一年级。大学同个班级，年龄悬殊如此之大，也就是那个年代的奇观。依弟每天乐颠颠地背着 8 个书包进学堂也是奇观。10 年前同学聚会再见到依弟，他已是一个重点中学的校长，满脸络腮胡子，开口之乎者也。把书包交给依弟后，我们便去散步，经常走到校园外的田野里，走进成片成片的茉莉花丛中，摘一些带回教室，淡淡花香伴着淡淡书香，犹如美人添香夜读书，读得不亦美哉，常常熄灯了才离开位置。农民伯伯见学生摘花也不骂，反正那花多的是。许多年后重返校园，长安山已被密密匝匝的混凝土建筑围得密不透风惨不忍睹。清晨，长安山上，相思树下，随处可见早读的学生，树林下花丛中的石板凳也是需要占位置的。都说黎明时分是记忆最可靠的时辰，中文系学生大都背诵古典文学名篇和古汉语单词，当然也背诵英语单词。几十年过去了，唐诗宋词倒也经常顺手拈来，颇见功底，可英语单词却没记住几个。想来都后悔，当初干

107

嘛不把背诵英语单词的时间用来多背诵些古典名篇呢？那时，我们坐在中文系的大教室里，很有优越感。因为但凡孙绍振的文学创作课、李万钧的外国文学课、李联明的文艺理论课等等，其他系的学生来旁听的都不少，他们自带凳子，早早挤在教室背后，我们如果来迟了，会很开心地挤过人群，矜持地坐在自己固定的位置上。

后来我将当年读书风气之好告诉读大学的女儿，意欲教育开导一番如何勤奋刻苦，女儿竟说："你们当年多幸福啊！进了大学门，就像入了保险库，捧上了铁饭碗，当然可以'两耳不闻窗外事，一心只读圣贤书'，哪像我们，大一就开始愁就业。"我听罢愕然，但有一点她说对了，那年头的幸福指数确实比较高。

那时从来不用交学费，当然也就没听说过哪个同学因为交不起学费上不了学。每个月饭菜票18元也是学校发的，几位家中上有老下有少的同学还嫌太奢侈，干脆搞个煤油炉自办伙食，每月节省三五元寄回家，上了大学还能赚点小钱，岂不乐乎！连看电影都免费，十天半个月就有海报告之，某晚某时在室外体育场上映某两部电影，一定是两部，大都是刚刚"解放"出来的老电影，看得我们或心潮澎湃或泪眼盈眶。这时候占位置更不可掉以轻心，最好下午一下课就回宿舍搬凳子，才能占上个好位置，吃完晚饭派两位壮汉去守着，可以带着书去读。此时，依弟个子太小，派不上用场了。后来，我们宿舍的周君认为只管本宿舍同学太本位，因为他是大班党支部书记，总是高瞻远瞩，他提出起码要管好我们小班4位女同学的位置，我们自然一致赞成，但没过多久，周君便很本位地和其中一位美女同学卿卿我我起来了，到毕业那年自然山盟海誓蝶双飞。

不知道什么原因，中文系78级女生特少，才10多名，约占十分之一，77级女生有20多名，79级就更多了。在男女生比例严重失衡的我们年段，女生们无比骄傲，男生们无比着急，像周君那么幸运的，毕竟凤毛麟角。于是一些胆大的男生就把进攻的目标锁定在79级小女生，收效颇丰，戏谑抢占别人地盘。而向77级女生进攻，基本没有那种胆量，但男生们守地盘的胆量却高度一致。有一位外系的男生，对我们大班一名女生穷追不舍，经常在宿舍楼下呼喊女生姓名，一天午休时，此君不知好歹，又如法炮制。我们宿舍终于忍无可忍，一声"砸"字喊出口，扫帚、拖把、拖鞋、墨水瓶等纷纷飞出窗口，砸得此君落荒而逃，再也不敢造次，后来每次同学聚会，大家总聊此番壮举，在捧腹喷饭之余，却始终查不出谁是领喊者。

那时打篮球似乎是主要的体育运动和娱乐活动，每个宿舍几乎都可组成代表队。有一段时间，下午第三节课后必打一场，4个并列于教室与宿舍之间的篮球场成了稀缺地盘。有人聪明地将球带到教室，一下课本宿舍球友蜂拥而至占领地盘，后来这一招却被更笨的办法取代了，像占位置一样，先派个人还没下课就带个球在篮球架下守着。虽然占地盘的聪明招笨招不少，但后来最让大家接受的规则乃是淘汰赛，每场比赛10分钟，谁的队输便下场，等候的队伍接着上。有意思的是竟没有常胜将军队，因为等候的几支球队为了大局，经常打破门户之见，抽调精兵强将上场一搏，那时篮球场的热闹场面使长安山显得多么朝气蓬勃。

最热闹的一次场面却是在深夜，那是中国女排"三连冠"的夜晚，当时一台电视前几十上百人围着观看，看得同学们惊心动魄热血沸腾，当五星红旗缓缓升起在国际赛场，《义勇军进行曲》响彻世界天空时，大家不约而同地聚集到篮球场，点起篝火，把扫帚、拖把都烧了，又唱又跳又喊，喊得最多的口号是"振兴中华"。直到深夜，仍不足以表达莘莘学子的满腔爱国情怀，不知谁喊了一句"游行去"，于是队伍浩浩荡荡地走出了校园，一直走到东街口，一路上市民们投来的或是惊奇或是不解的眼神，但更多的是赞许与欣赏的笑脸……

往事如烟，一晃30多年，回味起来，"当年只道是寻常"，如今却很温馨，总难忘。应该承认，那是一个幸福指数比较高的年头。

（唐颐 文学院1978级校友，曾任宁德市委副书记）

第 528 期 2012 年 2 月 20 日
金示演的故事
汪毅夫

1978 年，我到母校福建师范大学报到入学时，鼻梁上架着 1200 度的眼镜。

报到的这一天，我在报名册"吴晓玲，20 岁"一行下填写了"汪毅夫，28 岁"。抬起头，看到一脸稚气的吴晓玲同学。显然，她对我嗅着纸片写字的情形印象深刻。

在母校，我曾用"金示演"（"近视眼"的谐音）的笔名向学生刊物《闽江》和《蓓蕾》投稿，但采用率不高。

我终于未能以"金示演"出名，却因近视眼而成为校园闻人。

我知道，校园闻人是怎样炼成的。

除了嗅着纸片写字的细节外，还有若干故事和事故。

故事之一是：在 20 路公交车上，我因眼力不济导致动作迟缓而被认定为老人而有年轻人为我让座。这让同车的黄跃舟同学兴奋了好几天，逢人就讲。须知故事发生的时候，我 28 岁而不是 82 岁。

故事之二是：在校园的林荫道上，有女生款款而来，疑似同班女生。我认真辨认，渐行渐近，满脸堆笑迎上前时才发现认错人也。我看见该女生偏过头去，还听得她轻轻地"呸"了一声。

在母校，我因为近视眼受到了很多照顾。老师安排我坐在教室的第一排，和吴晓玲、王卫星、陈节等女生排排坐。

热心为同学办事的黄文书同学给我的电影票座位也总是第一排。夜间走路，同行的狄建、陆敏或刘福铸等同学会搀扶着我。于今思之，颇感温馨。

110

2012年春节，从母校毕业30周年后，同学们在厦门聚会。此时，我已接受了眼科手术，视力从2000度近视和右眼白内障全覆盖（失明）恢复到双眼裸眼视力1.0。

我又因为近视眼再一次成为"闻人"。同学们为我"重返视界"而高兴。

在同学聚会上，我讲了故事却又制造了事故。

故事是，1982年1月17日同学们毕业离校时，蔡永强同学给我的题词是："眼镜摘下来时，看女孩子全都长得一样好看"；吴晓玲同学在我的学友录上画了我的肖像漫画，漫画夸张地表现了我的宝贝眼镜，并题曰："把我的得意之作献给您——金示演学士"。这肖像漫画，我在《闽台缘与闽南风》《闽台地方史研究》二书里用作作者画像。

事故是，同班女生问我，你恢复了视力，你发现了什么？我竟然回答说："我刚发现，你牙齿似乎不整齐。"该女生大窘，众女生大笑，我则大骂自己："要么讲真话，要么不讲话。既然有两个选项，为什么选择了前项呀！"

谈起母校，谈起同学，我的心满是感恩和喜乐。

祝福母校，祝福同学。

（汪毅夫 文学院1977级校友，全国台联会长、全国人大常委会委员、教授）

第 529 期 2012 年 3 月 15 日

军旅生涯的一段"布衣"岁月

周涛

与我同名同姓亦是朋友的新疆军区作家周涛，写过一首不是成名作也至少是代表作的诗——《生命中有一段当兵的岁月》。80 年代边境尚有战事，诗发表后风靡军营，传唱社会，激励了一茬茬热血青年投笔从戎。今天，当母校希望自己为建校 105 周年写些文字时，已穿了 43 年军装的我，不假思索，脑海里迸出了文章的标题。就读长安山的四年"布衣"岁月，穿越时空，扑面而来。

我与老师

七七级，无疑是中国教育的一个时代符号。作为终结十年"文化大革命"后全国恢复高考中榜的第一批本科生，我们一走进长安山校园，就感受到诸多"不一般"：分管七七级新生的，是中文系第一副主任、后当了校长的陈一琴老师；给我们上专业课的，多由教研室主任领衔；就连我们打篮球比赛，余光一扫，咦，从系党总支书记谢逸灼，到陈一琴副主任、李少园老师，站了一溜评点着、鼓掌着。

第一堂专业课，更是让我们印象深刻。那是写作教研室主任林可夫老师上的。尽管，123 名新生中不乏发表过铅字的写手，有的同学还拿过福建省小说奖，头上戴着作家的光环，我也在解放军报上刊登过几篇文章，但林可夫老师以其精深的理论素养，和在黑龙江当记者的实战经验，把一堂写作课讲得丝丝入扣。文学"源于生活"和"高于生活"的原理，在他的口中阐释得既准确——脉络清晰，又鲜活——触手可及。当我意识到课上完了时，教室已被一片

112

热烈掌声所淹没。不仅每个同学脸上都布满了惊喜，就连林可夫老师，从黑红泛光的脸膛到微微翘起的嘴角，也都洋溢着一种餍足，似乎比学生还兴奋。第一堂外国文学课，也上得让人难以忘怀。外国文学教研室主任李万钧老师，一开口就滔滔不绝，把一部西方文学史如数家珍地串讲了一遍，而且有时不看讲义，甚至不看学生，在教室里走来走去，边走边说……

我和同宿舍、也是陈一琴老师胞弟的陈一舟同学，交换了对这一现象的看法。形成的共识是："文化大革命"是一个国家的浩劫。当劫波渡尽，"科学的春天"降临时，七七级，要一股脑把被耽误了的青春时光、学生时代补回来，老师们，又何尝不想把压抑已久的知识储备，甚至是满腹经纶，火山迸发般释放出来！

双向的渴望，构成了七七级独特的师生关系。这关系可套用台湾歌手伍思凯所唱红的一首流行歌曲——《特别的爱给特别的你》。

这爱是炽热的。系里不仅将各教研室主任和孙绍振等知名教师倾情派出，为我们上专业课、讲选修课，有的课如孙绍振等老师的讲课吸引得其他年级其他系学生也慕名而来，教室的窗台上都坐满了人，而且对七七级推出一系列改革与优惠：图书馆规定，每人每次借书不超过三本，系出面通融，七七级可以破例借三本书以上；莆田地区新闻报道组出身的甘玉连同学，写作是强项，考试又格外认真，卷子写了20多页，主考老师一直陪着他，从上午陪考到下午两点；我和11名同学，入学初期通过考试，被特批免修写作、现代汉语和现代文学三门课，腾出时间对学业做"深加工"……

这爱是无私的。陈一琴老师当时不仅当系领导，还是国内毛泽东诗词研究领域的领军人物之一，受到臧克家、周振甫等大学者的褒奖，其编著的《毛泽东诗词笺析》，被誉为"学习中国革命史诗的金钥匙"。但他能叫出七七级每一个同学的名字，无数次点灯熬夜为学生修改文章，还曾经因熬夜过度昏倒在宿舍。林可夫老师欲将一位有妻室子女的同学留校当助教，苦于系里没宿舍，早晨六点钟敲开校党委书记范公荣的家门"我急需要一间房子！"这样做的当然不仅是一两人。最常见的是老师对学生的一对一或一对多课外辅导，把本科生当研究生带。而且，不吝在家中耳提面命，以致打造出一道长安山风景线：下课后、晚饭后，七七级学生鱼贯而出，沿着一条条校园小道，往老师家走去……

113

这爱是邈远的。我本以为，师范大学以培养师资力量为教学中心，可能会相对排它。实则不然。系里对七七级学生真正做到了不拘一格、因材施教，鲜明地提出"没有舍便没有得"，鼓励学生可以综合发展，也可以偏科专攻。陈节、谢季祥、马重奇等"老三届"，早早便确立了古代汉语、古典文学的研究方向，现今，都成为教授和博士生导师。冯爱珍同学虽年纪轻轻，但对方言学饶有兴趣，梁玉璋老师四年里一以贯之培养，情同母女，最后将她送进了中国社会科学院语言所当研究生……

这就是我的老师！他们把"学高为师""行正为范""道不远人"等崇高但抽象的字眼，化作了眼前的事实、身边的具象。何去何从，"桃李不言，下自成蹊"。

我想，高等学府之间本是有差别的，或硬件，或软件。但对莘莘学子而言，人生刚刚起步，思想尚未定型，大学所给予他的，最重要的是知识的启迪、精神的激励、真理的向往。就这个意义上，北大师大，不分谁大，一样伟大。

国家恢复高考那年，军校尚未恢复招考，当排长的我有幸被师政治部选中考地方大学。一共选了12个干部战士，4人一组，指令性地分别报考上海同济大学土木工程系、福建医学院医疗系和福建师范大学中文系。我成为全师唯一的中榜者。带着战友们的羡慕走进长安山校园，轮到我当羡慕者了：中文系七七级中，竟然有数学成绩一百分的。有的同学不报考北京上海名牌大学，仅仅是因为读师范可以省学杂费。神奇的当然不仅这一方面：我们这届同学，最大的31岁，最小的17岁；有不谙世事的应届高中毕业生，也有四个孩子的父亲；有工、农、兵、学、商，也有党员干部、剧团演员、归国华侨……

错落，带来了不一样的风景，更汇聚成不寻常的一个"场"。打动你、吸引你甚至征服你，这样的故事，每每发生在同学之间，产生强大的"场效应"。

你刻苦吗，看看陈一舟等同学。尽管哥哥就在本系当领导，但陈一舟除了特别刻苦不搞任何特殊，对每一堂课、每一个专业，都学得十分专注，永远一副寒窗苦读的模样。可在他看来，"这没什么，我哥哥一琴为了备好课，一个月里熬了二十三个通宵！"毕业时，陈一舟成为全年级唯一的全优生——全校七七级也仅有九个全优生。他留校任教后，又成为全省第一个由助教破格晋升为副教授的七七级……

你钻研吗，看看汪毅夫等同学。与我在厦门同一个考场考大学、带着全年级最厚眼镜片的汪毅夫，在同学中享有"夫子"美誉。他从厦门市邮电局考来，入学前便参与了《鲁迅在厦门》一书的调研与写作。入学后如鱼得水，一边读书听课，一边从鲁迅研究拓展到现代文学研究、台湾文学研究，当了系学生会学习部部长，被俞元桂、陈一琴等老师称赞为"积累型""学术型"人才。果不其然，他官至副省长，10 年间还出了 5 部学术专著，如今当了正部级领导，又出了 3 部学术专著。

在同学中，还有许许多多的能人、好人。比如王聪深同学，既是班干部，又是文艺骨干，还能理一手好头发。带薪入学的他，专门买了一套理发工具放在宿舍，为那个年代普遍都经济拮据的同学，省了不少理发开支。比如王世彦同学，是第一个敢于穿着西装短裤、露出一截大腿进课堂的女学生。虽给人有些另类的感觉，但才思敏捷，写作课考试，我刚审完题开始答卷，她已经把卷子交给主考老师，而且被当场宣布"成绩优秀"。

再比如黄文书同学，个头不高也貌不惊人，但有一副关心人帮助人的热心肠。宿舍楼建在校园深处的长安山麓，离校门口的传达室有一二十分钟的路程。每天，他都自愿到传达室为同学们取信，再一一分发给大家，四年间乐此不疲。遇到校旁的省军区礼堂放电影大片，他自掏腰包先买些票，再逐个宿舍问同学："看不看?"看就付钱，不看就跑回去退票，同样无怨无悔。毕业后，他分配在省委组织部，帮助许多同学调回了省城福州，走上理想的工作岗位。同学中，还有渔民出身却多才多艺能在歌剧《白毛女》扮演杨白劳的洪辉煌，写影评画漫画均达到相当水准的刘牛，行书颇有"二王"风骨的李勇，专业出身的男高音范希健，发着高烧参加校运会 1 万米比赛的于浴贤，以聪敏伶俐成为最年少留校助教的薛晨曦，照相技术好并会洗印的包绍明，篮排球高手李立生，长袖善舞的王卫星等等。他们的存在，壮大了七七级的方阵，丰富了七七级的内涵，也使同学之间形成了一种良性的互动与竞争：你可以发表这样那样的文章，让我当"读者"；我同样可以活跃在舞台上、球场上，让你当"观众"……

各呈其美，又美美与共。这正是七七级学子的鲜明特征！它使得同学们在"同又不同"中，轻易地走近对方，在"互为羡慕"中，实现差异化发展，也给我的"布衣"求学生涯，留下了永不泯灭的美好记忆。

我与组织

入学第一天，担任中文系七七级政治辅导员、党支部书记的李淑贞老师，把我拉到操场，郑重告诉我："系里定了，你当年级党支部副书记。"后来，我又担任了系学生会主席。

两个头衔，使我由"干部学生"变为"学生干部"。在最初的荣耀感逝去后，陡生工作压力。好在，系领导特别是陈一琴老师给了我积极鼓励，而李淑贞老师作为年级党支部"一班人"的班长，更是给予我充分信任。她是女同志，年纪并没有班里一些"老三届"的同学大，孩子不足半岁且有残疾，但她丝毫没有被这些难处所难倒，党支书、政治辅导员当得非常投入，而且作风泼辣，用今天的流行热词来说就是敢于担当。

有组织，就得抓组织建设。学生中的佼佼者大都被吸收进组织，或当支委、班党小组长，或当四个班的正副班长。"模范带头""身先士卒""见困难就上，见荣誉就让"等党的先进性，在这些党员骨干身上得到了最多的体现。我和邱胜斌、陈国英、邱登辉四个学生支委便形成默契：对当"三好学生""优秀学生干部"一类的事，都不去争。

最重大的组织建设，是发展党员。每次，李淑贞老师都反复和我一起酝酿，并在支委中充分讨论，最后开支部大会，分别听取介绍人和申请人汇报，再进行表决。容易"一人欢喜多人愁"的党员发展工作，在这样的程序下进行得顺风顺水。积极追求政治进步的优秀学生，相继被吸收入党。比如来自永春的洪碧玲同学，话不多但稳重扎实，读书、打球、搞活动，样样不在人后，颇具"君子讷于言而敏于行"的风采。她入党后当了班党小组长，毕业后被省委组织部选中，如今在厦门市委常委工作一干就是 10 年，先后担任了组织部部长、宣传部部长和纪委书记。四年间，年级党支部共发展了 7 批 18 名党员。毕业时，组织部门便选走了 17 名党员。记得唯一有争议的发展对象是谢小建同学。他在党支部并无争议，但报到校组织部，一位科长卡住了。该科长看过他发表在年级学习园地《蓓蕾》上的一首诗，运用了当时西方传入的"意识流"手法，担心他有"自由化倾向"，批评说："这样的学生，你们也敢发展入党？"李淑贞展示了担当的品格，据理力争，并请那位科长前来参加支部大会，听取谢小建的入党申请汇报，最终拉直问号，圆了谢小建入党梦。毕业后，谢小建也被组织部门选中，一路走上了县长、县委书记岗位，如今是省侨联常务副主任。

除了抓组织建设，更多的是搞组织活动。

创办年级学习园地《蓓蕾》，是入学后最先的组织行为。当时，中文系每个年级都办了一个学生刊物，贴在教学楼一层大厅的墙壁上，师生进进出出能最先看到，这既是学习成果的展示，又是年级之间的竞赛。党支部在全年级四个班广揽写、书、画人才组成编委会，精写精编精制，第一期就引来了全系热议，公认把高年级的学习园地比了下去。《蓓蕾》每两周出一期，四年间从未间断。由于七七级晚半年入学和毕业，造成了"五世同堂"。但不管是当新生还是当老生，《蓓蕾》的办刊水准都没有受到任何年级挑战。毕业时，李淑贞老师和我专门与《蓓蕾》编委们照了一张合影，贴在人手一册的《学友录》上。陈一舟同学在照片上题词："山草绿，槿花红，春意未如别意浓。且待相逢再相问，几枝蓓蕾报东风？"

组织参加校系各种比赛，是对我们的又一大考验。四年间，以七七级为主力（我本身是主力队员之一）的中文系篮球队、排球队，数次夺得全校冠军。七七级的《伞舞》，在校文艺会演中，与艺术系学生同台演出且毫不逊色。最经典的要数排演话剧《约会》。这部针砭时弊的话剧，政治性强，台词量大，戏剧冲突表演也有难度。没想到，当过福州港务局工人业余演出队员的王聪深同学和唱美声的范希健同学，带着连一天"业余演出"也没干过的王世彦、冯爱珍两位女同学，把角色表演得惟妙惟肖，把主题诠释得淋漓尽致。这台话剧不仅在全校演出了轰动效应，而且被邀请到福州大学等高校演出，还受到省话剧团好评。

中文系七七级的品牌，正是在课堂内到课堂外的全方位拼搏中，一点一滴形成并彰显的。印象深的还有一点，就是同学们对集体活动的无私参与。一年元旦前夜，我们在大教室搞迎新年晚会，为了气氛热烈喜庆，没钱租灯光音响的同学，纷纷动手剪裁出大量的彩色纸条，悬挂在教室上方。更有人灵机一动，将自行车倒扣，手摇脚蹬转动起两个车轮，幻灯机则放在地上，透过车轮的转动打出了霓虹灯的光效。那场晚会，平时不苟言笑的吴华英等同学，最后都一起跳了集体舞。正在福州拍电影的北京电影学院马精武老师及一帮表演系学生，在校艺术系参加完元旦晚会还不过瘾，见到中文系这般生活化的场景，又主动加入了我们的联欢。

长安星雨蕴芳华　>>>

四年学生干部，所经历最突然也最难忘的一件事，是发生在中国女排在日本首夺世界冠军时。那天晚上，电视转播和电台口播刚结束，没有任何"组织安排"，我突然发现欢呼声集中到了宿舍楼下。很快，有人举着扫帚并将其点燃，一边喊着"中国女排万岁""振兴中华"一类的口号，一边朝山下的校门走去。身为年级党支部副书记、系学生会主席的我，这一时刻必须站出来。我主动走在了下山的游行队伍前列，队伍迅速壮大，一路经过政教系、数学系、体育系、外语系，都有许多男女同学加入进来。校门显然是挡不住的，游行队伍浩浩荡荡出校门，踏仓山，穿闽江大桥，一路走向市中心五一广场。沿途，福建医学院等高校学生，也自动加入游行。大家或振臂高呼，或挥舞"火炬"（扫帚、拖把），或敲打脸盆（铝制的），不知疲倦地走着、喊着，让我深深感受到了青春的活力、团队的伟力。一种责任感、使命感，也被同步放大。游行大军直到凌晨才往回走。在连队走过百里夜行军的我，特意和郑超光等同学，走在队伍最后，一路"收容"着、陪伴着掉队的同学，安全返校。

青春似火，岁月流金。当学生干部的这些经历，对今天走上领导岗位的我，无疑是一笔宝贵财富。扪心自问，当时的"周排长"，并没有这样的财富意识。作为"哪里来哪里去"的军人学生，也不存在"干活多，分配好"的逻辑思维。何况，当学生干部，搞各种活动，对专业学习的影响也显而易见。但我出身军人家庭，16岁参军，"服从命令听指挥""党叫干啥就干啥"的信念，从小就融入了血脉。我为自己新闻作品集《从零点到零点》所写的跋，就叫"不会说不"。在那篇跋中，我写了这么一段文字，在此摘抄下来，献给我的母校、我的同学、我的校友：

"一切忠诚于自己的选择乃至被选择的人，不管从哪里起步，终将会受到命运的庇护与回报。因为地球是圆的，哪怕你朝着目的地截然相反的方向走去，只要一直走下去、走下去，你就会像人类第一个自西向东环球航行一周，又回到西班牙圣卢卡尔港的探险家麦哲伦那样，总有一天，你会与理想相逢在旅途。"

（周涛 文学院1977级校友，曾任解放军总政治部宣传部部长）

第 538 期 2012 年 9 月 30 日

难忘的生日

林其天

我在坐落于长安山麓的福建师范大学求学的年代（1978—1982 年），且不说电视机是稀罕货，就连看电影也还是一种难得享受的文化大餐。母校关爱学子，每月总能安排一、两次在露天放电影。周末时，早早在运动场上挂起银幕，还在几处显眼地方贴出海报，过往的学子们总会眼前一亮，于是，笑声伴随着渴望便迅速弥漫了整座校园。

不记得如何搬着宿舍的方凳坐在操场，不记得那场电影的名称和故事情节，甚至也不记得究竟是哪一年的哪一天了……只记得一卷胶片放完在换片的间隔时，突然觉得周边消失了黑暗，一种柔和似水的祥光正把我们笼罩在清新而圣洁的氛围中，恍惚看不见的神力在不经意间把我们这群芸芸众生超度出尘世人寰，托举在超凡脱俗的另一个境界。抬头望去，呵……，一轮明月已升上中天，正在绽放皎洁的光华！今夜的月亮显得那么大、那么圆、那么亮，今夜的月色那么的温馨和美好，今夜……。陶醉在赏月中的我这时才记起，今天是我的生日，我原本是要回家过生日的呀！

那一次的周末，已经准备午饭后就回郊外老家过生日的。吃饭时看到了电影海报，饭桌上同学们又兴高采烈地聊着这场电影，居然把我那颗已经放飞老家的心又悄悄地收拢回来，整个下午和大多伙伴们一样，手捧着书本，眼角却时不时随着身边的日光飘移，心里悄悄地期盼着夜幕早点降临，哪还顾得上惦记生日呢？

119

长安星雨蕴芳华 >>>

生日总是要过的，有祖宗传下的习俗，有母亲慈爱的嘱咐，有一份亲情的承载，还有一种自我的感知与祈盼……这会儿，被我轻易遗忘而又偶然捡起的生日，又该到哪里去过？还能过得成吗？

电影散场后，缺少夜生活的城市已然进入沉寂的睡乡，我随着人群向宿舍走去，认定今年的生日也只能寄托在睡梦之中了，不过看了一场难得的电影，又赏了一回美好的月色，也算没有遗憾。没想到，路过坡顶的教工食堂时，大门虽然是紧闭的，门缝中却还透出几缕灯光，于是我心里怦然一动，不管不顾地就上前敲门。

开门的是一位年过半百的阿姨，她上下打量我一眼，便露出满脸惊讶的神色。那时候，教工食堂是专门供应老师们就餐的地方，平日里哪怕敞开大门，学子们也是望而却步的呀！那一刻，我顾不了想这些，只是真切地把她当作希望女神，向她说明缘由，羞怯地向她求助。

"你这个孩子呀！过生日是大事啊，怎么能忘记呢？你妈要是知道了，该心痛的呀！"阿姨边说着边示意我进门。

我还想再说些什么，阿姨却已扎起围裙，让我坐在餐桌前，慈祥地对我说："就让我替你妈给你过一回吧，我这就给你煮两粒'太平蛋'，不过这里没有线面呀，要不按北方的风俗给你包一碗饺子怎么样？"

我还能说些什么？除了连声道谢，便只有一个劲地点头。

我也想给阿姨打个下手，她却不依，就让我在桌前坐着，她一边忙碌着，还一边和我拉家常，问我的家庭、我的学业、我的生活……听来都那么温和、亲切、充满着关怀，彰显着母爱。那一刻，灯光与火光交相辉映，在阿姨身上镶嵌出一层灿烂的光环。于是，她的身影披光带彩，渐渐地在我眼前升华，越来越高大，越来越伟岸……

啊，平凡而伟大的母性！

三十多年过去了，我始终没能忘记这位阿姨。虽然我不知道她的姓名，不知道她的身世，也不知道她后来的景况，但她那如月光般慈爱的面容，她那如春风般温馨的话语，她那在我心目中如山岳般伟岸灿烂的形象，时常会浮现在我的眼前，演绎在我的梦乡，潜移默化地引导我怎样做事、怎样待人、怎样也

120

为世间献出一点爱……

在每个人的一生中，过生日早已是世代相传的常规习俗吧？尽管有的是家人小聚，有的是大摆宴席，有的收获几句祝愿，有的接纳满室鲜花……不过，能够让人刻骨铭心、乃至于终生难忘的生日，又有几回呢？

这就是我，在母校度过的一次难忘的生日。

（林其天 文学院 1978 级校友）

第 608 期 2016 年 6 月 15 日

长安脚下，安步当车

叶杨莉

道一声"阿姨好"，我钻出培训 D 楼的大门，与门口宣传栏上的海报擦肩，毕业倒计时的牌匾不知被谁拆去，一抬头，烈日闪在眼前。

原来，6 月已经来到。夏天的校园是一副清丽的画卷，我蹬着一双还不合脚的高跟鞋，化着青涩的妆容，风风火火走去实习，拼命想摆出一副职场人的模样。从帆布鞋变成高跟鞋，从校园里走向校园外，我迈着步伐，看着四年的光阴顺着这些脚步悠悠地溜走了。

2012 年的 9 月，长安山闯进了一批十几岁的孩子。他们拖着行李，爬上山，走进装修一新的培训 ABCD 楼，成为第一届回归长安山的本科生。从旗山坐着 43 路公交车摇摇晃晃 40 分钟过来的学长学姐们，顶着烈日迎接了这群新生。

这群十几岁的孩子们睁着年轻又期待的双眼，和这个一百多年历史的老校区显得格格不入。可是，长安山又开始年轻了起来，一片又一片的迷彩绿在小操场上踢起飞扬的尘土，在食堂里叽叽喳喳地排起队，在篮球场上喊起了口号，在这片校园里挥洒起了青春。

我也是这群面孔中的一员，一边唱着"闽水泱泱，长安葱葱"，一边打量着这片"葱葱长安"，这里有白花花的空调，绿油油的榕树，蓝晃晃的天空，黄澄澄的楼房，以及破烂烂的公路。

大一那年，我读着何兆武的《上学记》，面孔上还带着刚走出高考战场的点点灰土，硝烟正夹杂着我的高中生活滚滚而去。我对于大学的向往，正是何兆武那个年代的西南联大，那诱人的"自由"和"独立"二词。幸运的是，我在这"葱葱长安"里获得了自己的思想启蒙。文学院底蕴深厚，名师辈出，课程也多为启发思考和鼓励阅读的主题。

我在这里，聆听了谢冕老师的讲座，白发苍苍的他追忆对福州的感情，也听到学姐们述说 80 年代朦胧诗的大论争。我听过孙绍振老师妙语连珠、幽默睿智的讲座，看到他在 2010 级两周年晚会上像个年轻小伙子一样跳舞，台下的我们感动地拼命鼓掌。我曾经在刘琨庸老师的课堂上开小差，画简笔画，但也最终抄下了整部《大学》，忘不了他对于传统经典的坚持和传播。

我也曾经听过郑家建老师的鲁迅课，和同学们打趣说研究鲁迅的他气质越来越像鲁迅。大二那年的院运会，我参加了家建老师带领的三千米比赛，看到他矫健的身姿遥遥领先。我也曾经学习了一个学期葛桂录老师所开的中外文化交流史，艰难地听着他一口苏北腔普通话，曾随他一同去台湾交流，加深了对于文化交流的理解。我曾经多次在食堂碰到陈希我老师，他和普通学生一起打菜吃饭。还有仅教了我一个学期的黄乃江老师，他肯定并鼓励了我进行写作，真正将课堂变为大家思想交流的发言堂。在长安脚下，我也听了张晓风、林那北、韩少功、李珥等作家的讲座，听他们对于人生和艺术的领悟，我的精神领域像干涸的土地得到了滋养。

站在大四的尾巴，我回忆起大一所读的《上学记》，追忆起西南联大的《谈谈"民国那些人"》的演讲中，将民国精神总结为"有所担待、独立精神、自由精神、创造精神"。陈寅恪先生也曾在王国维的墓碑上写道："独立之精神，自由之思想"。想起大一对于大学的追问和目标，在大四都一一达成。因为文学院还能保留一片难能的滋养精神的沃土，而能拥有这些具有独立精神的老师，则是我的荣幸。

我继续向前走着，看到三三两两的长腿，陆陆续续钻出宿舍楼，黑亮的长发晃动出青春的气息；一群由远处走近的男孩，七嘴八舌，像刚打完篮球，皮肤在阳光下泛着光，抵挡不住扑面而来的阳光味道；几个刚游完泳的女孩，头发湿漉漉的，经过时带过一阵洗发水的清香。

这始终是一片青春的校园，放在"有福之州"的中央，放在长安山下，每天都有一幕幕属于年轻人的欢笑与泪水上演。在这里，我不仅聆听了良师的教导，也结识了许多益友，好像每个角落，都落下过我们的足迹。

长安星雨蕴芳华　>>>

这些足迹，有关于美食的。校门口的江西炒粉，每到傍晚就会排起长长的队伍，那对江西夫妻，丈夫掌勺，妻子扔面，配合得天衣无缝；食堂里的北方拉面，是我大一的第一餐，冬天来临时，它的热气腾腾会让人上瘾；学生街的凉皮，许多毕业多年的学长学姐都会专门跑来打包；惜缘超市下的天下味餐馆，是我们打牙祭的必选之地，家常菜做得便宜又精致，铁板牛肉上桌时，大家都会嬉笑着蹦得老远……

这些足迹，有关于同学情的。大二组队参加挑战杯比赛，在文科楼、在田家炳、在宿舍里、在咖啡店，男生女生，一边开着玩笑，一边故作正经地进行头脑风暴，录着宣传视频，拍着搞怪照片，彼此都心知肚明，无论得奖与否，这都是一段值得珍藏的记忆；大三拍着中联九周年的照片，大家在小操场顶着大太阳，举着报纸手牵手；忘不了那些熬夜排版的日子，拿着印刷出来热乎乎的报纸，和"战友"扫楼发报纸，一圈下来脸皮厚了三寸；也忘不了我们总是要玩到宿舍门禁后才回来，走在空无一人的校园里，看着远远奔来的野狗群，吓得双脚发颤，戏称对方为"狗文强请饶命"……校园里的友谊真是简单呀，也是最无功利的亲切，因为单纯的喜欢而走在一起，一群人热腾腾地走在路上嬉笑怒骂，完全无视路人的眼光。校园里的爱情，也都揣着一颗滚烫的真心。

终于走到了校门口，门卫保安大叔顶着烈日望着校门口来来往往的人群，校内小灰车停在门口，一个妹子就像晚归时的我加快脚步跑着上车。2012级的同学们，即将走出校园，开启人生另一端行程。

大学究竟是什么？凤凰花开，许多人要将问号改为句号了，而我却是逗号。毕业对我来说，还不是一个结束，只是一个休息，因为不久后，我要去另一所大学，继续完成自己的追问。

我走出了校门，再回头，道了一声"再见"。

（叶杨莉　文学院2012级校友）

第 608 期 2016 年 6 月 15 日

我和我遇见的他们

林锦燕

生活被忙碌的工作占据，仿佛忘了自己还是一个学生。在某个午后收到校报的毕业约稿，才猛然惊醒，哦，我还是个学生。用临近的毕业来证明学生的身份，有些愕然，有些可笑，还有些无力。匆匆地踏进职场，来不及缓神，便迅速地被转换身份，成了职场菜鸟，奔忙于楼宇之间，紧凑的节奏，不容喘息。不被提醒，似乎都忘了还有一个叫师大的地方，可以容我们以学生的身份短暂停歇。飞驰的时光，像是一卷陈年的电影带，刻印了四年的大学生活，却在不知不觉中转瞬见底，突然此刻，要回忆起四年的岁月，竟开始有种隐约的失落，失落于电影的落幕，失落于情节的仓促。

写下此文的时刻正值高考结束的日子，四年前的今天，我在考场里交了一份人生中最重要的答卷，然后便来到改变我一生的地方。当初的我幻想着踏进这所学校的生活会是什么色彩，然而对后来所经历的却始料不及。四年做过多少卷子，上过多少堂课，参加过多少活动都能映入脑海，然而更让我深刻的是采访过多少人，写过多少篇稿子，每篇稿子都浓缩着笔下人某段岁月的某个故事，也烙印着执笔人的态度。告别一段岁月，我选择回忆，我和我遇见的他们。

我和我遇见的他们——学生篇

对于刚入学的学生来说，我们总会带着好奇甚至迷茫，去摸索大学生活的样子，对于优秀的定义总是在纷杂的故事中摇摆不定。那时的自己，忙碌，却没有方向。采访同龄人的时候，因为有差距，所以总是有足够的好奇心去寻找

125

他们优秀的理由。而每一次的好奇，总是会带来某种程度的触动，也许这就是榜样的力量。

戴慧莉是我作为学生记者开始采写的第一个人物。三年前采访她的时候，作为国家花剑队主力队员、福建省队队员的她刚刚在 2013 年的全运会上夺得福建省代表队的首金。在此之前她因伤病曾沉寂于击剑舞台，甚至惜别伦敦奥运会。在几番坚持和努力之后，她时隔两年又重回击剑领奖台。当媒体开始关注她是否会在里约奥运会崭露头角的时候，她却选择在人生浪起时，退居幕后。里约的奥运会不会再出现她的身影，但她的生活却有了幸福的足迹。我惋惜她的放弃，但佩服她的选择。她告诉我，美好需要倔强，也需要放弃。

采访因纪录片《戏梦》捧得第十二届"金熊猫"国际大学生影视作品"最佳人文类纪录片"而备受关注的陈昕，对当时的自己是一种莫大的馈赠。我们正身处校园，对于未来某天要踏进的职场，我们会困惑。陈昕却给了我答案，"我觉得学生时候还是单纯一点好，撇开功利，才能沉下心来做片子。"不一定要惦念着如何为将来准备，有时候做好此刻就是最好的准备。有些人之所以优秀，是因为他们比你更懂得做好本分。

陈威，一个在师大备受瞩目的名字，刚接触他的时候，还没有今日这般成功。然而回想当时采访的陈威，再回来看看今天将事业做得风生水起的他，一切便显得都是水到渠成。听说过陈威年少事迹的人，也许会觉得这是一个天才学生固然会匹配的优秀。但是我却始终在回想他那一句："说我不行，我就要证明自己。"天赋异禀固然是优势，但能够借此努力的人却并非是多数。陈威就是这样的一个人，他的成熟，也许会让你觉得有些过分，那是因为，背负着压力与质疑，让他显得老练和过多的自我保护。我们抛去艳羡的目光，在他这里只会是对自己一无是处的最大嘲讽。

走在同一个平行线上，但总有人走得比我们远，不是起点不同，而是内心笃定。这是我遇见的他们。

我和我遇见的他们——老师篇

如果说遇见以上的同学是对自己现状的一种鞭策，而遇见师大的老师们，则是对自己前行的一种叮嘱。

依稀记得三访文学院穆克宏教授时，他每每送我们至出门，总要叮嘱上一句："要好好读书。"在大学里，好好读书就是一句阔别已久的话语，在高中之时我们随处可闻，可是到大学里听到这句，却意外地有一种弥足珍贵的暖意，况且这是出自一位老学者之口。本该存在却被忽略，所以偶然提及，便有了几分惊喜和珍惜。这句话，在往后那一年埋头苦读的日子里给了我莫大的鼓励。

与经济学院的黄茂兴教授的交谈，是我最意外的经历。被书籍堵得水泄不通的办公室，一屋子的作品与荣誉，还有一谈到家庭便动容的黄茂兴教授，都让我钦佩。钦佩于他的敬业，却也心疼他的忘我。在师大不断发展的背后，总是有这样一群人，甘心静默付出，每次晚间下课，抬头望上文科楼 11 楼依然亮着的那盏灯，总能想起黄教授那句"有滴水穿石、弱鸟先飞的奋斗精神，就没有什么可能做不到的事"。

把学生当孩子来疼爱的全国师德标兵朱友华教授；荣誉满身，依旧谦逊淡泊的师大附中温青副校长；走在人生边缘，却依旧乐观地喊出"我们活着，就是成绩"的校健康协会王廷章老师；还有临近九十高龄的刘春游老师，淡忘往事，却仍张嘴就来抗日期间学到的那首《抗日救国》："如潮高涨/我们的热血已经沸腾了/啊/中国人要联合起来……"

曾经是笔下主角的他们，就像是一本书，我曾在某个时刻仔细地翻阅与探寻，摄取着书中的精华，或学习，或生活。时至今日，我走过的路还不算长，但听过的故事有一些，虽未曾参与，但在某个阶段成了我的指路明灯，是感激也是荣幸。

终于要彻底告别学生时代，对于接触过的人，却是如数家珍般惦念不忘，考试的分数会忘，得过的奖会失效，但是听过的道理却打包成行李，刻印脑中。

"嘿，再见，师大！"

一声告别，莫名喊出了悲伤，我，终究还是要离开了。

（林锦燕 社会历史学院 2012 级校友）

第 615 期 2016 年 11 月 17 日
长安山
连景彬

当最后一盏白炽灯

融入如水的夜幕

十七号楼像贪眠的乳婴

依偎在长安山的怀里

202 寝室的鼾声

在相思树林的波涛里荡漾

初夏时节，三叶草的翠绿

从山脚涌上山顶

英语单词沿着长安山

那缀满鹅卵石的小路洒落

几位未来的诗人

站在望江亭的长凳上

激扬文字

山顶水塔旁耍太极的教授

行走在自己的思想里

当夕晖穿过灌木丛

点染枯萎倒伏的茅蒿

长安山开始清瘦
初恋和失恋周期表
是一道永恒的风景线
穿过那穹仿古山门
被音乐系女生抛弃的男生
把爱的方程式刻满树干

福州幼师的小妹们如约而至
于是炊烟、吉他、诗篇和歌喉
在山麓竞相绽放
单纯、天真、稚气和青春
流淌在清冽的山泉里
依依不舍总是三月十六日的长安山

当油桐果挂满枝丫的时候
另一批青涩的面孔走上山来
当红豆缀满相思的枝头
又一批行囊塞进了长途客车
铁打的营盘流水的兵
长安山是迎来送往的慈母
一直守在岁月的大门口张望

三十年弹指一挥间
曾经的主人已漂泊成异客
而始终为我们守望青春记忆的
唯有长安山

（连景彬 文学院 1984 级校友）

638 期 2018 年 3 月 15 日

梦忆长安山

何强毅

与父亲塞进了

一辆货车——

和货物一齐呵

坐六小时的车

第一次进省城

穿着崭新解放鞋

卷着不齐的裤管

打着补丁的中山装

羞涩地走进

你绿树葱茏的

菊花盛放的校园……

胸前佩戴的校徽

和着梦都在——

莹莹地闪烁着呵

好像不停歇地脚步声

知了此起彼伏的叫唤声
我的痛楚近于绝境的
——失眠症呵

那幢记忆里
曾永远让我——
睡不着觉的木板楼
还在吗？

一个来苏水味的清晨
白大褂和最明媚的阳光
钻石般的不可磨灭……

我成了跨届的学友……
多了一倍至亲的学长

大考温书的夜里梦幻中
惊魂动魄的"地震"……
经典的笑谈历久弥新

我失落了的初恋……
终于成了您——
图书馆里的一枚书虫

福清东壁岛上——
第一次扑向大海的怀抱
却成了最后一次难忘的嬉戏

那一年的早春——

在英雄的膝上休憩了片刻

我们依依不舍劳燕分飞……

长安长安

你是我的"乳名"

你更是我的慈母——

我在你的绿草地上

打滚看天看云

你是医治我的药丸

你让我真正长成

体魄健壮小伙子

你让我历经磨难

依然脉脉含情……

（何强毅 社会历史学院 1979 级校友，华侨大学副研究员）

第三辑 03

校园剪影

第 104 期 1984 年 9 月 20 日

我们从这里走向未来

——献给长安山的歌

沈默

呵！亲爱的同学，当你迈着探求的步履，跨进这座知识之宫，当你佩戴着闪亮的校徽，攀登在这科学的山径，你是否在赞美：我们的课堂多么广阔，我们的生活多么富有……

九月金秋，我徜徉在花团锦簇的师大校园，那红艳的扶桑，浓绿的芒果，绿茵如碧的运动场，高耸蓝天的文科大楼……我仿佛步入了一个需要巨人而且正在产生巨人的境地。

亲爱的同学，你可知道，我曾在这平坦的跑道上跌过。我的意志，曾被那柔软的沙滩消磨，我的微笑，曾被羞涩的泪痕涂抹……啊，是身残志坚的海迪教我如何驾驭命运之舟，是拼死救人的张华助我挣脱窒息的漩涡，青年马克思教我如何选择，马卡连科的《教育诗》确定了我毕生奋斗的事业……我明白了：人生的真正价值，并不在于他向社会索取什么，而在于他向社会贡献多少；人生的真正意义，并不在于他的目的达到与否，而在于他为伟大的理想所做的不懈追求、奋斗拼搏……那么，在皓月明空的夜晚，我还能沉醉在舒伯特的《小夜曲》里吗？遥望浩浩东流的闽江碧水，我能再低吟"人生如梦，一樽还酹江月"吗？不啊！我的心中正轰鸣着汹涌的《黄河大合唱》、高亢的《大江歌罢掉头东》……

黎明，地平线上，红日喷薄！啊，亲爱的同学，不久，我就要离别学校，走向那纯洁而天真的孩子们，开始我生命中最难忘的一课……我自信，在礼花纷射、稻谷飘香的季节，我也将收获累累硕果。诚如苏步青教授所讴歌："他年四化功成日，无数英雄出此门。"同学，为相会于中华腾飞之时，让我们时海飞舟，驶向明天，飞向 21 世纪，去建造我们桃李芳菲、春天永驻的中国！

（沈默 生命科学学院 1980 级校友）

第 133 期 1986 年 3 月 30 日
文科楼抒怀
林浩珍

（一）

融融春光里，你是一位美得让人妒忌的少女。全身穿着一色鹅黄的套衫，脖颈上系着的那条白云织就的纱巾，随风展动；在脚下一丛丛，一簇簇的夹竹桃、海棠花、合欢花和棕榈树组合成的大红大绿的簇拥下，亭亭玉立在一汪碧蓝碧蓝的天穹里。

（二）

炎炎夏日中，你又似一个健壮而挺拔的小伙子，裸着赤铜色的、饱满而结实的胸肌，在七月的阵雨中潇洒地沐着日光浴。

（三）

待到秋风萧瑟，你又变成了一个才华横溢的诗人，不断地把白天一个个成熟的构思，发表在头顶那面清朗明净的夜幕上。星星是抒情的文字；月亮，是诗明晰的主题。

（四）

而当榕城百年罕见的鹅毛雪花突然飘落，你这多情的恋人竟激动地哭了，逢人就讲，你收到了春天寄来的第一封情书……

（林浩珍 社会历史院 1985 级校友）

第 145 期 1986 年 12 月 15 日

我爱长安绿

赵玉梅

记得读朱自清的散文名作《绿》时，曾那样使我心驰神往，陶醉在迷人的"绿"之中。

那淡淡、朦胧的意识，时时侵扰我的心扉，我多么希望有朝一日能置身在那绿的怀抱，将可人的绿拥入我的怀中，那将是一种怎样的惬意啊……然而，这似乎是不可能的，因为，我生长在大西北，绿对大西北是吝啬的，它怎能对我特别厚爱呢？

幸运之神向我招手了，我从北国的高原来到风光秀美的南方求学，来了"绿"的故乡，来到了坐落在长安山下的福建师大。这里几乎没有一块空地不被绿所占有，到处郁郁葱葱，绿意盎然。我被这绿激动着，精力充沛地遨游在这绿的海洋里。好香呵！一股沁人心脾的香味扑鼻而来，我不由地深吸一口，抬头向发出香味的地方寻去。噢！原来是路旁一棵大树上散发出来的。真奇怪，树上也能开花？我不顾女孩子的羞涩，向一位陌生的过路人请教："这是什么花？"那人笑了："这是白玉兰。"

啊！这就是白玉兰。我过去只听到过它的芳名，今天终于领略到它的芳香。我从地下拾起一枚落下的玉兰花瓣，小心翼翼地把它拿到鼻前，深深地吸了一口，想把它的清香永远留在我的心田！

"那美丽的长安山！迷人的相思林。"刚到学校就听上届的学友这样说。这更撩拨了我寻绿的心。我拾级而上，来到长安山顶，举目远眺，啊！这里完全是绿的世界！高大苍翠的树木，相互交错的灌木，给小山披上了一件绿装。沿

137

着林中的小路，我边走边忘情地四处张望，一不留神，腿被刺扎了一下，低头一乱原来是一种很像剑麻的东西，我和伙伴仔细打量着这从未见到过的植物，心里充满了好奇，似乎忘记了它扎我之仇。

"快瞧！就是相思树！"我随着喊声抬眼望去，好大一片绿树，树身很高，叶子虽小，但紧紧依偎在一起，像一大朵绿云落在山间。朋友为我摘下几片树叶，我要将它寄给远方的亲人和朋友，表达我深深的思念之情。

在长安山，我得到了真诚的关心和父母般的爱护，这更激发了我对长安山的爱。当我孤独、思乡的时候，朋友来了，为我送来了久盼的家信，带来了全家安好的福音多老师来了，带来了长辈的关怀和安慰，使我这远方的学子倍感亲切。每天都能听到老师饱含关切的问话："近来生活习惯了吗？""生活中有些什么困难？"话不多，但包含了多少师生之爱！我陶醉在爱河之中，就像回到久别的家中，在妈妈怀里撒娇。哦，长安山，在你的怀抱中，有这么多可信、可亲、可爱的人，我怎能不由衷地爱着你？

绿色，是希望的象征。长安山，当我置身你的绿海时，我不禁想到了我土黄色的家乡——北国的山川土地，待我学成之后，我要用深深的爱，在那里播种——播种绿色，播种希望，让大西北也成为绿的故乡。

（赵玉梅 文学院 1986 级校友）

第 207 期 1992 年 9 月 10 日

长安山秋晨

曾桂生

旭日金风秋景明，苍林芳草竞繁荣。

寻幽探奥长安晓，出类超群禹甸惊。

闪闪操场挥剑影，琅琅山径读书声。

青年壮志凌云汉，硕士严师万载名。

（曾桂生 福建师范大学资产经营公司）

第 219 期 1993 年 4 月 1 日

长安山之晨

叶友琛

谁都会记得长安山公园日出时的情景。

葱茏的林间，碎石铺成的小道还只是一片模糊的亮色，虽然暖色的阳光还未曾照进林子，而这种灰白却在慢慢地清晰扩大直至成为一个光明的世界。长安山逐渐暖和起来，只要和暮间的林子略微做一比较，便可以深深地感受到处在希望边缘的兴奋之情，是如何让你领略生活正在慢慢地抚遍你的全身，照遍你所要走的道路。

这就已经可以能很好地解释清晨的长安山人影憧憧的原因了。只要起床的时间一到，映入我们脑中的首选去处，便是我们的公园。虽然已经是冬天，然而晨风不会使你打寒战，相反，它恰到好处地将你的思维和头脑刷洗得清爽异常，这时候只要你手中带有一本书，即使是你平日最为讨厌甚至害怕的功课也无所谓，因为此时你根本就心无杂念，读书的欲望占据了你的整个思维空间，只要有一块稍微平坦的石头或者一簇柔软的青草或者只要一级干净的石阶，你便很快地进入了境界。这似乎无法解释，这个自然的有树有土的环境是如此容易地让你和书本对话。

当长安山的意义太过丰富的时候，雾则会不知不觉地笼罩了这一片世界。所谓人影憧憧，应该是在这样的氛围中感觉到的。雾中，近处湿漉漉绿油油的叶子还是可以清楚地看见，只要你会想象，这就是座完整的山，它不是公园，山脚下一圈圈的农田如水波般荡漾开去。雾中隐约的尽头，有人影微微晃动了一下，绿叶向你显示这仍然是个春天，勤劳的农民早起踩着露水，去山坳中整理一番自己的田野。也许是一位隐士，或者他便是陶渊明，早早地拂开道边晃动的枝条，要到更高更远的地方去踏青。再走几步路他便会吟咏出一首著名的田园风光诗。你可以根据自己的喜好，在这个氛围中让你的想象无限生长。除了我的文理科同学要在晨间的长安山解决一些颇为棘手的功课之外，音乐系的花腔女高音常常要将她们迸发出的音响盖过颇为雄壮的广播。专心致志练琴的同学，未免要不知不觉地奏出一些和长安山的天籁共鸣之音。

生硬的单词极为顺当地被吃进脑中，在满足于自己读书效率高于平日任何时刻之后，拍拍身上的草末和叶子，便要很好地舒动舒动筋骨了。这是锻炼的最佳时间，当然不可错过。公园内小操场中的双杠、单杠和球场上早就挤满了运动者（如今小操场已被雨盖操场所替代，今后每天早晨将会有诸多的同学占领栏杆，或倚或靠或者坐，是个读书的好地方）。当然是很可以凑上去来个杠上倒立的，然而更多的是你和不远处的老搭档使了个服色，从容地抽出早就带好的球拍。

如果说我们的周末之夜使师大极富活力，那么，长安山的清晨除了在这一点上体现得更为明显外，它更区别于映入你眼帘的除了力度还是力度的田径场。它是另外一个世界。

（叶友琛 文学院 1991 级校友）

第 271 期 1998 年 2 月 28 日

新春试笔

——献给长安山

黎钟

是什么停留在我清癯的脸庞？

是什么长驻于我冰冷的泪眸？

又是什么轰响了我沉寂的心灵？

哦，是你，长安山，我心中的圣殿！

晨风轻拂，迎着喷薄的朝阳，我又一次来到你的脚下，怀着一颗朝圣者的虔诚之心，轻轻地拾级而上。

近二十年了，我一直生活在你的怀抱。记不清是第几回登临长安山了，但每每登临，我的心情依然是这么激动，就像是林中的小鸟在欢快地歌唱或自由地飞翔。你看，年轻的学子就像当初的我，在你的林荫道上捧书诵读；而鹤发童颜的长者，他们舞起剑来，是那么的熟稔与洒脱。最令我艳羡的是眼前在此晨跑的中年人，他们是如此的刚毅与自信，他们还用成熟的风韵来增添你迷人的色泽。

长安山，你是知识的宝藏。一个世纪以来，一批又一批学子由此负笈登攀，并把智慧的火种播向企盼的村镇和渴望的心田。一代又一代的学人，在你的周遭默默奉献，勤耕不辍，他们但求桃李芬芳，硕果满园。

我默默地凝视着你，恰似在阅读一部无字的巨著。这里，有读不完的瑰丽与神奇，读不完的激越与深沉，读不完的雄伟与博大，读不完的崇高与神圣，读不完的谦逊与纯真……多少豪迈的故事，多少悲壮的传奇，多少动人的篇章，都在你这里诞生和演出。

蜿蜒的闽江水从你的身旁汩汩流过，它虽然沉默不语，可江面上阵阵响亮的汽笛，传递着对你的无限敬意。长安大道上新植的棕榈，像精神抖擞的卫士，日夜守护着你的尊严。那一片片绿地和一丛丛鲜花，不知为你平添几多妩媚与亮丽。

漫步在长安山，我有说不清的自豪与欢愉，我的胸臆中总充溢着一种满足与畅美的情愫。我爱恋你苍翠的松柏、修长的翠竹和深情的相思树，爱恋你山上和煦的阳光和明净的天空，爱恋你别致的山亭和石椅，爱恋从树梢上传来的还湿漉漉的鸟啼和学子们悦耳的乐曲，爱恋莘莘学子的高谈阔论或开怀大笑……长安山，你用灿烂的太阳和欢快的歌声，以林中喷香的空气，驱散我心中的阴霾，荡涤我孤寂的灵魂，给了我广阔且温暖的爱抚。

啊，古老的长安山，美丽的长安山，当拂面而来的春风又一次把你梳理得更加年轻貌美，我愿是你山上的一抹青松，不，哪怕是一棵小草，只要永远把根深植于你丰腴的土地中，我也愿是你山上的一片新叶、一行苔藓，以浅浅的嫩绿一同来映衬你的葱茏与蔚碧。

（黎钟，本名黄鲤忠，福建师范大学传播学院党委秘书）

第 375 期 2003 年 10 月 31 日
小巷花语
陈晓明

在冬日，我所见的花儿里面，三角梅算是开得最灿烂的了。这种灿烂相对于冬日的残荷来说，的确是有些过分了。残荷我是见过的，是在上图案课花卉写生的时候，在校部的小池塘。有两朵睡莲，因为已经完全浸在了水中，我们只好用竹竿把它们挑出来。即使是这样，它们的花瓣也是耷拉着的，靠水的浮力托着。我们能看到的那种粉色就好像是在苍白的脸上抹上了一层妆，终是遮盖不了病态的。也不见那田田的叶子，更多的荷叶也是萎卷着的，统统都沉在了水里，只有勉强浮着的几片荷叶还有绿色，藏不住鱼。

而三角梅不同，不信你可以去看，这种花随处都可以找到。你不经意间一抬头就会发现，那满枝满条的花，就好像穿上小红袄的邻家小女孩，趴在墙头俏皮地和你打着招呼。

看这花最好是找到一条小巷，找到一堵红砖墙，这红砖墙最好有青苔。

这样你不小心就会得到一个惊奇。

在艺术学院外就有这么一条小巷，小巷由或青或褐的石板石块铺成，由于年代久远的缘故，被磨出了淡淡的光泽。小巷两旁是高高的围墙，围墙上长满了青苔。小巷先是穿过了美术学院，有两棵高高大大的榕树从围墙里探出了头，遮住这段小巷一半的天空。树上有鸟窝，有一两只不知名的鸟在你头上欢快地叫着。再顺着石阶往下走，就有这么一棵三角梅骄傲地从音乐系的墙头延伸出来。你抬头去看，便看到你头上的阳光也是带着红晕的，从花瓣间泻下来，让你也染上一层红。像无数白的红的蝴蝶在你头顶上飞翔。光与影尽情交汇，这

144

第三辑 校园剪影

时你踏的是斑驳交错的阳光的影子。

风从小巷口切入，带着清新的芳土气息穿过整条小巷徐徐而出，小小的空间因而充满花香的意味，这种花香你的鼻子是闻不到的，只有思绪如水般在其间流淌。风在你的头顶作响，花慢慢地飘落下来，乱红飞扬，如蝶翅般微微颤动，拂发拂颈拂过你的肩膀。

你会用手去捉，你会发现这花并不是那么红，倒有点偏紫，这是很好看的颜色了。你会说这花有点假，摸上去像油纸做得一般，又没有一点的香，但只有这样，这花才韧性，其实这花还是长在刺上面的。说来奇怪，这花好像掉不完，虽说天天可以看到落花，但花枝上总有花存着。听知道的同学讲这花到夏天那才叫灿烂呢！这花小，却合群，总希望长得多点才好。

不像别的花孤独地长在一处，长长久久，只有绿叶相伴。

鲜雪寒梅，和者必寡。而我宁愿做这么一朵小花，实实在在，长在阳光里，长在风和雨水里，日日夜夜与我的亲人朋友相伴。

（陈晓明，我校校友）

第 436 期 2007 年 1 月 25 日

〔越调〕小桃红·过福建师大新校区

杨起予

恰如初入大观园，逢处撩人绚。轮奂楼群绿荫院。枕寒川，小山积翠偎郊甸。时时流眄，新更频现。懋绩篆心田。

凝眸遥望敞无俦，满眼皆华构。惨淡经营富成就。老黄牛，忘寒忘暑忘昏昼。琢磨琼玖，屡添新秀。岁岁占鳌头。

图书馆里富藏书，珍本恒沙数。装置高精噪隆誉。尽区区，朝朝暮暮勤筹措。诸生攻苦，搭桥铺路，默默践嘉谟。

景观河畔采芹人，情注忘疲困。攀陟书山日精进。寸阴珍，不违学术新潮趁。谨遵常准，兼程鞭骏，德业竞超群。

（杨起予 文学院 1955 级校友，曾任福建师范大学历史系古籍研究室主任兼资料室主任）

第 441 期 2007 年 5 月 20 日

早安，师大

张俊燕

清晨的师大很安静，像是沉睡的孩子，只发出微微的鼾声，和着风轻轻地吹进来，一下子把我从梦中唤醒，怂恿我去感受她春天般的气息。

太阳还未睁开眼，天地一片雾蒙蒙，远方一片白茫茫，像是飘缈的仙境，又像奇异的迷宫，让你情不自禁想探个究竟。

一出门，师大就像热情洋溢的主人，迫不及待地让风送来第一份见面礼，风中夹杂着树叶的芬芳和泥土的清香，人顿时感觉神清气爽。远处的一抹新绿随着视野的渐近而慢慢新鲜。

站了一夜的树木们抖擞着自己的精神，和风轻快地嬉戏着，他们像是相濡以沫的伙伴，风轻轻地擦拭着树叶上的晨露，发出唏嘘的赞叹声，树叶沙沙地应和着。突然，远处的点点鲜艳渐渐主宰了视野，犹如繁星般耀眼，又如万众瞩目的明星，技压群芳。那是桃花。只见她妩媚地扭动着自己的腰肢，将春天的气息挥洒得淋漓尽致。那绽放的花朵落拓得像大方宜人的大家闺秀，而那含苞欲放的花骨朵又像娇羞得如同待字闺中的小家碧玉，几分期待，几分含蓄，几分婉转。远处的河流像丝带一样环绕着师大，像母亲温柔的手抚慰着师大百年的皱纹，百年的沧桑，又像一条碧绿的蕾丝花裙，装点起师大少女般的光彩。湖面静如明镜，倒映出两岸的一片生气。

微风过处，河面开始一波一折地向前蔓延，像是记忆中慈祥的爷爷的额头，因笑靥而泛起的皱褶。这个时候飞鸟也过来凑热闹，它们优雅地俯瞰，盘旋着擦过水面，拥有绅士般的风度又有几分翠绿的青涩。

147

依河而眺，远方是绵绵的群山。在江南丘陵，你是很少看到高耸入云的山峦的，然而随处可见的是低矮的小山，环环相绕，延伸至远方。恰是这缓和的曲线，应衬出山水相依的柔美。远远的山丘被雾遮住了，像是笼着轻纱的梦，而近处的一座依稀可见，她披着嫩绿的外衣静静地守候一方，让树木夹杂着自己的希望抽芽。她就像是师大和蔼可亲的教授默许的眼神，温和地充满期许。山上伫立着一间小茅屋，遗世孤立，那是否就是通往仙境的空中楼阁？

此时大地开始慢慢苏醒，沉寂了一个冬天的师大也活跃起来了，到处显现着它的生机和活力。大道上随处可见晨读的学生，上课的同学潺潺地朝着一个方向流动，校内工作人员来来往往，为师大梳理鬓角……风声水声鸟鸣声，书声笑声工作声，声声入耳，它们化作一曲和谐的音符，跳动地流淌在师大上空，有几分调皮，几许轻快。太阳也闻风而到了，将师大映衬得流光溢彩，披着彩衣的师大站在风中微笑……

早安，师大。

（张俊燕 心理学院 2006 级校友）

第 438 期 2007 年 3 月 31 日

千里有梦长安山

邱美煊

一所大学，想要声名鹊起，要么需要有显赫的家世，好比清华北大，占据着中国高校的榜首，雷打不动；要么需要辉煌的造势，好比浙江大学，合并几个高校之后，如日中天。除了这类"天之骄子"，更多大学在一开始就是以一种平凡的姿态存在着，但是绝不平庸。正如人，能承载"天之骄子"之类的声誉的，不过少数而已，更多的是平凡的人，他们坚持着自己的特色，耕耘着自己的梦想，实现着自己的理念。

这样的学校如果不深入地接触，是无法品出其底蕴的，就好比我曾经生活过四年的大学。如果不是阴错阳差地填下"福建师范大学文学院"的志愿，我想，我错过的不仅仅是美丽。

南方的气候向来容易引起长长的感触，窄仄的巷道、围墙上红色的爬山虎的脚印、墙脚藤椅上晒太阳的老人，都是南方城市里温暖的记忆。这些都是我在学校周围看到的场景，美好如梦。

至于学校，可以说的似乎更多。我印象最深的是，福建师大整个校园环山而建，山下方圆 260 多亩地的校区，把一座山圈在自己的势力范围之内，那座山叫作长安山。一所学校如果能依山傍水，已经是万幸了，如果拥有一整座的山，哪怕仅仅只是山丘，就堪称是得天独厚，而师大得到了造物主的恩宠；我也同样受宠，进了这样一所大学，这是我生命里，重要的一笔财富。

这座山的相貌很是平常，和我在南方所见的山没什么两样，不过，有了山脚下文科楼顶的校名作为注释，整个山头就熠熠生辉。长安山不算高，但是走

149

在上面一步一步都是浪漫情调，一枝一叶都是文采风流。也许这就是以文科见长的高校的好处了。

"千里有梦长安山。"数不清的师大学子走出校门以后，都对这座山念念不忘。它承载着师大学子的记忆，让我们夜夜梦回。若在百度搜索上输入"长安山"的字样，跳出来六十几页全是故事，大部分是师大的学生留下的墨迹。

古人有云："山不在高，有仙则名。"这话似乎就是为了这座山存在的。我一直在猜测，到底是什么力量，让所有的师大学子在毕业以后对它魂牵梦萦呢？肯定不会是山上没有表情的建筑，也不会是没有立场的小草，更不会是一岁枯荣的鸣蝉……不过，它们没有一样脱得了干系。

长安山上，长满了郁郁葱葱的相思树，相思树下是鹅卵石铺成的小道，四通八达的，到达山下的各个地方；在山顶附近有一座亭，名曰"望江"。在亭的二楼可以看见很长一段的闽江水面，此情此景，像极了放大的江南小巷，而我就站在水上的阁楼。宛然间，采砂的轮船竟也是可以和乌篷船媲美的。

山上树木很多，所以夏天都不热，这时候满山都是读书的同学，当然也不乏恋爱的男女，他们和树上成双成对的鸟儿形影相对，也可以称得上是"不羡鸳鸯不羡仙"了。福州几所高校都有自己标志性的景色，福州大学有相思河，农林大学有情人湖。这两个地方我都拜会过，感觉是不能和长安山相提并论的。不过仅凭着这样的名字，北方的高校也只能自叹不如了。北方的热血青年到这里，不自觉地就心平气和了，闲适的风光会打磨掉一个人的火气，连话语也会带上南方的温婉。

山下是学生宿舍，靠江那边住的是音乐和美术学院的学生。早晨，总是有一些同学到长安山上练声，歌声和山上的鸟鸣应和，此起彼伏，充满生趣。有一些人则背着淡绿色的画板，在望江亭边上的小路写生，正是"山光悦鸟性，空翠湿人衣"的大好意境。偶尔来了几个晨练的老教授，看到这些同学们在用功，就微笑着轻轻地走开了。

山的这一边是 17 号楼，以前的中文系宿舍，这边的一砖一石都写满了典故，能进中文系的同学，哪个没有三五两墨水？这里整整半个世纪住的都是中文系学子，一人一笔也够我们后辈读上四年了。这些用时髦的话来说，就是"文化积淀"，它们或者浪漫，或者多情，或者自在，或者恬淡……仿佛走进了

>>> 第三辑 校园剪影

一个百花盛开的花园,这些花朵开过了很多年,但是都色味如新。即使是人人喊打的老鼠,带给我们的也不是恶毒的寓意,而是生意盎然的生活。我们总是能用一种宽容的心态容许它们的存在,留点残羹冷炙给它们糊口,然后口诛笔伐,用或庄或谐的笔把老鼠尽情调侃。它和长安山一样,永远都是师大一帧不褪色的风景。

罗列了这么多,忽然觉得自己有点可笑——我这种做法和葛朗台在蜡烛下数自己的银币有什么区别呢?况且,银币可以摸着、看着、甚至听着;可是历史,却是无法清点的,颠来倒去的叙述,总会有遗落的珍珠。那么,我们留住回忆就好了,这些温暖的记忆,将慰藉漫长的人生。

在大学毕业以后,我想起四年以前自己填志愿的那刻,不知道那时候的决定从哪里来。高考结束的时候,我们不过是一些遗落在山下的种子,等待着花落谁家。其实这也是可以选择的,有广告说:"只选对的,不选贵的。"说得真好,一些看似平凡的东西往往值得我们珍惜——平凡足以让一个人脚踏实地。

我想起自己在两年前的某一个午后,独自坐在望江亭里看书的情景:脚下是古老的石板路,在翠绿的树丛中见首不见尾;耳边是虫吟鸟唱,和山里英语系同学的呢喃混成一块,种种情景像是一首诗;有风吹过的时候,苍翠的树木就哗哗地向一边倒去,但是总有一些小树会忘记风的方向。

而我,也忘记了自己的方向,在歌一样的风声里流连忘返。

(邱美煊 文学院2002级校友,龙岩学院教师)

第 499 期 2010 年 6 月 30 日

湖

薛昭曦

黄昏渐渐退去了，暮霭收拢，静谧与忧伤浓了起来。

黑夜的降临，如同在一盆清水里洗一支毛笔，黑色越来越重，越来越重，由水面而下，逐渐淡开。望着天穹，仿佛这世界之外有一只大手，调着这黄昏的色彩，渐渐收了明亮、金黄、血红，而从那最深最远的天宇洒下了这最宁静纯明的黑色。站在湖边，黑夜从四面八方向着我袭来，把我融入苍茫，融入大地的忧伤。

太阳已经从山与山之间落下了，一如昨日，大地上什么事情都好像没有发生过。清晨琅琅的书声，午后抹过桃花的红伞，还有那场争吵，都已如西山上那朵色彩渐淡的云，准备着慢慢被遗忘，只留下了黄昏，和黄昏下这一潭被晚风吹皱的湖水。虫儿们是最敏感这晦明的变换的，只等那自然光一收回群山的背后，便开始鸣叫。猫头鹰开始呼叫着风，风就来了。

风一来，湖也就有了生命。咕咕咕，不知是何种虫子先起了头，跟着湖开始热闹了起来。有"织织织"促织的叫声，然而在春天那是极少的，只是些不安分的家伙乱了时序，误把多情的春风当秋意罢了。有一种虫子，细细的声音，就在湖边的春草里，然而听着却像很远很远，它们"唧唧唧"鸣叫着，一直如此，不停歇，似乎也不会累。时而一蛙声，呱，好像试探着什么，可能在为夜色更浓些时那场音乐会清着嗓子。一切都如艺术家演出前那般随意，看似无序，却处处显得自信、认真，空气里充满着艺术家执着、天真的融洽气氛。

湖边的柳树，好似浣纱的女子，捣完了衣物，现在解开了长发，对着湖水梳洗着。长发如瀑布般，和这静谧的茫茫暮色是多么谐顺。偶尔吹来一阵风，那如风的秀发轻轻飘起，在湖水中做着同样的动作。如此这般情影，给湖水也添了几分姿色。春天以来，湖水照见了玉柳的成长。抽芽、长成第一片细叶一直到柳絮纷飞。柳树是有生命的，她和这湖水有着最深的交流，或许我们都不曾知道大自然中这种生命的联系，直到我那天看到柳絮。

晨光跳跃在柳叶间时，大自然已醒来，吹来第一阵风，带有春的冰凉。我观察着蚂蚁忙忙碌碌地从我鞋边爬过，透过柳叶看着春天热闹的阳光，这阳光像是打开了窗户飞来的一窝蜂，融化着一个冬天的慵懒和生硬。突然，眼前缓缓飘来了一团貌似蒲公英似的棉絮，我并不在意，只当它是一朵蒲公英（虽然它比蒲公英小，姿态也比它轻盈）或是水鸟换下的绒毛被风吹起了。过了一会，随着阳光越来越暖和，鹅绒般的毛絮渐渐多了起来，我抬起头，惊异地发现一团团精灵般的绒絮轻盈地、舞蹈着纷纷落下。噢，柳絮！我平生第一次看见柳絮。他们跳着舞，微笑着，从我身旁落下，有的在我发梢稍稍停留，便又调皮地朝湖边那块长满极轻极淡的青草土地飘去。

这是一群有生命的精灵，而湖好像特地留了一块地方接纳他们。每一团柳絮都能安心地着地，即使落在草丛上，它们也会奇迹般再次飘起，找到属于自己的温暖的大地。我被这生命的景象感动着。俯身去看那归家的孩子，原来每一团的柳絮里都携带着一粒细长、带着绿色的种子。我悄悄地离开了，以免造次这场造物者的生命安排仪式。

我的目光仿佛从很远很远的地方收了回来，那个清晨的感动让我嘴角挂满笑意。路灯已经亮了。我静静注视着眼前这潭充满灵性的湖水。夜晚的湖水让人充满想象。路灯温暖的光映在湖水里，流光渐变，让人置身于光景之间而忘记了自己身在时光的流逝之中。风来了，灯光被吹着，像一尾鱼从对岸颤颤悠悠地游来。水中的灯光，像是一团静静燃烧着的火，风儿一点一点把它吹大，及至它映满眼底的时候，再远远望去，多么像一场没有声音的焰火，落满整个夜空，星星点点，静美而把人带入虚静。这般光景，让人想起了"微微风簇浪，散作满河星"这样美丽的诗句。一会儿风停了，灯光渐渐收敛了，安静得如夜半私语时烛台上的烛火，让人不忍心打扰。

我悄悄离开了，刚一抬脚，一只青蛙跳入了水中，湖中荡起了一圈涟漪。

（薛昭曦 文学院 2007 级校友）

第 562 期 2013 年 12 月 16 日
长安秋月
涂元济

八月既望，忽发雅兴，趁着月儿正圆，邀 Y 君一起登长安山赏月去。

长安山公园依山而建，山径两旁高高低低种满树木，山坡上全是野草野花，没有佳木名花，更没有烟雨楼台、云霞翠轩，其妙处全在于它的天然、野趣。为一件小事而心绪恶劣，因难题未解而苦思冥想的时候，山下的学子们往往来这里散散心，或徘徊于绿荫幽径，或凭栏于夕阳小亭，顷刻之间便烦嚣涤尽，苦恼全消。这座未经刻意雕琢的"荒山野坡"，是校园中纯朴宁静的乡村，师大人的心灵栖息地、精神家园。不过，今晚我们只是为了赏月。在五九坡公园入口处，我们进了圆形洞门，沿左边一条蜿蜒曲折的小路，拾级而上。为了不惊醒藏在暗处的恋人的美梦，脚步很轻，说话声音也放低了许多。

山上很静，山虫山鸟大概都睡着了，只有几只秋虫不知疲倦地鸣叫着，此起彼伏。一阵微风拂过，树叶簌簌作响，被炎夏热风吹得发烫的皮肤顿时有了凉意。微风过处，仿佛闻到一股幽香，似兰似菊，非兰非菊。是什么香呢？是哪儿飘来的呢？正四顾寻找香源时，Y 君说："是桂花的香。""山上好像并没有桂花树啊。""或许是嫦娥无聊寂寞中摇晃桂树将花蕊洒下人间的吧！"是啊，古诗说"山静桂子落"，写的就是这个境界了。走着走着，一座小亭立于路旁，尚未起名，由于建在半山，位置较低，且在树木掩映之中，见不到明月。继续登攀，眼前又是一座小亭。树叶间漏下淡淡的月影，斑驳破碎，半明半暗，像农舍透出的麻油灯的微光。四周一片朦胧，树是朦胧的，亭是朦胧的，鸟是朦胧的，恋人的眼眸更是朦胧的。这是一个朦胧的世界，如梦似幻。或许由于幻觉的缘故，我眼前的月下长安山，仿佛就是一个朦胧的梦，走进月下长安山就走进了梦，走进了长安山你也就开始做自己的梦。

圆圆的月轮轻盈地游移到半空，月是明亮的，天空是蔚蓝的。长安山的树大多是相思树，叶小且稀疏，只见枝丫旁逸斜出，纵横交错，因为逆光的缘故，全部显成黑色。所以山上观月，实际上是从树的枝丫间看月，看到的是黑色的枝枝丫丫像水墨画简洁遒劲的线条画在月轮上（自然也画在天空上），树影和月影叠印为一体，月成了树中之月，树成了月中之树，而月中之树，你尽可想象它就是那月中的丹桂。

踏着月光，跨过小桥，上坡不远，就登上山顶了。据说以前站在这里往西南方向可以远眺闽江和乌龙江的汇合口，江面开阔，帆影与鸥鹭竞飞，诗意十足。可惜如今树林茂密，拨开灌木丛，仍然见不到月下如练的江水，更不必说江面上的星星渔火了。我们于是一路下山。

回到五九坡上，眼前为之一亮，当空一轮明月正朗照着。林中观月固然别有韵致，终归以不能见到整月为憾。"附近有个赏月好去处，我们到那里试试看。"绕过坡下逸夫楼，来到图书馆前的草坪上。这里绿草如茵，可坐可卧。且地势较高，四周没有高大建筑，前方成排老樟树外，东山在望，月亮就是从那里升起的，在这里看月，一览无余。蓝天有悠悠流动的云彩，有的薄薄的，似有似无，有的稍厚，像轻纱，像棉絮，有的则如淡淡的泼墨，发出幽幽的黑光；其变化宛如滴入清水中的墨汁，由浓到淡，慢慢地化开、散去，柔柔的、软软的、轻轻的。月儿就在云朵陪伴的夜空中浮游着，一会儿躲进云层，一会儿又从云层悄悄钻出，像个羞涩又淘气的少女，而赏月人有所期盼、有所等待，有所担心、有所欣喜，平添了许多赏月的情趣。

童年，在农村老家见过春天的月亮，那月亮是清新、妩媚的，像春天新抽出的嫩草、才含苞的花蕾。在北京十里长街，我见过夏天的月亮，在红墙绿柳之上，橘红色的，常有急风黑雨相随，却运行不止，那是国家生机勃发、青年人热血沸腾的岁月。我也曾在延庆见过边墙冬月，那是"文革"期间，军宣队组织拉练，我们从北京出发，出居庸关登八达岭，在长城外的康庄、永宁、大观头、四海一路急行军，这路行军我经受了一生难忘的两次体验：一是走着走着睡着了，一是夜间行军，贴身的毛衣湿透了汗水，外衣却硬邦邦的结成一层冰。就在长城脚下的四海这个偏僻的小村庄，我所站立的村头，面前就是黑魆魆的燕山山脉，黑魆魆的群山之上是蜿蜒千里的黑魆魆的长城，而黑魆魆的长城之上，是一轮明月。啊，秦关汉月！至今我还无法理清当年这情境给我的强烈冲击，只觉得它的苍凉、雄伟、永恒、神秘。今晚，我头上的这轮秋月，既不同于春月的柔媚、夏月的灿烂，也不同于冬月的清冷，它是温和、平淡、明净、安详的。

人间的我也迎来了生命的秋天。童年、青年、壮年都已悄悄逝去，论年纪已近冬天，但我拒绝冬天，我愿永驻在生命的秋天里。窃以为生命之秋是人一生中最成熟、最美好、最自由的季节。童年是幸福的，但幼稚无知，不曾意识到其幸福；青壮年是壮志凌云又苦难频频的，明知前程艰辛而又后退不能。唯有生命之秋，工作的担子卸下了，远离了人生战场，无忧无虑，自由自在，可以随心所欲地做自己想做的事，不做自己不想做的事。就说读书吧，本是件极快乐的享受，可是在职场上，教学、科研的压力，读书成了功利性的阅读，要有心得，要形成观点，而且心得观点还要迎合学界的口味，真累啊。退休后的阅读则不然，可以精读，可以泛览，凭着自己的社会阅历和审美兴趣，读出自己的感受来；而且往往因为读一本书，连带读出与之相关的一串书，由此及彼，猛追穷打，酣畅淋漓。所以说，生命的秋天是自由的、明净的、平淡的、与世无争的。

且受用这长安山的秋月，受用这生命的秋天。

（涂元济 文学院教授）

第 586 期 2015 年 4 月 15 日

师大赋

丁伟迪

榕城其南者，众楼宇霍然而立，其势蔚然成观，号曰："大学城"。中有一隅，朝作雁飞之状，夕成熊罴之态。旗山麓尾，闽侯鳌头，近之则沉沉文气，远观有浩然之锋，薪火百年不绝，桃李施及四海，遂成师大之名。

闽江之畔，官道绵延。惟厥通达，直入士林。东有名碑倚卧，钟鼎清泉为之镇；西则密林冉冉，夕晖行者相与谋；南有工程壁立，华南教育取于侧；北则市玑罗陈，觥筹交错无暇接。盖有四通八达之势，阡陌横绝其间。试为二端，则呼者不相应，视者难成线。

若夫幽径独行，则晨风留于左而黎曦出其右。紫兰栾叶，熙攘不绝于际；端木妖娆，旁逸斜出其外。青衿邈邈，红袖散芳，睢鸟扑朔，对鸳迷离。但逢此景，是以啸者达意，一呼则春风羞鸣；歌者尽情，数曲有晚霞伏听。悠悠徐行，纷纷落英。镜湖涟漪粼粼，岸柳垂发纤纤。青苔绿阶，游子吟诵之声不绝于耳；连桥流水，静女抚卷作眠悄然而现。举袖跂望，葱郁浩荡无涯，木棉亭亭道边。其间或有怪石林立，王风颜气浮被其上。嵯峨嶙峋，异貌多姿，丹朱缭绕无极，蜂蝶萦舞翩翩。泯然喟叹，此所谓园艺之观也。

至于楼宇阁台，横贯东西二极，屹立南北之徽。辍足而视，巍巍若灵鼋伏地，沉沉媲虎螭盘山。赤梁碧瓦鳞集如流，白窗素帘栉比有序。针首塔身，恢恢有哥特之气；古殿覆倾，傲然百里而不矜。是夫知明峻伟，左右骈辉；笃行灵秀，南北相凑；立诚端庄，门庭堂堂；致广悠远，独辟一方。其间明道相属，学子衣冠泱泱。或有歌者行道，谋士彷徨，往来无绝者，亦人众之芬芳。至于抚循南极，有仙林雅境浮于湖上。是以星月浃彻，人文盛光。执中临立圣人之风姿，肃肃颐长。若于闲暇之处，独步廊桥之上，左怀书典，右延音律，迎风而和，仰慕天光，则有不可胜道之情状，则有不可尽言之回肠。所谓学府圣地，意者其在此间？

若蒙霏霏细雨，绵绵而不绝者，东风袅袅相随，则有绰约凄清之姿。是以行者匆匆，春弦如撒，汇而成流。试为居高临瞰，伞花游离，聚散随然。弱冠及笄游来其间，喧嬉之声不闲于耳。遥望远山朦胧，乱云沉迷，白雾倾徊若被；楼台隐逸，亭宇默然，隐现幻然无踪。独行幽径，万物齐暗无采，春气蕴结难欢，旷然日久，欲作猿啼虎啸之叹，竟失唇齿，终不可成。回身雄视苍莽，惟红袖窈窕纷柔，飒飒浴香绕梁，以致养目怡情，闲愁离丝浸解，不觉其变。至若暮气捭阖苍穹，微光循起，泞道凄然。蕫罗单衾薄绮，逍遥无人之地。道途所闻，无不盍然。凡见绵叶垂涕，雨散花间，无不与之合悲；忽闻蛙声震耳，促织鸣啼唧唧，焕然与之同乐；可见悲喜有染，随物而化，不定有恒，曷可胜道哉？然苦乐相成而存，文士逢悲则喜，见喜而悲，亦有时矣。非人性之异，盖沉于物内，超然物外而已。

惟及暮霭沉沉，赤云凝紫，霜寒之气乱自云端纷扰而下，万物俱寂无语。鸟兽走穴，人亦复归。方见莘莘学子皆有释然之快，杯盘交欢，怡然而去。夜来凄恻，渐有灯火飘溢，笔墨走香。俯仰月钩飘渺，渐觉霜寒风轻。揽衣云行，惟孤影杳然相随；临风而叹，但觉远山点点，寒烟朦胧。望穿秋水，看不尽三千里绵延；喟然而叹，道不尽六百日乡情。昔日懵懂顽童，而今须发倥偬，任春光流水，空守一腔豪情。道途沉浮，岂知花落何处？游子失意，谁解断肠离情？少年欲学庄周之逍遥，老来遍尝老杜之艰辛；掩面挥袖，已然春秋。夜来箫声泛耳，惟灯下苦读解忧。

（本文获第五届文学创作大赛散文组二等奖，一等奖空缺）

（丁伟迪 文学院 2011 级校友）

第 614 期 2016 年 10 月 31 日

长安山

黄莱笙

长安山本来是具肉胎
相思树林却是件绿袈裟
1978 年肉胎穿上了绿袈裟
长安山便幻化成一尊峦佛

长安山本来没有泉水
讲台的声音一起就有圣水汩汩
长安山本来没有莲歌
风过相思树林就有梵音阵阵

告别长安山的时光
我的经文写在思念的天空
读云读鸟读日月星
花开寂寥穹开辽阔

那年从长白山到喀纳斯
松桦恋拈花一笑大爱红尘
从绿都三明到遥远的伊犁
沿途峦佛耸立天下尽皆长安山

长安星雨蕴芳华　>>>

三十多年间峦佛血脉灌注远足
每程行旅都绽放一季相思花绒
俗世有净地尽在情深处
空门不须遁此身已非我

（黄莱笙　文学院 1980 级校友）

第 634 期 2017 年 12 月 20 日

我的长安山

游荔生

有没有一个叫作"我的长安山"的地方，从那一年的那一天开始，就在那里，默默地等我？

万丈红尘中，车水马龙，人头涌动。"我的长安山"，始终浅笑盈盈，看着我的目光，满是温情。

时光长河里，大浪淘沙，千帆竞渡。"我的长安山"是一个梦，作家的梦，始终独具一格，以一种我能懂的方式存在；为的是，让我在 2018 年的第一阵春风中，人海中，一眼认出"我的长安山"来。

有时候，"我的长安山"是那么真实具体，我甚至可以清晰地分辨出"我的长安山"的模样，门、楼、人、树，"我的长安山"的建筑，站在那里的姿势，老师的一丝笑意；有时候，"我的长安山"又模糊起来，蓦然回首的瞬间，"我的长安山"在灯火阑珊处，飘然而过，如诗如梦，若隐若现，似曾相识。

我不知道"我的长安山"现在怎么样，还是那么优雅、美丽吗？我坚信，"我的长安山"是这样的。

"我的长安山"，在 2018 年的第一阵春风中，在人海中，正款款向我走来。

"我的长安山"，是梦吗？也许，是梦；又也许，是实实在在的现实。

于是，我用了许多年，为了寻找"我的长安山"而努力，并且相信，妈祖在保佑我，就是为了在 2018 年的一天，能与"我的长安山"不期而遇。

也曾有相像的梦出现，开始以为就是"我的长安山"了。我仔细地打量，却发现似是而非。

我继续寻找。我用我的笔，我的心。

"我的长安山"，在向我走来，这是命定的；我与"我的长安山"，必定会遇见，不是在今天，是在2018年的毕业三十周年的那一天。

走过春天漫天遍野的花海，蹚过夏季碧波荡漾的溪流，醉过深秋波澜壮阔的秋色，赏过冬日纯美洁白的世界。我与"我的长安山"之间，有万水千山。

万水千山总是情啊！

万水千山，有情、有美、有爱。

我爱雪山的庄严、圣湖的冰蓝，我爱大海的宽广、秘境的清幽；我爱花香，我爱月色，我爱雄浑奔放的山脉，我爱玲珑雅致的水乡；一切的美，都是我所爱。

走的路越长，我越是觉得，还有更长的路，在远方；看过的风景越多，我越是相信，更美的风景，"我的长安山"，正在一天天变成光辉的现实、最美的风景。

春天的花海是年少的梦想，夏天的溪流是青春的激荡，秋天的色彩是感悟的智慧，冬季的洁白是回归的纯真。

必定要走过那些路，历过那些事，经受过那些苦辣酸甜，寻寻觅觅沉沉浮浮之后，才能找到最美的风景。

其实，最美的风景，"我的长安山"，作家梦，就是心底的风景啊！

（游荔生 文学院1984级校友，莆田市秀屿区委党校教师）

638 期 2018 年 3 月 15 日
星雨湖月色

吕启辉

　　福州的天，是黑得很快的，一个外乡人远来此地，也难免一时无法适应。

　　开完会后，其他同学似乎有急事，匆匆应了几句话，便夺门而出。我慢慢收拾书具，"今晚清闲，慢慢走回去，不打紧。"我心里这么想着，走时随手关了灯，在我回头拉门的那一刻，不经意瞥见窗外的月亮，明晃晃的，就连外边的夜空，也比教室亮一些，仔细想想，夜晚从来不是黑的，只是需要更加留心，才能发现美的，有趣的东西。

　　我轻轻挪步，不忍打断蝈蝈鸣叫，路过孔子像，越过小木桥，走上大道，街灯绵延着伸向远方，晚风微凉。自古以来，多情的诗人们咏物抒怀，总得说点什么，月亮便是最常见的物象之一。"床前明月光，疑是地上霜。"这是我打小会背的第一句诗，十多年来，我始终不知它妙在何处，何以传唱千古。是音韵工整，抑或是朗朗上口？叫我写我自然也写不出，我只知诗仙 61 岁终寝，而我如今 18 岁，即便偶尔有诗人的情怀，恐怕也会被别人误解成"为赋新词强说愁"。无论太平盛世，还是兵荒马乱，后人们凝望着远方默默注视着人间的月亮，想起曾经同样是这样月明星稀的夜晚，在扬州旅社，有位诗人曾留下过这样一段千古绝唱，会不会也想起他的平生，他留下的意境。潮涨潮退，花开花败，可月亮一直都在天上，想来也算是一种慰藉。

　　我抬头看看那天，天幕的下方微微一闪，以为是方才认真看书看花了眼……定睛细看，原来已走到星雨湖前。水天相接，我竟未分清，真是平日里难得可见的一番美景！夜里的星雨湖，显得更加安静、柔和，与白天在阳光的衬托下所彰显出的惊艳相比，此时她更像一位巧笑美目的水乡姑娘。也许严谨的作家会说，把湖比作姑娘，简直是佶屈聱牙、词不达意。可女性的宽容，不就像水一样吗？为霓为虹，万种风情，涓涓细流，润物无声。再有了这巍巍学府中莘莘学子的意气风发、神采奕奕，说星雨湖是位年轻的水乡姑娘，也不再为过。无风的时候，她映照着天上的星子和湖边的草木，像名画家的一幅随笔，冬意渐浓，黯淡的夜色搭着清亮的月光，星星似沉入水底的耀眼明珠。唯有湖面木桥一痕，想必是那笔搁。而风轻轻一过，画便活了起来，粼粼的波光，带着湖面此起彼伏，亮眼得好看。不知是哪位佳人博得天上明星一笑，还是落下碎雨，在湖面晕成花瓣。飞鸟一过，影子跟着在湖面游动，以为是鱼儿在嗫食星光。落叶飘至，以为是银河有船，撞翻天上宫阙，倾泻出碧水波澜。星雨湖，这名字只三个字，便诠释了有关这湖的所有素雅情怀，我的文字，到底只能望洋兴叹。不在夜晚，无法理解这一片小天地的曼妙，更体会不到一个"星"字下自然与人文所结合的朦胧臆想。只是不知到底是要风，还是要雨，才更符合看客心中对"雨"字的独有情调。罢了，众口难调。

离老家不远处也有一条小河，只是无人打理，水腥藻臭，甚是难看，实在是没有"格"，便无从写起。可好歹是故乡的水，再不起眼，也厌恶不起来，偶尔也还是会想起。所幸月亮只有一个，在哪看都好看。一个人想家的时候，抬头看看明月，觉得它很远，似乎可以永远照着故乡，想必那里灯火通明，父母安康，便低头继续专心于手头的工作。和心爱的人有时间了，肩并肩看一看，便觉得它就在头上，打亮了长长的影子，呢喃细语，岁月悠然。雪后的星雨湖是什么模样呢？兴许是永远看不到的。

张岱写过西湖景，陆羽称赞过谷帘泉，沈从文心中的边城旁也有一条小溪，希望以后有名家路过此地，也会为星雨湖留一篇文。突然想起还有功课没写，便急忙奔跑着追赶之前先走的同学。留恋地回头一看，小女子嫣然一笑，挥手作别。

生活，还是很有趣的嘛！有心便是景。

（吕启辉 经济学院 2017 级校友）

第四辑 04

岁月回眸

第 382 期 2004 年 3 月 15 日

沉香师大

刘哲

当宙斯的儿子葡萄酒神狄俄尼索斯把第一颗葡萄种子埋进土壤的时候，就等于给人间播种下了艺术和欢乐。他用新鲜的红葡萄酿出醇美甘甜的红酒，再陈酿几千年，红酒便被酿成了一种文化。红酒是"基督的血"，可以拿来和上帝虔诚对访。红酒文化，沉香的文化。早在公元前七世纪，每年春天雅典都要举行大酒神节，人们在酒席上唱《酒神赞歌》。古希腊的悲剧、喜剧、羊人剧都源于这大酒神节。

"何以解忧，唯有杜康"，东方的古国，也有自己的酒圣。酒文化支撑起中华五千年的灿烂文化。如今，长安山下，那暮鼓晨钟般的福建师范大学，"时间之坛"与"人文之粱"酿成了一坛好酒，这一酿，就已经96年了！

也许，时间说明不了什么。但是，时间就像一位品酒的专家，不管红酒、白酒，是不是美酒，要由他来说。建校历史的久远是现代大学最为宝贵的一笔财富！人说，现在我们这曾经的东方古文明发祥地已经远远地落后于西方了。原因很多，抛开其他不说，就谈大学。美利坚建国才几百年，而他的大学的历史就已经有几百年了。中国有史记载以来都好几千年了，我们的古代教育都被私塾、书院给耽误了。因为没有形成系统、规模的教育体系，那些时候，也就算不上真正意义上我们的大学可以追溯到的历史。我们最早的大学是北大，百年老校，中国的最高学府，因为老，所以能够"香远益清"。不得不说，年代是一所大学人文气息浓淡的最好见证，因为浓厚的文化氛围是一天天、一年年逐渐积淀起来的。就像成就一个大漠，不只三五年。

167

长安星雨蕴芳华　>>>

那么，我们的师大呢？现在，她已经96岁了，早已是时代的见证人，她的身上载满了厚重的、沉香的历史。师大的人文氛围之浓是被很多人认可了的，因为这是百口莫辩的事实。

"为什么我的眼里常含泪水？因为我对这土地爱得深沉……"艾青的诗句是极好的，这犹如一股浓浓的深情在酒池里发酵了，让人不由得沉醉于那土地。土地？其实，我们师大的老校区（也就是长安山校区）的土地不多，就七百亩左右。但是，师大的学子却多达几万人。我们为何源源不断，纷纷而来？诚然，我们不远千里的到来，是因为我们对师大的一种热爱。这热爱，源于她的温柔敦厚，源于她的深沉执着，源于她的古色古香，缘故她的暮鼓城钟……每一个师大学子都有其对师大的热爱之处，也许原因并不相同。也正因为如此，师大百年老校的味道就出来了，不同的人看她就有了不同的魅力，能被不同的魅力所感染、所吸引，这里面体现出来的是一种很浓的文化积淀和人文氛围。师大的新校区（大学城里）现在或者以后很长的一段时间都会不及老校区。我曾经去过那里几次，走在新校区里，什么东西都感染不到，只能是走马观花般的闲逛。"几层远岫"的掩映中，建筑物是新的，路是新的，而我的感觉也是新的，就像在喝刚刚烧出来的白酒，喝一口是辣，过后回味还是辣。师大的老校区，是一块人文氛围的宝地，当你一踏入这块土地，就好像打开了陈酿美酒的盖子，香气缭绕，不绝于鼻，让你乐而忘返……

我们学在师大。有人提出来了，师大人多地少，怎么能够给学子以良好的学习环境呢？其实，上课自不必说，师大有学问的名教授很多，教学楼的条件也不错。没有课的时候，师大的学子们就不只把脚步停留在教室里了。长安山上静悄悄的，当你抱着书本走上去，就会发现，同道中人实在不少。师大的图书馆，藏书很多，在全国高师中排名第三，这一笔宝贵财富是可以拿来大家一起分享的。图书馆书多，看书的地方也多，有阅览室、报刊亭、综合阅览大厅……如果你觉得在里面看书不够诗情画意，你还可以拿着书到外面的长廊上、草地上去感受"凉风有煦，秋月无声"……走在校园里，时刻都可以看到在路边的树下、草地上看书的人，他们或躺或坐或站，组成了一幅幅很美的人文景观。其实，学问是自己的，只要自己想学，天与地就是我们最好的教室！师大学子一进入校园就被这浓浓的人文气息所感染了，不要说自己究竟主动去学了

168

多少东西，单就是这种文化氛围、这种人文气息潜移默化的熏陶，你都受益匪浅了。

我们食在师大。现在的人们常把"餐饮文化"挂在嘴边。的确，我们不但要"吃好、吃饱"，还要注意"腰腹变小"，吃东西也要吃出健康来，吃出文化来。师大的食堂现在有的已经不叫"食堂"了，叫"餐厅"，叫"食苑"了。名字多了，花样也在多起来了，慢慢地也在上档次了，食堂也开始走向社会了。师大的百年餐饮文化已经引入了许多新鲜元素来：川菜来了、兰州拉面来了、重庆火锅也来了……吃是人们精神最好的一种放松方式，吃得高兴了，吃出一种立足于师大百年特色下熬制出来的新口味，你也会由衷地感受到师大的"暮鼓晨钟"！

我们住在师大。常常听到有学子在抱怨，说是不能够完全感受到师大的校园人文氛围，因为他们不能住在师大。师大校内的宿舍不够住，所以就有一些学子集体住在校外的公寓。师大的宿舍其实是比不上外面的公寓的。但住公寓，总让人有一种寄人篱下之感。因为我们从进入师大的那一刻开始，就已经把自己全部交给了师大，融入了师大。要让我们说出是什么让我们有如此感觉，却也说不清楚了。也许，是一份对师大执着深沉的爱吧。有人说，住在校园里面的宿舍好，还可以闻到白玉兰的花香。我想，住在校园里闻到的不只花香吧。

师大的漂亮新体育场修好了，给古色古香的师大涂上了鲜活的色彩。"葡萄美酒夜光杯"，师大是沉香的美酒，那它就是给美酒增色的夜光杯或者鹦鹉杯了。体育是民族之魂，教育家蔡元培老先生早就倡导学生要"德、智、体、美"全面发展，体育的重要性不言而喻，一方面是强身健体，另一方面是展示了师大的形象。在跟外界的交流中，体育是师大的一面鲜红的旗帜。刚刚结束的福建省大学生运动会，师大取得的成绩就很不错。师大是老了，但她依然保持着活力，像一坛好酒一直都在不停地酿！

著名的书法家、我国佛教文化研究的老学者赵朴初先生已经去世了。但是我们每天漫步校园，随时都可以看到赵老先生的风骨，"福建师范大学"五个烁金大字是赵老先生亲笔题写的。据说，能得赵老先生的墨宝题写校名，国内的大学就只有我校，这不是一种骄傲，而是一种荣幸。走在校园的青石板路上，我们倍感东方古文化的亲切。

有人说，师大的"文科楼"有"自杀"的人文景观。我来师大一年多了，只是听说，未曾得见。我觉得事儿应该是有那么回事儿，可我们听到的可能已经被很多人传过了，其中修修补补、增增减减我们已不清楚。但是毕竟名气是出来了，一座普通的楼被冠以一种别样的说法，然后就蔚为壮观了。孙绍振教授说"文科楼"是师大最好的楼，我想，不会是因为它的这个原因吧。

师大很美，如果要让我为师大作画，我知道，我是画不出来的。师大的人文气息太浓了，那一砖一瓦都承载了百年沧桑，那"文科楼"前的大榕树胡子老长老长……我画不出来。我只能描述我对师大的一些印象：此地，春能入"草色遥看近却无"之境，秋可见"明月何皎皎"之景，冬有如春暖意，夏得海风送爽。楼前的古榕长须飘摇，长风自长安山徐徐吹来，树浪草波，疾徐有致，绿意四时盈窗……

师大本身就是一幅巨画，名字叫"风景名胜"；师大是一坛好酒，名字就叫"百年陈酿"！我们学在师大、食在师大、住在师大，神清气爽地把酒观景。人生能够有幸不远千里地来此过得几年，变成了我这一生的骄傲！

（刘哲 文学院 2002 级校友）

第 427 期 2015 年 10 月 24 日

梦想的岁月
——花甲之年忆留学

林金水

历史经常有偶然的巧合，今年是福建省留学生同学会成立 20 周年的纪念，我自 1986 年 5 月 6 日赴比利时留学，至今整整 20 年过去了。时间本身就在向人们述说着历史，今年是农历丙戌年，而我恰好出生在丙戌年（1946 年），一个甲子的轮回，60 年的时间一晃擦肩而过，"我真的 60 岁吗?"我怎么也不敢、也不愿去承认这一无情的事实。但不承认也丝毫抹不去时间年轮刻在你身上的痕迹，与其对时间发出"逝者如斯夫"的无奈感叹，不如沉静下来，对花甲人生，做一历史的回顾和凝思。六十花甲是人生的耳顺之年，我固然"不知老之将至"，但其原因绝不是因为自己"发愤忘食，乐以忘忧"，而是到了这个年龄，所见所听，更知世道之微旨，阅历多了，感触也就不会违于心、逆于耳，能够说出自己最想说的话。

我出生在抗战胜利后一个兵荒马乱、政局动荡不安的年代。当我呱呱坠地时，我们家为我这棵传宗接代的独苗而欣喜。父亲生于戊戌政变之年（1899 年），晚年得子无比幸甚，但对一贫如洗、又有九姐妹的家道来说，我的问世则是造孽，因为在那饥荒的年代，大家都要争口饭吃，一些人有饭吃，另一些人必然就要挨饿，在中国历代社会的天平上"饥饿"的砝码永远重于"温饱"的砝码，历代的统治者不要说使天平倒过来，就连天平的平衡都难做到。在这种不平衡的天平下，我的生存是以鬻女育儿为代价的。我母亲亲口对我说过："为了你能够活下来，不得不卖掉了你的一个姐姐。"对此，至今我还隐藏着一种难言的负疚感。中国人为什么活得总是那么的艰难？以至于为了生计，在旧社会人们谋求职业，他们的薪水不是以多少钱多少块大洋为货币单位，而是以多少斤的大米来计算。比如，为研制我国"两弹一星"做出贡献的放射化学家杨承宗教授，他当时每月的薪水是1000斤小米，100斤等于一块大洋。新中国成立后，我们的人民刚刚过上有饭吃的日子，不久又逢自然灾害，此时人生的最大幸福莫过于饱吃一餐。国家从1955年开始为每个人发粮票，它犹如系在人身上的护身符，须臾不可离身，走到哪里都要带到那里，是人们出门在外的通行证，是当时的第二货币。"有饭吃，吃饱饭"，是这一时期中国人的对生活的基本追求。

人在他的一生中总是怀有各种的梦想，留学的岁月是充满梦想的岁月。1986年是我的不惑之年，我怀着学习更多西方知识的理想赴比利时留学，当时像大多数留学生一样，心中也有自己的"美国梦""欧洲梦"。但是到了欧洲，看到超市上的商品琳琅满目，要什么有什么，米和油可以一袋袋一瓶瓶地买回去，这对于我们还在用粮票和油票的中国人来说是不可思议的事。这种中西方人民在物质生活上的强烈反差，使我把心中原来向往的"欧洲梦""美国梦"简单地归结为一句话：我们中国人什么时候才能过上像西方人那样吃饭不用粮票的美好日子。

这是我留学后的第一个梦想，是最朴素、最低层次的梦想。什么是梦想，梦想就是离我们还很遥远、很难做到，或者根本无法实现的东西，所以人才会有梦想。要让中国人有饭吃，吃饱饭，是中国几千年历史上历代统治者都想解决而始终都无法解决的大问题。所以，"民以食为天"才成了历代统治者的座右铭。中国会有我梦想实现的一天的到来吗？我期盼着。1993年5月随着国家宣布终止使用粮票，我的梦终于实现了。这是中国历史上翻天覆地变化的一页。

不同的梦想是不同时期社会政治生活、物质生活的反映。马丁·路·德金《我有一个梦》代表了20世纪60年代美国黑人为反对种族歧视，争取民族平等、自由的心声。1990年5月我又一次出外留学，这次是到美国最古老的城市之一波士顿。它与欧洲其他中世纪城市相比谈不上古老，但它是美国最早的一所大学——哈佛大学所在地，也是美国独立战争的发源地之一。我就是在哈佛大学费正清东亚研究中心做访问研究。欧洲的古老城市往往以城市中心的

"townfall（市政厅）"和"cathedral（主教堂）"向外辐射，它与外围星罗棋布的教堂和城堡，形成欧洲传统文化的古色古香与绚丽奇特，给人以心灵上的历史沉思和视觉感官上的享受，令人如痴如醉。美国城市鳞次栉比的摩天大楼，给人带来的是现代化的气息，美国人快节奏的生活方式，让人几乎喘不过气来。美国人与欧洲人在交通出行上相比，最大的差异是，欧洲人只要坐上火车，就可以游遍全欧洲，而美国人无车则寸步难行。工业革命给欧洲人带来的交通工具是铁路，其铁路网密度之大是美国所无法相比的，所以至今欧洲人仍享受着前两个多世纪工业革命的成果。而美国人则享受信息时代带来的现代化成果，它没有亦步亦趋地跟着欧洲那样建铁路网，而是一下跳跃到建高速公路网作为连接全美各州的现代化交通枢纽。因此，当我1990年春节驱车由波士顿前往佛罗里达度假时，我在旅游车油然又萌生出第二个的留学梦想：我们的国家什么时候能像美国一样建起全国的高速公路网，把各省连通起来。

　　这是一个中国人追求现代化的梦想。中国东西南北，土地广袤，险山峻岭，中国做得到吗？有可能吗？中国有那么多钱吗？等等一系列的问题，都使人感到这是难以圆的梦。但是，唯物主义告诉我们，人的"衣食住行"是首要的大事。中国人"食"的问题解决后，要向小康社会迈进，"行"就突出出来了。中国的改革开放，尤其邓小平的南方谈话之后，中国正以惊人的速度改变中华大地，一切不可能的事情，都在变为可能。从我的梦想萌发，到今天整整15年过去了，当时，我悲观地估计，中国至少要花50年的时间，才能做到。可是在我花甲之年，这个梦想似乎并不遥远，已经是可望又可及的事情。随着"十一.五规划"的实施，它正一步步变为现实。连接福建省各地市的高速公路很快就要建成，福建山区路难行的面貌将彻底改变，届时到全省各地朝发夕至，让人们享受到了旅游的便捷。今天当中国的高速公路网正在朝我们走来的同时，我很自然又联想起这样一个梦：我们中国人会不会发展到有自己私家车的时代？

　　这是中国人改变生活方式，追求高质量生活的一个奢求的梦想，中国人难道就不能有这样的梦想吗？当然，不能说中国人就不能有这么一个非分的梦想。一个奢求的梦想，一个非分的梦想总是与时代的变迁、物质生活的水准紧密相连的。对大多数中国人来说，哪怕在今天，他们的生活水准还仅仅是一般的温饱，根本没有什么条件来侈谈什么汽车，这种心态很正常，也很普遍。出于这种的心态，我在留学期间，产生了一种在今天看来颇有讽刺意味的想法。如果说，在看待欧美先进的科学技术、传统的文明以及他们的生活方式等方面，我还算是一个汲汲的追求者，什么东西都想看，都想学，唯独最不能接受的是西方人喜欢看汽车杂志，自己不想看，还对这些人产生一种鄙视的心理，认为他们无聊之极，把最宝贵的时间花在了最不值得看的杂志上。这种的心理并不是我对西方人生活方式的孤陋寡闻，也谈不上对西方"异物"的排斥。乾隆皇帝在接见英国特使马嘎尔尼曾经说过："天朝德威远被，万国来王，种种贵重之物，梯航毕集，无所不有……然从不贵奇巧，并无更需尔国制办物件。"当然，我不存在、也不可能有中国"无所不有"的想法，其根本在于中国社会经济极端落后背景下带来的不可逾越的认识上的鸿沟。如果你融入了欧美社会，你就会把买车开车看成你在国外生活的组成部分，但作为中国人，20世纪90年代初，汽车并不是我们普通人所梦想的，把它看成"无聊"是很自然的事。十年多过去了，随着中国人生活水平的提高，"汽车梦"成了时尚生活的一个亮点，看汽车杂志，上汽车网，成了一部分人生活的组成部分，须臾不可离开。而我也从留学时对它的看不顺，到现在喜欢上了汽车，看汽车杂志。我希望今后宁可是中国的发展来改变我认识上的差距和滞后，而不愿使我的梦想永远成为幻想。

作为新时期的中国留学生，我们没有机会看到在毛泽东领导下中国人是怎样站起来的，但我们的确实实在在地感受到在邓小平的旗帜下中国人在世界的舞台上、在全世界人民面前，是怎样地和平崛起的。在古代中西文明交流史上，本来就是双向流动，相互平衡的，既有中国走向世界，又有世界走向中国。但是到了近代，这种的交流被扭曲了，西方走向中国的是掠夺和侵略，中国流向西方的是哭泣和苦难。到了改革开放的年代，东西方的天壤之别，更多的是让中国人带着"美国梦""欧洲梦"走向世界。现在，中国的和平崛起和发展，终于使文明史上的双向流动又开始平衡了，世界也开始带着"中国梦"走向中国，出现了新一轮的世界走向中国和中国走向世界的历史大循环。我们的留学生从以往带着"美国梦"和"欧洲梦"流向西方，现在他们又带着故乡的梦回来了。同样，带着"中国梦"，更多的外国留学生来到了中国。

"中国梦"成为留学生梦想的时代终于到来了。

（林金水 福建师范大学社会历史学院教授）

第 439 期 2007 年 4 月 30 日

我是长安山第一批入住者

——回忆百年校史

温祖荫

我于 1952 年考入福州大学。当时福大由协和大学、华南女子学院、福建师专、神学院、华南植物研究所（后为生物系）合并而成，师资力量相当雄厚，藏书富甲东南各省。文科各系设在桃花山（今附中），理科各系设在原华南女子学院和英华中学校内。校部设在对湖（今海军大院），其旁建了一座很大的竹篷礼堂。

桃花山集中了中文、历史、外语等系，有一座凹字形大楼和三座竹篷搭起来的教室。中文系的系主任是江苏南通人胡山源教授。在桃花山，我们生活了一年，后又搬往神学院（即今仓山区政府所在地），这里有八九座楼房。1953年，因学苏联，福州大学改名为福建师范学院。由于当时校址十分分散，省里决定在今长安山建立新校区。

那时长安山上没有树林，它只是个杂草丛生的土丘岗。山的四周为菜地和农家，站在山顶上可以眺望闽江和福州市区，但已欣赏不到陆游描写的"九轨徐行怒涛上，千艘横系大江心"[①] 的景致了。山下有长安乡，山因此而得名。但岭后街的居民却叫它凤山，因为它的形状像一只凤凰。最初在山的南面，建了五座豆腐块的灰色楼房，两座为教室，三座为学生宿舍，均为三层。其中一座楼按雅典式建了四根大柱支撑的门廊，是当时最豪华的建筑了（今为协和学

---

① 南宋爱国诗人陆游诗句，他曾来过福州，写有《度浮渡至南台》一诗。

院办公楼）。

我们是 1954 年从神学院搬到长安山的，是新校区第一批居民。当时搬的只是文科各系，理科各系仍在原址未动，校部也没有搬。但随后竹篷大礼堂也搬到长安山来了。这座礼堂在全国高校中是独一无二的，它前后维持了近 20 年，为此也博得了教育部表扬，作为勤俭办学的范例。那时学校处于海防前线，台湾地区常有飞机飞来骚扰，朝鲜战争也刚结束，形势还很紧张。为此，学校发动学生在长安山上挖坑道，一有警报，我们便立即躲进坑道里，滚得满身是泥。

1956 年至 1957 年间，在长安山南面又建了两座教学楼（一座为三层的实验楼，一座是两层的清华楼），两座学生宿舍，还有一座四层的图书馆。大炼钢铁期间，这里处处是熊熊烈火，人声鼎沸。现在两座教学楼已拆建，成为南安博士生楼和田家炳教育书院。图书馆改成老年大学，两座学生宿舍不久后亦将拆建。

与此同时，在长安山西北面建造了第一批教工宿舍，共四座三层楼房。中文系和体育系合住一座。1958 年，我在北师大研究班毕业回校后，便住在这里。由于那时学校还未建家属宿舍，如果外地教师带家眷，便一家人挤住在一间房里，生活条件可想而知。现在这四座楼都拆掉了，变成邵逸夫楼、培训楼和教工食堂。

1957 年后，长安山开始绿化，经过几十年的努力，才有今日绿荫蔽日的好景致。在东南面的花香园建起了教工家属宿舍，共三排，为两层单座小楼。一些资格较老的教师便搬进去居住。这样他们在这里安居乐业了近半个世纪。前些年因学校发展的需要，这些小楼又被拆掉，建起了三座教工宿舍大楼，面貌为之一新。

长安山还有一座教工之家，是土黄色的两层楼房，内设乒乓球室、棋类室、小卖部及体育系办公室等。在教工之家南侧山坡上是两座学生食堂，东侧还设一教工食堂。学生食堂设有舞台，一些文娱表演可在此举行。现在这些都不复存在了，在教工之家原址，建起了文科大楼，学生食堂原址上建起了图书馆大楼。

那时学校没有操场，开运动会必借跑马场的场地（即今市体育中心）。现在长安山拥有的两个大操场，原先都是农民的菜地，在 20 世纪 70 年代和 90 年代划归师大所有。学校把其中一个大操场建成漂亮的塑胶体育场，在它的两侧建起了海外教育交流中心大楼、医院大楼以及室内综合体育馆。在另一大操场边开挖了游泳池。

"文革"期间学校被解放，教师一律下放农村。长安山变成部队的医院，教室被隔成一间间病房，医院家属到处设炉灶，把楼房熏得一片漆黑。校部也被省军区占用，后又转送给海军，把原有楼房拆去，盖了一座新的大楼。原来英华中学是物理系所在地，也被改建为部队家属宿舍。神学院则被仓山区政府占领，住在里面的教工全部被迁出。据统计在"文革"后，学校丧失了20余栋楼房。这些楼根本谈不上"归还"二字。1972年，省政府决定把已解散的福建师院、华侨大学、漳州二师院合并，成立福建师范大学，校址设在长安山。部队医院被撤走，下放的教师也陆续被调回，开始招生。长安山又恢复了往日生气蓬勃的景象。我们再次听到学校广播电台广播时，激动得眼泪直流下来。之后，在长安山周围不断建造新楼，学校在发展，学生由福州大学时期不足500人，增至现在的三万多人（包括各校区）。

综观半个多世纪来，长安山经历了风风雨雨，但它的面貌还是产生了巨大的变化。现在已高楼林立，窗明几亮，绿树婆娑，鸟语花香，大道坦洁，气旺人和，学风浓郁，人才济济。在围绕长安山的20多座高楼中，最早建的一批楼房只剩下三座了，它们是历史的见证者，但是它们在新楼的对比下，又显得那么寒碜，说明了时光流转、瞬息巨变的发展规律。今年将迎来师大百年校庆，更令人欢欣鼓舞，真是"气和天惟澄，春色满华庭"。在此，我祝福师大庆衍箕畴，鹤筹添寿，蓬岛暖风，前程锦簇！

（温祖荫 福建师范大学文学院教授）

第 441 期 2007 年 4 月 30 日
三个"福建师大中文系"
——1977 年的大学梦
汪毅夫

一

课堂里，有个男生冲着我打了一个结实的哈欠。

于是，我讲了一段题外话。

——我从小生长在美丽的厦门。1977 年，任何的人给我写信，只要写"厦门市汪毅夫收"就可以了。

有个女生奶声奶气地问："老师真牛，为什么呢?"

——因为那时我是邮递员，我的工友都认得我呀，我还用过"游钗"的笔名呢。课堂气氛一下子活跃起来。

二

1977 年，恢复高考制度的消息传遍了全国。

我和邮局的三位工友领取了报考表格。

我忘不了那段往事：福建师范大学曾到我插队的山区招收工农兵学员，我受到村民们的推荐却过不了"政治审查"的关口。

火热的铁遇到冰凉的水，痛苦地呲呲作响!

提起笔，我一口气在"报考志愿"（限报三个志愿）栏里写了三个"福建师大中文系"。为了圆一个梦，一个被撕成碎片的梦!

我信心满满。

可是我不知道能不能过"政治审查"的关。

三

考试过后，转眼到了 1978 年。早春二月，外省高校的录取通知书一份又一份地来了。

我一份又一份地送，一次又一次地看到录取通知书带给人们的惊喜。

邮递员是绿衣使者，护士是白衣天使。

我相信，此种场合里的我应该和护士一样美丽。

1978 年 2 月 6 日傍晚，我收工回到邮局。在挂号台里看到一份浙江大学的录取通知书。

第二天是正月初一。

我再次出工，专程把录取通知书送到收件人家里。我至今还记得信封上写着"厦门市上古街 58 号之二郭光真收"。

郭光真不在家。郭光真的母亲和妹妹们一致对着我笑。

在回家的渡轮上，天色已晚，我想："这个家庭，这个郭光真，这个除夕之夜，该多么愉悦！"

四

过了春节，我因为感冒病休在家。

我的工友送来福建师范大学的录取通知书。

和我一起报名的工友也都收到了各自的录取通知书。

病一下子好了，很奇妙。

爸爸很快告诉他晚年的好朋友、邻居严楚江教授和李文清教授。

老人们慈祥地对着我笑。

爸爸在十年浩劫期间受了很多苦，1979 年才获得平反、恢复党籍。

我不知道我为什么通过了"政治审查"的关口。

几年后读《邓小平文选》，我明白了。邓小平同志在 1977 年 9 月 19 日说："关于招生的条件，我改了一下。政审，主要看本人的政治表现，政治历史清楚，热爱社会主义，热爱劳动，遵守纪律，决心为革命学习，有这几条就可以了"。

五

1998 年 12 月 28 日，我在《邓小平，女儿心中的父亲》影展上看到邓林同志，很想表达我对小平同志的深切感念，但激动地哽咽而不能言语！

1977 年的大学梦很美。

（汪毅夫 文学院 1977 级校友，全国台联会长、全国人大常委会委员、教授）

第 445 期 2007 年 9 月 10 日

咱娘家的人

——老校友唐崇惕院士忆师大

尤永隆

走了一圈，又回到了原地。分明是到了厦门大学这个美丽的校园，怎么眼前的一切又回到了师大的屋子里？你看，这不是生物系的家具吗？上面的白漆"福建师范学院生物系"的字样和编号！如此似曾相识与熟悉的地方！我们这是到哪呢？

唐先生，我们的老校友——唐崇惕院士，正热情地给我们端椅子泡茶水，"呵呵，咱们娘家人来了！"这里是唐先生的实验室。"1949 年我进入福建协和大学生物系读书，读书期间因病休学一年。1954 年大学毕业。毕业后分配到华东师范大学生物系。1957 年回到福建师范学院生物系工作。1970 年，福建师范学院停办，我下放到霞浦县沙江公社。1972 年调到厦门大学生物系工作至今。"唐先生用寥寥数语简明地带过她的工作生涯，人淡如菊的气息在我们的内心散发开来。

茶杯里的茶叶慢慢舒展开，唐先生深情地回忆起在母校的难忘岁月。"我虽然就读于福建协和大学，但领取的毕业证书却是厦门大学的。1951 年，福建协和大学、华南女子文理学院和福建省研究院合并，成立原综合性文理科福州大学。1953 年全国院系调整，原福州大学的学生合并到厦门大学。原福州大学改名为福建师范学院。当时，我已经读完大学三年级。按规定，我们要到厦门大学读四年级。全班同学都舍不得离开福建师范学院生物系，老师、实验室、园里的一草一木都是那样的熟悉。所以，我们全班继续留在生物系读完四年级。

181

大学毕业时，发的是厦门大学的毕业证书，而我们连厦门大学是什么样子都不知道。"

"福建师范学院生物系在国内外都享有盛誉。教师中有许多学术造诣很深的学者。比如，微生物学家王岳先生、植物学家周贞英先生、动物学家丁汉波先生、我的父亲寄生动物学家唐仲璋先生。还有，林琇瑛先生、林成耀先生、陈德智先生，等等。父亲和我在寄生虫学研究方面的成就主要是在母校工作期间取得的。事实上，'文革'后，父亲就因病很少从事研究工作。父亲和我当选为院士，主要也是因为在母校生物系工作期间做出的成绩。父亲撰写的许多高质量学术论文都发表在福建师范学院学报上。父亲这样做，很多人不理解，认为应该将文章投到更加有名气的杂志去发表。可是我父亲不这么认为。父亲说，我们在福建师范学院工作，就应该爱护自己学校的学报，要将好的文章投在学报发表，让国内外同行学者知道我们工作的单位。在父亲的影响下，生物系许多教师都将自己的优秀学术论文投到学校的学报发表。所以，当时福建师范学院学报在全国都是有名的。1986 年我到美国几个大学和研究机构访问，看到研究单位的卡片柜里，有许多记录我们系教师发表在福建师范学院学报上的论文的卡片。我在日本大学访问期间，看到在研究室的桌面上有许多我发表在学校学报上论文的单行本。"唐先生一再强调自己之所以能够当选为院士，主要是因为福建师范学院生物系培养了她。她对母校的感激之情时时溢于言表。

"生物系校园的环境非常美。那里许多名贵树种都是国外引进的。生物系校园在新中国成立前是福建省研究院。在福建省研究院之前，那里原先是德国领事馆。有一任德国领事是个植物学家。他从国外引来许多树种，包括落羽杉、南洋杉……生物系校园是非常适合从事科学研究的。那里原先还有一座非常好看的铁桥通向鱼池中的小岛。可惜，1958 年大炼钢的时候，那座铁桥给拆了，拿去炼钢。"

讲到生物系的标本，唐先生如数家珍。她说："生物系保存的标本是经过几代人的积累才有的。无论动物标本，还是植物标本，数量都在国内名列前茅。其中有许多标本是非常名贵的。许多植物标本还是我父亲采集的。我父亲出身贫寒，依靠半工半读才完成大学的学业，所以在福建协和大学生物系读大学花了 8 年时间。在读书期间，父亲为协和大学生物系采集了大量的标本。白天采集，晚上我母亲帮助制作植物蜡叶标本。父亲在采集标本过程中还发现了新种。

'唐仲璋山楂'就是植物学家以我父亲的名字命名的。我哥哥从加拿大写信来说，哪一天要和我一起回生物系，将父亲采集的标本找出来拍照。"唐先生非常关心地询问这些动植物标本的现状。可喜的是学校正在建设动植物标本博物馆，相信这些珍贵的标本一定会得到妥善的保存。

讲到"文革"对教学科研造成的危害，唐先生非常心疼。她说："1970年福建师范学院停办。生物系的教学科研设备、仪器、标本和家具全都要搬出送给外单位。我父亲对于搬走标本感到非常心疼。他对当时的学校和系的负责人说：'这些标本不要吃饭，只要拿几间房间放置保存这些标本就可以了，不要搬走。'他总认为学校还会复办，将来这些珍贵标本还是用得着的。然而这些标本还是被运到了厦门大学生物系等单位。在当时的形势下，标本到了厦门就遭到厄运，许多名贵的动物浸渍标本被倾倒了埋入泥土中，装标本的玻璃瓶则被另做它用。1972年福建师范学院复办，这些标本却再也找不回来。我父亲对于这些珍贵标本的损失，非常痛心。"谈到这里，唐先生指着橱子中的标本盒说，"这些玻片标本，是冒着生命危险保存下来的。在标本被运到厦门大学之前，我将两万多份寄生虫的玻片标本装在2只大木箱里保存起来不受破坏。父亲调到厦门大学时，才运到厦门，存在集美水产学院地下室，两年之后，才运到厦大。这些标本，现在主要保存在我的家中。"

唐先生又指着实验室里的桌椅橱柜，说："这些家具和显微镜都是原来福建师范学院生物系的。"这时，我们才恍然大悟，为什么一走进唐先生的实验室就如此熟悉。"当时运到厦门大学之后，我的父亲一直在使用这些家具和仪器。父亲逝世后，我继续使用，舍不得丢弃。厦门大学生命科学学院要为我添置新的实验桌椅，我都谢绝了。这台老式解剖镜我一直在使用。新的显微镜我让研究生们去使用。丢弃这些旧家具和仪器太可惜了。我总觉得要是将它们丢弃了，这些家具会责备我的，它们会问我怎么不要它们啦？"

由于怕耽误唐先生的工作，我们没能和她长谈。离开之前，唐先生将《唐仲璋院士百年诞辰纪念文集》等5本专著赠送给母校，并欣然为母校百年校庆题词："恭贺福建师范大学百年校庆，继续为科学教育兴国和发展技术生产的宏伟事业培养更多优秀杰出人才。"

（尤永隆 福建师范大学生命科学学院教授）

第 448 期 2007 年 10 月 31 日

福师大百年赋

陈章汉

闽都故郡，文儒之乡。三山垂拱，双塔比肩。无数达人，进退关乎社稷；几多贤士，行藏补于时艰。醒世觉民，夫子功同再造；发蒙启智，学人视若重生。时维近代，甲申喋血，甲午蒙羞；国人知耻，闽人知纠：欲救亡图存，必先废科举、办新学，改书院为学堂，藉变法以维新。

林公开眼，沈公造舰，尝以强国为梦；严子西学，林子东译，敢领风气之先。以一篑为始基，既可开物成务；引九泽之新法，信将格物致知。遂有三山硕儒，陈公宝琛，倚乌石而筑黉宇，摇木铎而作金声。延师课徒，冀群伦之化育；传道解惑，期新学之发祥。

学堂所倚之乌石山也，灵岩走笔，古榕垂阴，老藤摇曳，青鸟殷勤；更曾巩、阳冰碑铭布列，道山、先薯诸亭翼然。灿灿人文，每化春风秋雨；莘莘学子，乐此读雪耕云。校长有心，建制高之海天一阁，供儒生临虚怀远；修贯校之风雨回廊，让学子阴晴无忧。时书声琅琅，钟鸣悠悠，东麓乌塔，有耳在焉。

学为人师，行为世范。知明行笃，立诚致广。学堂伊始，以师范为心，优级为求，培养师资，泽被全闽。有训联云：温故知新，可以为师；化民制俗，其必由学。观母校所历百载，比之榕寿千秋，沧桑互异，而精神一也。院址屡迁，诸校之开合分并；校牌几易，人事之启后承前，盖能因缘顺势，与时俱进，而不坠青云。一如榕根之玲珑四达，榕身之丛发成林，处变不乱，矢志弥坚。真堪叹：树犹如此，况复黉庠！

幸也所适，或乌石山、鼓山，或长安山、旗山，甚或战时之南平、永安，皆与山为伍，共水为盟。历届师生不下十万，其气宇如山之坚质，慧心若水之灵修，固多有建树于家国者，信乎一方水土，养一方人哉。百年之馆藏也，其丰可供天子、士子；其险遑论劫余、虫余。有云一地黄金屋，无如书香盈袖，与人家不必论贫富、唯有读书声最佳之谠论，有异曲同工之妙。始信世有真痴，多出于师门耳！

有福之州，曾五度为都，六次拓城。今之东扩南移，早成定势。母校应天时而趋地利，乘千禧而跨乌龙，辟新校区于旗山之麓，与长安山老校玉成双璧。其时也，旗鼓垂拱，双龙并驾，祥云蔚起，百鸟和鸣，谓乌龙江时代发轫之作，举世为之鼓呼。

木铎百年，万里金声。播火传薪者，代有才人。信有笔架山门在额，方胜柱础在心，海西战略在线，人才高地在肩，母校又一世纪宏著，定然有个精彩开篇！

（陈章汉 文学院 1978 级校友，曾任福州市文联主席、党组书记）

第 451 期 2007 年 12 月 25 日

百年师大赋

郭丹

岁维丁亥，序属孟冬。福建师大，百禩独雄。树人贻范，三山实崇。取材落实，八闽从风。

忆昔年之创业，实发轫于帝师①。虽筚路而蓝缕，允拓土以奠基。建黉宫于乌石，恒考德以稽疑。"化民成俗，其必由学；温故知新，可以为师。"② 揭本旨以示教，为兴学之蓍龟。"自治性情，以治人之性情；自励志节，而励人以志节。"③ 此谆谆之告诫，历千祀而永垂。既浚诚明之旨，乃兴教化之基。振木铎而甄陶广，闻韶奏而英才滋。八闽名校，曜厥羽仪。继其后者，华南女院，肇基于仓前山；协和大学，嗣响于魁歧里。二校虽创于西人，亦为我而造多士。权宜而托其制，度势而立其旨：博爱牺牲服务，养成健全人格，研究高深学术，以应社会需求。④ 此宗旨之煌煌，复性初而砥砺。西学为用，中学为体。中西贯通，信为观止。当是时也，江右儒宗，南州君子，俊彦荟萃，川渟岳峙。人才秀出，聚簪珥于杏坛；学者云从，闻弦歌于阙里。

---

① 福建师范大学最早前身校是 1907 年由清朝末代帝师陈宝琛创办于福州乌石山的福建优级师范学堂，后来发展成为福建省立师范专科学校。

② "化民""温故"两句为《礼记·学记》和《论语·为政》成句。陈宝琛亲撰此两句，作为学堂的办学"本旨"。原题是："温故知新可以为师，化民成俗其必由学。"

③ 陈宝琛在《开学告诫文》中说："自治其性情，而后能治人之性情；自励其志节，而后能励人以志节。"

④ 《私立福建协和大学组织大纲》第一条规定："根据董事会章程所定之博爱、牺牲、服务精神，研究高深学术，养成高尚健全人格，以应社会需求为宗旨。"华南女子学院和协和大学均为福建师大的前身校。

喜迎解放，百业更新。巍巍吾校，欣获新生。化雨是沐，春风是乘。继往开来，师范学院于是乎兴。多校并聚，① 矗立长安山下，渺江水之长清。校依山之葱茏，山临江而澄泓。长安山下，古风懋穆，佳气氤氲。一砖一瓦，皆师生魂牵梦绕之物；绿树垂荫，系游子寄托之精神。长安长安，长治久安；重教勤学，求实创新，孜孜以求，校风贞淳。春风绛帐，多识博闻。讲论抒纵横之议，弦歌镪金石之音。风雏振翼，兰畹滋青，皋比坐拥，服务基层。师范教育，数纪风雨，数纪沧桑，多少俊才争驰骋，培育园丁千万人。

跨入新世纪，乘形势之利便，得省府之支持，择址而建新校区。头枕旗山，溪源江穿校而过；遥望鼓山，乌龙江门前游纡。立于国屿山上②，望长天之如洗；木落鱼藏，云蒸霞蔚；皓月当空，欣清景之万殊。旷野平畴，高楼拔地而起；闽水欢歌，书声足于三馀。昔日江滩，今成弦歌之圣地；旗鼓对应③，犹聚洙泗之群儒。

风云而际会，学校大发展。跨越前进，跻身于学科先进之列；狂飙突起，高标于全国师大之苑。文理工并进，多学科共显。教学大奖，改革实践著先鞭；百篇论文，④ 一花引来百花艳。重点学科，硕果结，奇葩绽；重点实验室，勇探索，敢争先。国家基地，激扬文字学士笔；一级学科，指点江山博士篇。志愿援外，异域支教传佳话；⑤ 闽台研究，《汇刊》珍藏美利坚。⑥ 潄典坟之芳润，蔚文采之清妍。继优良之传统，铸锦绣之华典。

壮哉师大！踔厉英雄之气，聚集天地之才。欧亚院士，国家名师，闽江学者，海外精英，无不雍容揄扬长驱而纷来。博士硕士生力军，百千万工程众妙赅。巍巍学府，英贤群聚，麟麟炳炳，郁郁彬彬，不其盛哉！揽月九天，尽抒凌云之志；探骊得珠，笑对四海之魁。天时地利人和，构建和谐发展，粲华夏

---

① 新中国成立初，华南女子文理学院、福建协和大学、国立海疆学校师范科、福建法政专门学校、福建省研究院等校汇聚仓山区长安山，合并为福建师范学院。
② 旗山校区西区，有一小山名曰国屿山。
③ 与旗山遥对的福州名胜鼓山上有朱熹的读书亭，故曰。
④ 指获得国家百篇优秀博士论文奖。
⑤ 师大于 2003 年开始率先派出汉语教学志愿者赴菲律宾支教。
⑥ 师大闽台区域研究中心编撰的《台湾文献汇刊》100 册被作为胡锦涛主席访问美国的礼物送给耶鲁大学。

之琼瑰。师大学人，卓尔不群，如游燕昭之金台。

伟哉师大！地处海峡西岸，乃得江山之助，遂成邹鲁之乡。人文渊薮，吸精髓于千年；文脉流徽，烂盛世之文章。回首百年历程，为传统之弘扬。汇经验之积累，立校训而明昌："知明行笃，立诚致广。"知行相须，相辅而臧。修辞立诚，身体力行，尊德性而道问学，致广大而尽精微，以经纬乎阴阳。修身之要立，为学之道明，高瞻远瞩，励精图治，措规矩于圆方。为新世纪之发展，若临河之有航。综合性、有特色、开放型、高水平，趋赴乎一流大学，将声远而名弥彰。

赞曰：世纪回望，壮怀激烈；百年上庠，弦歌不绝。世纪放歌，豪情遄飞，团结拼搏，卓越是希。奋斗不息，国之栋梁；百川纳海，唯此永昌。

（郭丹 福建师范大学文学院教授）

第 451 期 2007 年 12 月 25 日

世纪巨树
——母校百岁献辞

陈章武

一

母校，你是一棵大树，一棵站在闽江之畔、东海之滨的大树。

你以一百年的爱心，一百年的耐心，为你生命的年轮，画上了一百个完美的圆。

二

一百年的时间，有多么漫长？

一百年的空间，有多么遥远？

一百年的人间，有多少沧桑巨变？

你站着，吐纳着时代的风云，肩负着历史的重任，站出了蓬勃旺盛的生机，站出了虎踞龙盘的雄姿，站出了摩天擦云的豪气。

你以巨树的形象，站成一幅壮丽的世纪风景。

三

树是鸟的天堂。

在你宽厚温馨的怀抱里，曾经栖息过多少青春美丽的小鸟？

每当小鸟的翅膀毛羽丰满的时候，它们便告别你，飞向蓝天，飞向大海，飞向四面八方……

但是，哪怕飞到天涯海角，飞到异域它邦，也飞不出你慈爱的目光。

你树上的繁枝茂叶，永远是鸟儿们梦中的摇篮，梦中的故乡。

四

在小鸟们的梦里——

你高擎理想的火炬，是春天的木棉？

你结满智慧的果实，是秋日的银杏？

你笑傲漫天的飞雪，是严冬的青松？

你，"垂一方之美丽，来万里之清风"，是盛夏的榕树，在南国的土地上吹奏一支绿色的生命进行曲？

五

小鸟离不开大树，犹如——

树叶离不开树枝，树枝离不开树干；

树干离不开树根；树根离不开泥土……

一百年，一切的一切全都在变化之中，不变的，唯有小鸟对大树的眷恋、思念与感戴。

这种情感的积淀，

因时间的推移而愈加深沉；

因空间的阻隔而愈加强烈；

因人间的变幻而愈显赤诚。

六

大树一声召唤，鸟儿们从天南海北飞回来了。

时光是最公正也是最无情的化妆师。

它给当年最亮丽的公主刻上了满脸的皱纹；

它给当年最英俊的王子染上了双鬓的银霜。

然而，在母亲面前，再老的儿女也还是天真烂漫的孩子；回到大树的怀抱，所有的校友全都变成青春美丽的小鸟。

七

亲爱的小鸟们，
让我们第一百次把酒杯高高举起，
祝母亲健康长寿！
祝大树万古长青！

（陈章武 文学院校友，作家）

第 531 期 2011 年 4 月 15 日
筒子楼里的美好时光

杨林香

说起房子，80 后、90 后痛心疾首。说到集体宿舍、筒子楼，70 后乃至更年长的老师大人都心有戚戚焉。许多老师大人都曾有住集体宿舍、筒子楼的经历，现在回想起来，总是纳闷当年是怎么过来的。筒子楼一整层只有一个卫生间，昏黄的灯光印照着四壁的青苔，老鼠出没稀松平常。没有厨房，在走廊上摆上一张桌子，放上些锅碗瓢盆就能煮出美味的佳肴。

20 平方米不到的小单间兼顾了客厅、餐厅、书房、卧室等多种职能，而且这多功能的住所往往还需要和别人分享，有时一家三口甚至四五口合住一个单间也是常事。

居处狭促，主人大概难有琴棋书画诗酒花的雅兴，不免溺于柴米油盐酱醋茶的俗事了。一整楼十几间，房门多数是敞开的，也有爱美的女老师挂一个别致的帘子。那时候没有网络，只有极少的几位"贵族"有电视，大多数老师的全部家当加起来就差不多一板车。串门是常事，前后不过几步的距离，常常是一两位老师开聊，渐渐人多起来，最终往往是串门串成"葫芦串"，一间狭窄的屋子里人声鼎沸，其余的房间灯亮着可是人去楼空。能在同一栋筒子楼里住过，尤其是在同一层住过的邻居可不是点头之交，关系可以铁到对邻居的婚姻状况、学历专业、饮食爱好甚至是财产情况了如指掌。住在集体宿舍，遇到难事，总能找到帮忙的人，这种革命友谊是现在居住在套房里的人们所无法体会的。

筒子楼岁月也是切磋厨艺的好时节。狭窄的走廊上并排而且是面对面摆放着各家各户的液化气灶。做饭时，谁缺盐巴或者酱油时只需顺手拿来。

"集体厨房"的过道实在窄，煮菜时需要轮流上阵。略微空闲的人便斜倚着门有一搭没一搭闲聊，抑或交流一下拿手菜的做法。由于既有理论阐发又有现场指导，学的菜式也就颇像样了，我做得略好的几种菜式就得益于当时的切磋交流。遇到下班迟了，来不及煮饭，就有老师热情呼唤："过来随便吃点，只是没有什么好菜。"被呼唤者也就不客气地添双筷子顺手解决一餐。"集体厨房"里可以见识到"闽菜""粤菜""湘菜"乃至许多叫不出名字的菜式，诸多味道在蒸腾的热气里交融、汇合，浸润着日常的生活。只是大江南北的口味差异实在大，住在25号楼4层东头的一家来自湖南，总喜欢旺锅爆辣椒。当女主人兴致勃勃大展身手时，走廊里就弥漫着呛鼻的辣椒味。一会儿，咳嗽声不约而同响起，接着各家各户赶紧关门，抵挡来自异域的诱惑。

俱往矣！如今师大仓山校区内已无从寻觅筒子楼的踪影，老邻居们也陆续迁入不同的小区，开始了更加幸福的生活。抚今追昔，我们既感念现在的幸福生活，也时常怀念老楼里那苦中有乐的日子。

（杨林香 福建师范大学马克思主义学院副院长、教授）

第 532 期 2012 年 4 月 30 日

哦，那二十四号大杂楼

汤化

现今长安山邵逸夫楼的前身，原是师大教工宿舍 24 号楼。当时它有"四胞胎"，分别排行二十之一、二、三、四，共同构成整齐对称的"田"字形，本楼就在这个"田"字的左上方。这些宿舍楼，大约和我同属"50 后"，是那个时代典型的筒子楼。灰白色的砖砌三层。每层中间，一条走廊横贯东西。走廊两边，各有十二间房，靠两头的南北各三间大些，约 18 平方米；靠中间的小些，约 10 平方米。楼梯、走廊和房间，全都是木地板，男人沉重的皮鞋和女人清脆的高跟，间杂着陈年老木的嘎吱嘎吱声，别有韵味。我毕业留校后，几经迁徙，于 80 年代的头几年，被分配入住这幢楼的二层朝南东起第三间，就是 18 平方米的那种。起初由于夫妻分居两地，我和同窗叶立俊兄合住；85 年妻子调来，便把叶兄轰走，从此独享这 18 平方米。

这幢看起来灰头土脸毫无建筑艺术美感情调的破旧筒子楼，之所以令我十分怀念，不仅是因为它让我拥有了曾与祥老（陈祥耀教授）、孙绍振、陈炳昭、李联明、郭大英、张文潜等诸多德高望重的前辈老师结为邻里的荣幸，也不仅是因为从这里令人骄傲地发祥出陈钟英、林忠民、郑一书、李建平等正副校长，更主要的是，当时那十分浓郁亲切、而如今在大都市已日渐消失的大杂院气氛。全楼上下七十二家房客，男女老少，文理体艺，前辈师长，后学晚生，拖家带口的，快乐单身的，以及诸如我等政策性"被单身"的，济济一楼，你我无须客气，彼此不必提防，亲密融洽，宛如一家。每当吃饭时间，大家各自端着饭碗，站在房门走廊，边吃边侃，新闻联播。哪位读书累了徘徊走廊，见哪家开

194

着门就信步踱入，神侃胡聊一通。谁家买了个走私收录机，立马就有一大帮发烧友相随拥入，先听为快。有一年电视剧《霍元甲》热播，李建平家有台小黑白，每逢开播时，李夫人綦正芳女士就在走廊大声招呼，"甲粉"们立马纷纷搬来小方凳，从屋里排到走廊。就这样，全本《霍》剧还捎带后来的《陈真》，竟然一集不落，过足了瘾。

这个家的每天第一景，就是一早的洗漱间。公用的洗漱（兼便溺）间在每层北侧西头，全层男女，打水洗衣，刷牙洗脸，男人解小手，女人倒尿盆，基本在这里操办，因此这里就是众房客每天的首场"会所"。人们搭着毛巾，端着盆子，提着裤子，拎着刷子，或慢条斯理，或步履匆匆，绅士全无风度，淑女略欠矜持，亲热招呼声，放肆咳嗽声，男人笑闹声，女士私语声，刷牙洗脸声，盆罐碰撞声，龙头哗哗声，便所嘶嘶声，声声此起彼伏，混合交响，好不热闹！有句名言道："什么是家？家，就是可以随便放屁的地方。"此情此景，真可谓也。

说到倒尿盆，本楼还另有一景。在本楼南边，有一块空地，权当是院子。"院子"另一边，是东西两排"违章搭盖"的简易厨房，中间空出一缺，供人通往前方二三十米处的木构茅坑式公共厕所。缺口边，一根约一米高的镀锌自来水管拔地而起，上面安了个水龙头。于是杂楼晨景第二幕出现了：两排简易厨房的各家门前，早起的人们围坐在小矮桌前呼噜呼噜地喝着热粥；中间的龙头下，则是贤惠的女士们挨个哗啦哗啦地刷着尿盆，彼此问候请安，个个心情良好。这个水龙头的伟大贡献，还不仅于此。天热了，大家天天要洗澡。女士们当然都在自家那个卧室兼书房兼客厅兼卫生间总之什么都兼的十多平方米的小作坊里偷偷施工，而男人毕竟大无畏些，穿条小裤衩，一般就在洗漱间就着洗脸台当众挥洒了。但僧多粥少，于是这个原本专司某职的水龙头，到了中午晚上，就得兼职伺候男人们洗澡了。常常是，三两个男人，肩上搭条毛巾，轮番地蹲在龙头下那堆被尿盆水滋润得青黑发亮的石头上，当着睽睽众目，认真地打肥皂，冲身子。就连当时已被称为"炳老"的陈炳昭先生，也常常躬着微驼的瘦高身躯，一边不住叫嚷着"西（斯）文扫地啊"，一边咯吱咯吱地搓洗着他那两排铮铮铁骨，呲着镶金的白牙，十分惬意地享受着冲凉的快感。

这幢楼的居民，以中文系和体育系的教师居多。文武搭配，生活不累。那些体育系的老师，仗着身强力壮，愣是不知何时从哪里弄来一条很长的石板条，还有一方字迹模糊的石碑，都架在"院子"东头的一株老芒果树下，于是这里就成了一处露天沙龙。这些老师，年长些的，许多是"文革"前旧师院或二师院的"遗老"，满肚子"前朝掌故"。每当吃饭午休间，夏夜纳凉时，芒果树荫下，习习凉风中，"前朝遗老"，晚辈后生，或端着饭碗，或捧着茶壶，操着永无达标希望的闽南口音莆田腔，海阔天空，云山雾罩，什么反右时哪位老教授有何"反党"言论啦，什么大炼钢铁时哪里垒了几座土高炉啦，什么程埔头当年搭擂台比赛积肥放卫星啦，什么文革大字报揭发哪位领导和哪位美女老师"蓬恰恰"啦，牛黄狗宝，陈谷子烂芝麻，在这些"地保"口中绘声绘色，如数家珍，古今多少事，都付笑谈中。这个沙龙偏偏就在敝舍寒窗下，声声高亢，句句入耳，有时我想备点课看点书，却都被这些奇闻轶事逗得心旌摇荡，半天老看那一行。

前面提到的李家电视，说来还是后话，本楼居民的电视生涯，还始于更早的一段"殖民"史。"文革"时，师院停办，校园被"列强"瓜分，我们这幢楼一带，当时是省体工队举重队的"租界"，直到本人入住时，那些力士还未撤走，现今科学会堂前面的那方广场，当年就是供他们练功的室内训练馆；本楼对面的 23 号楼，是他们的宿舍。那时，电视机还是个稀罕玩意，可他们有，还乐意和下民分享。我们那些体育系的芳邻们，仗着同行哥们的铁关系，把这台稀罕珍贵的 12 英寸黑白匣子弄到我们楼前公映。于是每逢周末下午，夕阳尚未西下，勤快的体育健儿们便早早地把这台宝贝供在了楼前，而比之更勤快的本楼和外楼的居民们，也更早地搬出家里所有的条凳马扎靠背椅，占好了宝座。就连神气活现的孙师绍振，也总忘不了叮嘱我为他一家三口外带他漂亮的小姨子有时还兼顾老岳父丈母娘摆凳占位子。等到夜幕降临，方匣子前面早已挤满了人，前面的坐着，后面的站着，再后面的只好高高站在凳子上，百把双眼睛巴巴地盯着那块小小的屏幕，只见它一阵白亮，又一阵雪花，再一阵行扭，终于在众人的欢呼声中，激动人心的时刻来到了！

这种"寄人篱下"的日子没多久，更激动人心的消息传来了：校方决定给各系配台电视！而且是 20 英寸的彩色电视，经系办公室研究一致公认本人最聪明而决定派我到有关部门严格培训以掌握"开电视"这一高科技专业技术，而

第四辑 岁月回眸

且更重要的是还决定把这台全系第一且唯一的大彩电安顿在敝人寒舍，由我专门负责保管操作！这不是等于白白送我一台众人垂涎的大彩电吗？天上掉下个林妹妹啊！可是不久我就发现，"林妹妹"虽好但麻烦也多。家有大彩电，从此我的房间就成了公映场，每晚都是满屋子黑压压的观众，我什么事情都得放下，专职"三陪"，完了还得打扫清场。然而圣人有云：独乐乐不如与民同乐，三陪之乐即在其中。有一回，阿果（陈果民师）带着他那上小学的儿子来看，电视中出现了台湾地区的市容画面，小朋友突然大声惊叹："哎呀，台湾怎么那么好啊？"众人忍不住一阵轻声窃笑。我想，长期被教导以"水深火热"的人们，大约和我一样，都想起安徒生那则著名的童话了。当时有一出火遍全国的话剧《于无声处》，有一次要在电视上转播，心仪已久的粉丝们早早地把我房间挤爆了，光是我那张一米宽的单人床上，就码足了八九条汉子。正当《于无声处》播到无声胜有声时，突然"啪"的一声巨响，随即腾起满堂惊叫——我那可怜的床板，断了！

哦，可怜的床板；哦，灰头土脸的筒子楼；哦，老芒果树下的石板沙龙……这一切虽早已从校园里永远消失，但总时常清晰地映现在我日渐年老而健忘的脑子里。

（汤化 福建师范大学文学院教授）

第 533 期 2012 年 5 月 15 日
校徽的记忆

叶建鸣

　　第一次见到福建师范大学校徽还是在我中学即将毕业之时。那是在 1975 年春夏之交，我们只学了"毛主席万岁"等红色口号的英语、"工业基础知识""农业基础知识"等课程就要高中毕业奔赴农村广阔天地接受贫下中农再教育。一天在街上不经意间看到一位中年男子，胸前有一块红色的小东西，注意一看，红底白字写的是"福建师大"四个行书字，这个字体似曾相识，后来在看报纸时，看到福建日报的报头上的"福建"二字与福建师大校徽上一模一样。哦！这是毛泽东的字体。再后来我听说，"福建师大"是从毛泽东不同的墨宝中找到这四个字组合而成，并非毛主席亲笔题写校名的，比如毛主席诗词"百万雄师过大江"中不是有"师""大"二字吗，也因此没有用"福建师范大学"全称做成校徽。这是我平生首次见到大学老师，当然是通过校徽判断的，从此对大学有一种渴望的冲动，为后来执意要放弃工作上大学埋下一个伏笔。

　　上山下乡两年半我被招工进了国有工厂当了工人，当时应该是很不错的了。就在那时我们国家也开始恢复高考，为了实现上大学的愿望，就要与实力雄厚的"老三届"比拼，还要与生龙活虎的应届高中毕业生同台竞争，我白天上班，晚上复习，隔周上夜班，就白天苦读。高考成绩出来，我终于有了上大学的希望，但我家三代没有超过高中文化，并已离开中学几年，报什么学校根本没底。又是一个偶然场合，我第二次见到福建师范大学的校徽，燃起我上师大的强烈愿望。一次在市区骑自行车经过台江广场公交车站时，一个充满青春活力的男青年佩戴着白底红字的"福建师大"校徽在站台等候，他高挑的个头、文雅的气质，在一群候车人队伍里犹如鹤立鸡群十分抢眼，这一幕让我刻骨铭心，也使我的今生的三十多年能够与福建师大同发展共进步。

在志愿表上我把能报的师大理科专业都填满了，然后是一段漫长的等待与幻想交织的日子。终于有一天，我收到了师大寄来的录取通知书，心中喜悦之情难以言表。此时又面临现在来说是不存在的两难选择：是放弃十分难得得到的工作和工资去读书，还是留在工厂发展。因为此时我已调离生产车间到厂部科室工作，厂领导知道我被录取后，也一再说服我留下并描绘了我个人发展的光明前景。没有参谋、无处咨询，只能在心里权衡。在激烈的思想斗争中，之前戴校徽的男学生形象在脑海里挥之不去，坚定了我放弃工作上大学的信念。后来几年我在寒暑假都到厂里看望师傅和领导。再后来，这个曾经辉煌的工厂也倒闭了。现在回想起来，是福建师大校徽改变了我的人生轨迹。

入学后我领到了属于自己的校徽，我对着镜子把它别在胸前，一种自豪感油然而生，走到哪里都会见到过去我曾经有过的那种羡慕目光的投来。由于是市区学生，我必须走读，每天需要经过福州解放大桥到师大，当时福州市区闽江上仅有两座桥，时常会被堵得满桥都是自行车与行人，为了上课不迟到，在这个时候，没有办法，我只好使劲按着车铃，引起前方人们回头，他们看到我胸前校徽，只要有一点腾挪的空间，都会礼让我先过。这是我有了校徽后的第一个功用——人们为你让路，这是社会尊重知识、尊重知识分子的体现。

毕业后我留在师大校部从事行政工作，我的校徽从白底红字换成了红底白字，同时我从以前的"走读"变成了"走班"，从骑车改为乘20路公交车。每天坐车我戴着校徽，很注意自己作为大学老师的形象，有座位就坐，见到老人、妇孺马上起身让座，当然也有师大学生给我让座。后来社会流传说扒手不偷老师钱财，是因为尊重老师，还是在那些人身上弄不到几个钱就不知道了。但我切身体会是，几年下来我在历来拥挤的公交车上确实没有被扒窃过。我想这应该是校徽的另一个功用。

20世纪80年代中期，我搬进师大教工宿舍，师大校徽也改了，据说是恢复高考后首任校长、时任校党委书记范公荣题写的"福建师范大学"字体，内容由四个字变为六个字，外观也从宽短变得扁长些。由于我在学校办公室工作，记得当时换领校徽时我领到的是"0013"号，这时除了学校通知要戴校徽，我在校内上下班就逐渐少戴校徽了，不过外出时戴上它，我又发现它还有一个功用。一次我陪同校部一位部门领导出差上海，住进华东师范大学招待所，晚上这位领导探亲访友去了。那时招待所没有电视机，我一个人就在华师大校园里走走，时近年关，十分寒冷，不能多待。当时走着走着，看到前面一座楼灯火通明，人挺多的，原来是图书馆，我戴着校徽跟着人流往里走，把门的看一下，就没有看出红校徽的前两个字不一样，这样我在图书馆看看杂志、翻翻书度过了一个寂寥的寒夜。还有几次在非探视时间去福建医科大学的附属医院探视病人，我或与同事一起戴着校徽，也很顺利挤开门口等候的人群，值班人员以为我们是"福建医科大学"教师来工作或带实习生来，在拥挤的场合，他们没有注意到红校徽的中间两个字不一样。

20世纪90年代初，学校辗转联系到全国政协副主席、佛教学家、著名书法家赵朴初先生为师大题写校名，随之校徽也改用赵先生的字体一直沿用至今。当时我还在学校行政办公室工作，这次换领到的是"0028"号，至今仍在手边，不过别针坏了已自己换过，不小心别上去容易挂斜了。前年学校迎接省文明学校复评，我又买了一面新校徽，比原来宽了、也长了一点点，也没有编号了。时光荏苒，从我进入师大三十多年已经过去了，以前的旧校徽不是毕业时交回或换领时学校收回，现在我已将近退休年龄，看来只有这枚旧校徽可以作为永久的纪念。

每当看到福建师大校徽，就会引发我许多的感慨与回忆。

（叶建鸣 曾任福建师范大学教育学院党委书记）

第 615 期 2016 年 11 月 17 日

回忆大学那四年

陈豹义

四年参加四次迎新、合并联欢会

1951 年 9 月，我考入福建师范学院（乌山）教育系本科，在开学典礼大会上，院长胡允恭教授致欢迎词："欢迎 1951 年秋季入学的新同学来校学习，四年后你们将成为国家建设人才。"当时我想到出生在世世代代的农民之家，从 6 岁开始放牛的我果真成为全乡第一个新中国的大学生，感到很自豪，也深感任重而道远。

1951 年 9 月 10 日上级决定将福州大学（仓山）教育系并入福建师院教育系，于是我们教育系在 11 月举行了合并联欢会，欢迎来自原美国教会 1908 年创办的福建华南女子文理学院和 1916 年创办的福建协和大学于 1951 年 4 月经中央政务院批准接办合并定名为福州大学的教育系的师生们，实际上是原三校教育系大合并，从师资队伍、学生人数上激增成为全校第一大系。

1952 年 8 月，上级决定将福建师范学院（乌山）并入福州大学（仓山），开学典礼和两校合并联欢会推迟到 10 月 11 日，在华南女子文理学院的大草坪上举行，福大校长陆维特致欢迎词，热烈欢迎福建师范学院全体师生员工并入福州大学。联欢会气氛热烈，会上有音乐专业的老师片冰心的女高音、王政声的钢琴、徐志德的小提琴等精彩节目表演。开学后还安排新生参观校园活动。校园很分散，分布在仓前山各地：我们教育系和艺术系在岭后路原陶淑女中旧址，理、化系在原华南女子文理学院，数学系在对湖路潭月山馆（不久迁入楼后街原华南女中旧址），外语系在麦园路桃花山原寻珍女中旧址，生物系在进步

201

路原省研究院动植物研究院原址，文、史、地三系在麦园路原福建神学院旧址，体卫系在公园路，其田径场是以前外国人的跑马场，校部在原洋墓亭不久迁入对湖路新建的楼房。附属工农速成中学在仓山池后弄原英华中学初中部，附中在仓山望北台原英华中学高中部，附小在岭下里，校卫生室在对湖意园，以上各校区的大门都挂上福州大学某某单位的校牌。其办学规模可称全省第一大校，说明在建国初期为了加快发展教育，充分利用地方一切可以利用的校舍为培养人才做贡献。

1953 年 9 月 5 日，奉教育部令福州大学改名为福建师范学院。

1954 年 8 月，上级决定将厦门大学教育系并入福建师范学院教育系，我们教育系又举行了两校教育系合并联欢会，至此，我们教育系成为全省高校仅有的教育系。

我们教育系 1951 级分别从原福建师范学院（乌山）、福州大学（华南女子文理学院与福建协和大学合并）、厦门大学入学，经院系调整汇集成一个班共 55 人，至 1955 年 7 月毕业，见证了我省高校在建国初期教育改革发展的特殊历史进程。当时院长刘明凡、教育系主任金澍荣教授和老师及全班同学的毕业合影，被收入百年校庆丛书《历史回眸》福建师范大学老照片第 192 页。

我们教育系 1955 届毕业证书也与 3 个"1955"的巧合，也具有历史意义：1955 年 2 月 24 日经中共中央组织部批示同意，刘明凡任福建师范学院院长；福建师范学院的铜印是 1955 年 5 月 21 日由中央教育部颁发的；1955 年 7 月颁发的毕业证书还送到北京，由教育部加盖的"中华人民共和国教育部"大红印。

当领到这张还印上"为人民服务"红字的毕业证书，使我感到要报效祖国的培养、老师的教导、父母家人的养育之恩，一定要全心全意为人民服务，毕业志愿就是服从祖国分配。

教育系四年四次大搬迁

1951 年 9 月，我们福建师范学院（乌山）教育系新生住在福州市乌山风景区南麓、乌山路西。福建师院校本部也就是 1907 年创办的福建优级师范学堂原址，依山土木建筑，空气新鲜，是读书的好地方。建国初期还来不及扩建校舍，教室里除讲台外，没有课桌，只有排得满满的单座靠背扶手椅，右扶手是块木板供放课本或记笔记用。我住的宿舍是木板房，夏天还通风，冬天就得用报纸把木板墙贴密，防冷风吹进。校车是一辆人力三轮车，供1923年入党的院长胡允恭到省里开会代步之用。还有两轮木板货车是供食堂采购用的，如买大米每次还要10位大学生义务协助从台江苍霞米仓运米回学院伙房。那时，我一年级享受丙等人民助学金是每月65斤大米，全校规定每人每月留30斤米作为一个月的菜金，35斤米领回自己掌握炖饭用，可见学校设备及学生生活条件比较困难，但困难难不倒新中国刚成立两年的人民大学生，条件困难还能锻炼人吃苦耐劳、勤俭节约精神，我入学第一学期体重还增加了5斤。

1952年2月，学校为了培养急需的中学师资，扩招单科半年制短训班和一年半制专修科。我们教育系迁出校本部，入住白水井地区，在乌山北麓道山路原福建省大专先修班原址。女同学住山上小平屋，男同学住山下教室改的集体宿舍。经常上午一二节或三四节课要到校本部上公共课。于是同学们就得利用课间操时间，从乌山北绕道到乌山南去上公共课，至今还留下边走边谈心的美好记忆。

1952年8月，福建师院（乌山）并入福州大学（仓山）大搬迁，我们教育系从乌山校区迁入仓前山的"教育、艺术地区"，在仓山岭后路原陶淑女中校址，校园内樟树、蒲葵、夹竹桃等绿荫更衬托出白色西洋建筑楼房的雄伟，教育系和艺术系（图画制图和音乐专业）同住一地区。由于专业性质不同，晚自修时，我们要安静看书，而外面却飘来琴笛伴歌。这美妙的干扰声，就要求我们要自己培养集中注意力的能力，入住新地区适应新环境，也是培养音乐爱好的机会，当时还邀请音乐专业郭祖荣同学（现国家一级作曲家）教我们指挥唱歌，这也是和艺术专业同住一年的收获。

1953年8月，学校又安排教育系迁往"教育、俄语地区"在麦园路原寻珍女中校址，站在校园内的桃花山上，可以鸟瞰曾住多国驻华领事馆美丽的仓前山。红色的西洋建筑楼房，教室光线明亮，有宽阔的大走廊，特别地板是光滑的大红砖，正好我们教育系和俄罗斯语言学系同住一地区，同学们在周末晚上向苏联俄语专家波波夫和波波娃学习跳国际舞，也是课间练习跳舞的好地方。现在每当在跳交际舞时就会回忆起当年在教俄地区跳国际舞时的美好时光。

学校认为桃花山地区最适应扩建为附中的校园，于是在1954年8月我们就与附中对换校舍，入住仓山望北台原英华高中部校舍。三座红砖楼作为教学和宿舍楼，该楼群屹立在山顶上，视野开阔，南面可天天看见正在兴建的长安山新校园，北临闽江，在宿舍中可以看到闽江上帆船点点及听到过往的轮船呜呜的汽笛声。宿舍是8人间，夏季通风良好，没蚊子不要挂蚊帐，我们校舍的北大门是部队的高射炮阵地，部队每周六晚上在操场上放映电影也都邀请我们去观看。我们教育系、俄语系和政治教育训练班虽然不同专业同住一地区，但大家和睦相处，这里是我们学习生活的好地方。我也体验到在学四年校舍四搬迁，办学和生活条件逐步改善，尤其是那午晚餐八人一桌四菜一汤的好时光。最使我终生难忘的是1955年6月由时任校党委委员、政教班主任的陈天绥同志主持的党支部大会吸收了我入党，7月我又大学毕业留校工作，走上了人生新历程。

院系调整名师荟萃

我进入高校学习期间，适逢全国高校进行院系调整，我们教育系迎来了省内外高校和科研单位的许多教学科研骨干担任专业课教师：如系主任金澍荣教授是留美博士，曾任北师大教授、系主任，福建省研究院新教育研究所所长；专业课教师枟仁梅教授是留美博士，曾任协和大学教务长；陈淑圭教授是留美博士、曾任福建华南女子文理学院教育系主任，学院政务委员会主席；徐君藩教授曾任福建省立师专、师院教育系主任。还有王纯懿、冯邦彦、黄辉邦、汤铭新、高时良、潘懋鼎、陈启肃、何祜先、吴自强等17位正副教授。当时教育系的教师人数和正副教授及有博、硕士学位的均在全校各系前列，而且全系平均10个学生就有一位老师。

全校各系的师资力量都很雄厚，担任我们教育系51级公共课教师也很强，如中文系派出黄寿祺、黄曾樾、包树棠等教授，还有郑庭椿副教授共同讲授《大一国文》课；历史系派出刘蕙孙、朱维干、张传新、谢耀中等教授讲授《中国通史》《世界史》《社会发展史》；《人体解剖生理学》由生物系吴坤平教授讲授；《英语》由外语系王藏修副教授讲授；《政治经济学》由政治课戴光华讲师、《辩证唯物主义和历史唯物主义》由研究生刚毕业的林仑山讲授，以上说明我们很荣幸得到许多名师的教育，使我们受益匪浅。

恩师情永不忘

我们是福建师院（乌山）教育系 51 级学生，这年生源较特殊，有应届高中毕业生高考入学的；还有教育部通知 51 年高三上学生可以同等学力参加高考入学的。特别是小学教师保送入学的调干生占全班人数三分之二，所以学生年龄差距很大，有小于 20 岁也有超过 30 岁的，还有已婚为人父的。

当时大学的教科书很少，除《教育学》和《心理学》是从苏联翻译的课本之外，其他大多数课程是使用任课教师编写的讲义。由于生源多样化、年龄、经历差别大，刚入学大家在学习上还不大适应。为此，校系很重视，除派得力教师讲课指导外，各班还建立了学习互助小组。我所在的小组是由担任过小学多年校长的吴文侃任组长，他善于组织同学交流学习方法，有时是先上课后发讲义，我们就课后互相对笔记，自修时互相帮助解决难题，使同学们很快适应大学学习生活状态。此后，由于并校并系工作做得很好，从不同校到同班同学，大家和睦相处，互相学习，共同进步，所以全班同学都按时毕业了。并根据国家需要，服从统一分配，到省内外大中专院校工作，他们中有的当上大学教授、博导、中学高级教师、中学校长和党政干部等等，现均已离退休，但他们都很怀念母校，感激恩师多年的教导。我们已毕业 57 年了，当年任专业课老师现还健在的只有 101 岁的高时良教授，也是我们当年的班主任。

我班孙培青同学在华师大任教育系主任、教授、博导，前几年回校讲学，他还特地到阳光新村探望高时良教授。高老师曾说："培青同学是从厦门大学教育系并过来的，从我们学校毕业后，一直在华师大从事教学科研工作，他出的书《中国教育史》作为高校教材，我已看过，我与他成为同行，还时有联系。"还有在江西师大的周汉章、华侨大学的欧秀云、漳州师院的陈剑辉等也曾回校看望高老师，很多在外地工作的同学每年春节也互通电话向健在的高老师拜年问好。

吴文侃同学留校任教，后升任教授，并出版了《比较教育》专著，被推荐为高校教材。当他晚年病重期间，我常到他家探访时，他感慨地说："我们健在的高时良老师是我最难忘的恩师，在我最困难的时候就是 1957 年被错划为'右派'安排到资料室工作时，得到资料室主任高老师的鼓励指导，增强了我的信心，高老师说：'资料室工作很重要，既为师生服务，

长安星雨蕴芳华 >>>

也可为自己学术研究积累资料，你有英、俄两国外语基础，要多看外国有关资料，关注学术动态。这也促使我研究比较教育的方向，我感谢恩师的教导，才有我今天的成就。"

（本文经校教育学院退休教师黄韵卿补充修改，在此表示感谢。）

（陈豹义 曾任福建师范大学统战部部长）

第 618 期 2016 年 12 月 30 日

十年攀登蓦然回首：离天三尺三

李建平

从 2006 年我们成立全国经济综合竞争力研究中心福建师范大学中心到现在，已经过去了整整十个春秋。

"忽如一夜春风来，千树万树梨花开。"这是对自然界的一种充满诗意的描绘，人世间则要复杂得多。我们中心本来是一片荒山秃岭，但是经过 3650 个日日夜夜的栽培浇灌，终于迎来了今天的满园春色！

十年来，我们中心已连续发布了三十多种研究报告，总字数达几千万字；已出版十部《中国省域经济综合竞争力发展报告》系列蓝皮书、五部《中国省域环境竞争力发展报告》绿皮书、四部《二十国集团（G20）国家创新竞争力发展报告》黄皮书等，每次在中国社会科学院学术报告厅举行新成果发布，都引起了海内外媒体的广泛关注。

为了增强我国哲学社会科学在国际上的影响力，打造"学术中的中国""理论中的中国"，我们中心做了许多艰苦的努力。2013 年 11 月 7 日，我校和联合国环境署在瑞士日内瓦共同主办《全球环境竞争力报告（2013）》成果介绍会，我们的研究成果引起了与会专家很大的反响，认为这是由发展中国家发起的全球首份环境竞争力评价报告，打破了西方国家对环境评价活动话语权的长期垄断。2014 年 3 月 31 日，我校携手联合国大学在纽约联合国总部成功主办《利用创新：培育国家竞争力以推动全球发展》的国际研讨会，并发布了由我们撰著的首部英文版《世界创新竞争力发展报告（2001－2012）》。中国常驻联合国代表团公使衔参赞谢小武表示，这是中国智库首次在联合国总部主导研究议题的一次重要学术会议，为推进我国哲学社会科学"走出去"做出了积极的贡献。《人民日报》曾以"在国际上发出中国声音"为题作了重点报道。

我们中心的研究成果引起了中组部、外交部、科技部、环保部等国家部委的重视，应邀参与2016年9月在杭州由我国政府主办的第十一次二十国领导人峰会的相关成果文件的起草工作。我们也积极服务地方经济与社会发展，深入开展福建人才研究、自贸区研究、"一带一路"研究等，并推出《中国（福建）自由贸易实验区发展报告（2015–2016）》蓝皮书等四部著作，每年平均有十多项咨询报告被省委、省政府和有关领导部门采纳。

十年来，我们付出了那么多艰辛，流了那么多汗水，但也收获了接踵而来的掌声和鲜花。一次又一次的省部级奖励，一项又一项的巨大荣誉，特别是2014年9月研究团队被评为"全国教育系统先进集体"，中心常务副主任黄茂兴教授被评为新一批国家"万人计划"哲学社会科学领军人才，中宣部全国文化名家暨"四个一批"人才等，丑小鸭渐渐变成了白天鹅。

人们有理由感到惊奇：没有顶尖名校的金字招牌，没有得天独厚的学术资源，没有名家云集的学者队伍，为什么能在科研创新、走出国门、队伍建设和持续发展方面取得如此骄人的成绩？

2014年6月9日《光明日报》在头版头条的长篇报道及其评论文章中初步揭开了其中的秘密，那就是：首先要有大志向。敢想方能敢干，有梦才可有为。宏大的志向是走向成功的第一步，也是持之以恒的动力源泉。其次要有大眼光。学术视野是否开阔，科研眼光是否精准，直接影响着学术研究的水平。而这种"大眼光"来自对国家发展现实需要的关切，来自对国际学术发展趋势的把握。再次要搭建大平台。学校的坚定支持与有力托举，与国务院发展研究中心《管理世界》杂志社、中国社会科学院社科文献出版社等国字号单位的协同创新，为团队研究拓展了新天地，使其潜力得以充分释放。最后是小团队要聚合大能量。独木难成林，力量有限的个体，更需要勠力同心，团结奋战。一个团队，有了坚定睿智的领军者，结构合理的人才梯队，互相支撑的协作风气，便能不断攻坚克难，走向成功。

我认为还有两点需要强调：一是中心行之有效的运作机制。这种机制对外坚持开放，能不断吸取能量，强身健体，又能排除各种干扰；对内则能简化环节，减少摩擦，令行禁止，有很高的办事效率。二是团队上下难能可贵的奉献精神。他们视中心为锻炼成才的熔炉，也当作一个温暖的家，在这里他们找到了人生的价值，累并快乐着！

随着 2017 年的到来，我们中心将告别过去的十年，进入一个新的发展阶段。新阶段要有新目标、新作为，那就是加快建设中国特色新型智库。习近平总书记指出："要建设一批国家亟需、特色鲜明、制度创新、引领发展的高端智库。""智库建设要把重点放在提高研究质量、推动内容创新上……引导和推动智库建设健康发展、更好发挥作用。"这是以习近平同志为核心的党中央发出的伟大号召，是时代发展的迫切需要。

2016 年 12 月 17 日在南京大学召开的中国智库治理论坛传来了佳音：我们中心入选首批"中国智库索引"来源智库名单，此次福建省高校入选的仅厦门大学和我校的相关机构。在入选的 255 家高校智库中，我们中心的综合得分位居前列，黄茂兴教授还应邀担任高校智库分论坛的主持人。

十年攀登蓦然回首：离天三尺三。对于一所地方高校来说，我们中心能达到今天这个地步，也算是创造了一个奇迹！但是，我们不能陶醉在已取得的成就上。常言道天外有天，放眼国内外著名智库，我们的差距还是很大的。我们要吹响新的集结号，在未来的征途中，"执着坚守，耐得住寂寞，经得起诱惑，守得住底线，立志做大学问，做真学问。"（习近平语）当然，我们在发展过程中还存在不少困难和有待改进的问题，但是我们朝着建设有中国特色新型智库的目标大踏步前进却是坚定不移的。

又记：2017 新年前夕从北京传来大好消息，我们中心被批准建立教育部科技委战略研究基地，目标是开展高水平战略研究，引领和支撑一流学科建设和人才培养，建设一流的新型科教智库。这既为我们中心十年攀登画上一个十分圆满的句号，同时又是一个催人奋进的冒号。海阔凭鱼跃，天高任鸟飞，竞争力中心的同志们，加油！

（李建平 福建师范大学原校长、全国中国特色社会主义政治经济学研究中心主任）

第 621 期 2017 年 3 月 16 日
伤心最是近高楼——读陈宝琛书法

徐东树

"陈宝琛本来是我唯一的灵魂。""他是我唯一的智囊。事无巨细，咸待一言决焉。"通本《我的前半生》中，这是我能找到的最动情的话，大概也是末代皇帝一辈子中最动情的话了吧——这种完全西方的表达方式，应该也是中国皇帝中唯一一个用在自己老师身上的——后来又来了个庄士敦，他又多了一个灵魂。

当爱新觉罗·溥仪拜陈宝琛（1848—1935，字伯潜）为太子太傅的时候，陈已是状貌恂恂的老文士，怎么能想到，六十年前"此老固踔厉风发，朝中目为清流党魁也"（黄濬语）。二十弱冠的陈宝琛比起后来叛经悖道的少年天子，激烈程度有过之而无不及，只是，几经沉浮之后，他成了"最称稳健谨慎的一个"，是溥仪身边最稳重、最有见识、最忠实于他的人。

陈宝琛的诗文书法为世所重，诗是"同光体"中坚，书法有"伯潜体"之称。没看到他的楷体之前，我无法想象欧阳询与柳公权可以糅合得完全不着痕迹，他把欧书的精谨紧张与柳字的强筋健骨写得直入其中三昧。福建师大藏有这位创办先辈的几幅书法作品，看看其中的一联行书，与一轴贺寿楷书立轴，大体可以窥见其体势。他的书法如其做人，法规精严，一以贯之，理性而稳定，不禁要揣测他应该没有自创一体的强烈冲动。他的体式是在非常深入的经典传承中，顺着性情自然生成的风格。其风格异于同期的闽人郑孝胥，郑追随晚清民国以来碑学大兴、刻意求奇的时流，从而自我出新别立一格；陈也不同于乡贤林则徐圆润流畅的帖学风范。陈氏书法是比较罕见的路线，主要从唐碑中来，刻意精严，一丝不苟。初接触他的书法，感觉有一种绝不亲切的生拙之气，时间长了，才渐渐尝出有如福州橄榄的绵长后味。

本来"撇"是汉字中最易于取态的笔画，可以万千风情波澜随生，但在陈宝琛笔下，只有一种方式，都如剑枪般挺括，不肯示一点柔媚。《菊三仁兄年大人六十寿》是给同年贺寿的，虽用了红纸，写得也是颂词，书体的华美绚丽在他笔下却依然清冷地令人无法释怀。楷书中的每个撇都同如一柄出鞘的剑，峭然而有冷光。行书联"梦逐东风泛苹芷，诗来清吹拂衣巾"，每一易生姿态的撇都是最刚直的挺出来。其仅有的圆润处，只在用笔上的回锋之需要。这种笔笔缓慢刻出的写法使他绝去甜俗，而过于冷涩，好在其有清澈丰沛的文气作底，为其抹上隐隐的华美气象，而不至于显得过于寒俭。在当世，以其声望之隆而能为世所重，只是历史翻过去之后，恐怕很少有人能够再体会其字缝中那种孤涩低回的深心，更不要说不少只看皮相"形式"的书法史家能够关注一笔了。

他的书法肯定不是讨人喜欢的样子，读之越久越是觉得字如其人，笔笔都风骨棱棱，不显一丝柔和与松弛。一清到底的书生，却似乎命定与一个没落王朝同沉沦，如何能够不紧张、森严而持重。他早年得志激扬文字，中年赋闲造福乡邦，晚年哀婉维撑残局，似乎都与他的性情有关。一个有满腹才华的世家子弟，因敢于抗命直谏而受重用，为已经衰颓腐烂的晚清政局注入了一丝清新的活力，21岁中进士，37岁就做到内阁学士兼礼部侍郎。然其过于清澈骨髓的性情、一柄剃除腐肉的快刀，又注定了最终绝难见容于朝廷。很快就被慈禧找个中法战争"荐人失察"的理由连降五级，以至于壮岁闲居25载。辛亥前夕才又重新起用，成为末帝最为倚重的内阁重臣，以一垂老之身支撑破局至死。一个早年倍受恩荣的清澈生命，一辈子就这样无法走出家国破灭的心局，这大概也是其书法中呈现的那种无可索解的生涩感的精神来源。溥仪前半生自传里，他眼中唯一不谋私利的近臣也就这么一位陈宝琛。他从没有干过罗振玉类的勾当，比如买通政治对手家奴，窃取皇赐文物，用以在溥仪面前诋毁对方。

读陈宝琛的过程，其遇与不遇，经常不自觉地要想起性格与命运的"宏大"问题。他一生清骨嶙峋、桀骜不驯，虽与张之洞并称为清流党，却注定无法像张那样左右逢源。唯幸壮岁贬官闲居，在远离政治中心的福建，能在纷乱的时局中为福建现代教育与经济发展奠定一些无法估量的基础，这端赖于有着坚定

211

的意志与不移的心性气骨做支撑。(至此,我能写这藏书系列的小文也都蒙他的后泽,遥致深谢。)

"委蜕大难求净土,伤心最是近高楼。"王国维自沉于昆明湖之前曾题写这两句诗,以致很多人误以为这诗是王国维所做,其实此句出自陈宝琛的《后落花诗(其四)》中。它是才情横溢而困顿不堪的王国维的写照,又何尝不是陈宝琛自己一生最贴切的写照——在这帝国已倾一片焦灼的废墟上,被末代皇帝曾当作唯一的灵魂的文士,最接近危楼核心的清流孤臣,他的认知和他的感情相互厮杀彼此消长,越是清透越是伤心,天与人归,势属必然,他的政治抱负、爱国炽诚乃至育人为师的心血通通遭到难以复加的失败,大清帝国最后一点的帝王气脉在他面前不可挽留的消灭殆尽,个中伤心,大概古今几有同者吧。

(徐东树 福建师范大学美术学院教授)

第 624 期 2017 年 4 月 27 日

留历史之证，传文化之魂

袁勇麟

我对福建协和大学的最初印象源于俞元桂教授的《怀魁岐母校》一诗，俞先生毕业并执教于福建协和大学中文系，作为俞先生的再传弟子，每每倾听他饱含深情地讲起协大往事，我总对那"济济良师辉讲席，莘莘学子拥书城"的校园盛景心生向往又充满敬畏。2009 年 1 月，我到福建师范大学协和学院工作，直至 2016 年底离开。这是一所创办于 2003 年的独立学院，以"协和"之名，既是对福建师范大学前身校之一的福建协和大学辉煌办学成就和优良办学传统的赞叹与敬仰、纪念与传承，更是创办者对办好这所新型高等院校的执着与勇气、信心与决心的一种宣誓。八年期间，机缘巧合使我对协大历史有了更深入的接触和了解，并逐渐产生了浓厚的兴趣。由于协和学院办学时间短、文化积淀较少，难以形成独特的文化个性，在大学文化建设方面可谓先天不足，"文化寻根"于是成了办学的一种内在诉求。2010 年，我和一批志同道合的师生成立了"协和文化寻根"课题组，期望通过对协大办学历史的回顾，对协和大学文化的追寻，挖掘出协大留给现今教育者宝贵的精神遗产。课题组开展了一系列活动，从翻阅民国旧报刊到拜访协大老校友，我都亲自参与，至今回忆起来仍历历在目。

2012 年 1 月 1 日，拜会福建协和大学校友会副理事长、知名农学专家翁迈东教授，就协和大学文化保护与传承进行了深入交流，此后在他的引荐下我们得以拜访众多协大老校友。

2012 年 3 月 18 日，前往厦门大学拜会唐崇惕院士。她告诉我们："协和文化寻根，这是一项很有意义的工作，福建协和大学出了很多杰出人才，他们身上有很多值得我们学习的精神和品质，这些都应该成为学院师生的榜样和精神财富。"除了赠送《唐仲璋纪念文集》《唐崇惕文集》等一批珍贵资料外，唐院士并题赠"协和精神薪火相传，乐育英才继往开来"，希望协和学院能传承福建协和大学优秀的校风、教风、学风，努力提升办学质量，培养优秀人才。2012年11月18日，在福州拜访前来参加福建师范大学校庆的唐崇惕院士，向她赠送了包括唐仲璋院士在协大不同学期的成绩单、唐院士本人报名单等在内的珍贵历史资料复制件，唐崇惕院士仔细辨认着她的协大入学报名单，满怀欣喜地说："还有我19岁时候的照片，自己现在都没有了。这些资料太宝贵了，对于我来说都是无价宝！"

2012年5月26日，拜访素有"船政老人"之称的陈道章先生。他讲述了在协大求学的经历，介绍了他在推动协大文物保护和协大文化传承方面所做的工作，并捐赠了一批他收集整理的有关协大的珍贵资料，其中包括他在协大就读时的教科书、1948年毕业时的毕业纪念册、毕业生名录、学生手册等。

2012年11月24日，参加福建协和大学校友会"协和人2012金秋之聚"。"协和大学闽江东，世界思潮此汇通……萃文化作明星，明星照四方……协和协和，大德是钦！"全场齐唱悠远的协大校歌拉开了聚会的序幕。翁迈东副理事长深情宣布："理事会决定将'协大人金秋之聚'改为'协和人金秋之聚'，这代表协大校友与协和学院校友从此成为一家人！"

2013年3月25日，拜访素有"茶学界泰斗"之称的著名茶学专家张天福先生。老人精神矍铄，时年104岁高龄，但依然深情地回忆起了在协大求学和任教的岁月，表示这些经历对他一生都有着重要影响，并欣然题词"百年协和"，对协和学院的办学寄予厚望。

2013年5月12日，拜访时年99岁的福建医科大学陈国熙教授，同他一起共叙协大往事，陈教授激动而深情地说："只有能主动探索的人，才能做到敢于怀疑、敢于否定，才有创造性。这是福建协和大学校歌里面，留给我最重要的启发。教育的目的不是让你因为考试去学习，而是鼓励你为自己学习，主动学习。"

2013年12月，在协和学院创办十周年之际，我与林美貌、黄秋玲等同事一起完成了《百年协和》一书的编撰出版工作，其中甘苦，冷暖自知。应该说，这本图文集是我对协和感情的一种表达，更是对老协大历史的学习与敬仰。没想到此书出版后，获得协大老校友的诸多肯定。在 2014 年 12 月 11 日出刊的协大校友会《校友信息》第 42 期上，登载不少鼓励之词。唐崇惕院士在 2013 年 12 月 11 日给我发来短信："谢谢你寄来两本《百年协和》，内容非常丰富多彩！给校友许多想念！谢谢你对协和大学如此深厚感情！"她在 2013 年 12 月 20 日打给翁迈东教授的电话中又称赞："《百年协和》，图文并茂。"厦门大学林宇光教授在 2014 年 1 月 8 日写给翁迈东教授的信中说："《百年协和》一书（协和学院袁勇麟主编），十分全面，读后我感到是协大创史以来最齐全的一本著作，证明编者收集资料的苦心。"北京校友罗慰慈先生在 2014 年 4 月 29 日的信中说："读了袁勇麟先生主编的这一部珍贵的大著，感想很多……袁院长在《下篇》中介绍了协和学院的现在'灵境育英才'的景象，让我们预见到若干年后该学院也一定会跟我们可爱的祖国一样，茁壮强盛，培养出更多的唐崇惕院士、江静波教授、丁汉波教授、严叔夏教授、赵修复教授，并且让创新吐艳的花朵开满榕城和全国。"郑作新院士的夫人陈嘉坚女士在 2014 年 5 月 17 日打给翁迈东教授的电话中谈道："寄来的《百年协和》一书收到了，有那么丰富的协大历史材料，也有今天协和学院的办学成绩，照相也很多，勾起了许多美好的回忆。"另外，此书在社会上也引起较大反响，一位福州籍金融界的朋友告诉我："彻夜阅读《百年协和》，为先前不知福建协和大学而惭愧，为福州曾经拥有过这么一所响彻东南的协大而倍感骄傲！谨向所有协大人深深致敬！"所有这些肯定和鼓励，都让我心怀感恩。此后每年，我都要给协和学院新入职教职员工和大一新生讲《协和的前世今生》，介绍"百年协和"的来龙去脉。

2015 年 8 月 1 日，在福州长乐冰心文学馆参加"《冰心生平与创作展览脚本》专家论证会"时，我与冰心女儿吴青教授聊到燕京大学（冰心的母校）等教会大学，她给了我一篇文章《1952 年集体消失的中国教会大学悲惨结局》的复印件，此文提到了燕京大学、之江大学、圣约翰大学、东吴大学、辅仁大学、金陵大学等十几所教会大学，偏偏漏了当时名震东南的福建协和大学，不免让人唏嘘不已。正如本书主编翁迈东教授在编后语提到，福建协和大学办学三十五年培养毕业生一千三百余名，"培养出来的人才成为文教、科技、医学、基督教会、政府机关各部门的中坚力量，多数人成为知名的学者、科学家、教授、

长安星雨蕴芳华 >>>

其中国内外院士十四名，可列举的相当于院士级的人才数十名。诸多精英人才分布于国内各地和台湾地区，以及东南亚和北美。"如此办学功勋理应被历史铭记，却令人痛心地渐被遗忘。我愈发深刻地感到，随着时光的推移及种种客观因素，如果我们这一代人再不收集、保存相关史料，协大就有可能消失在历史烟尘中。协大文献资源的收集、发掘、整理、抢救迫在眉睫，刻不容缓。

所幸虽然协大日渐淡出人们的视野，但协大校友的热忱却丝毫不减，反而随着岁月的推移愈加浓烈。协大校友会早在2010年就酝酿成立协大校史编辑委员会，着手启动《福建协和大学史料汇编》的编纂出版工作。他们多已年过花甲，甚至已是耄耋之年，但仍以整理协大文献为己任，令人敬佩。2013年12月28日，我参加协大校友会聚会时，除了带去50本《百年协和》分发外，特别提议熟知协大历史的"协和文化寻根"课题组黄秋玲老师参与编撰事务，希望为抢救、整理协大史料尽一点绵薄之力。

而今翁迈东教授主编的《福建协和大学史料汇编》由福建人民出版社出版，令人感奋。此书分为协大简史、协大历史年表、协大文档择录、《协大校友》文章集锦等四大篇章，是一部旨在抢救协大历史文化的史料汇编，也是全面研究协大文化资源的珍贵文献。书中将涉及协大创立以来的史实条目一一辑录出来，更具参考、保存价值。简史部分为美国学者、曾任福建协和大学教务长的徐光荣教授参照美国保存的档案和个人经历编写，材料原始可贵。而其余部分编者黄秋玲几乎翻遍福建省档案馆和福建师大图书馆民国阅览厅及档案室保存的全部协和大学档案材料，与翁迈东教授一起从中选编了历史轨迹和文档择录，简繁结合，力求体现当年协大的面貌和特点。"《协大校友》文章集锦"是难得的史料，文章作者皆是协大办学三十五年间不同时期的校友，有的年逾耄龄，有的岁过古稀，他们用在母校的见闻和事例展示了各个时期的时代风貌和协大的历史变迁。文章朴实无华，不务空谈，字里行间洋溢着对协大的真挚情感。这些文章既是协大历史的见证，又是协大文化的沉淀，可说兼具历史性与文学性。

编修史志，是为历史留证，为文化存据，不仅以飨今人，更为后人之鉴。《福建协和大学史料汇编》不仅仅是对历经沧桑、成果辉煌的协大校史的勾陈，更是对现今师大人传承与创新的激励与鞭策。

（袁勇麟 福建师范大学社会科学处处长、教授）

第 634 期 2017 年 12 月 20 日

长安山见证我的成长与成熟

林华东

一所 110 年的老校，一座充满相思的圣山，孕育了一代代福建师范大学的莘莘学子，演绎了一出出圆梦中华民族崛起的大戏。长安山与福建师大，犹如铁观音与安溪、鼓浪屿与厦门，是那样密不可分血脉相连。从福建师大走出来的学人，无不感恩长安山的一草一木，眷恋这里的誉满八方。

1977 年 3 月，我有幸步入这所神圣的殿堂，融入这迷人的长安山，成为新中国最后一届工农兵学员。记得我是乘坐火车到的福州，上一届学兄们早在车站门口热情地等着我们（忘记了后来是谁，我也为下一届同学接过站，一届接一届，已成为传统）。车到师大，先是数学、体育、历史、英语等专业的新生下车，然后车子上坡，经过图书馆，终于到了中文系宿舍。在这里，中文、政教、物理等新生一起下车。然后，车掉头一拐，又往地理以及更远处的艺术系驶去。

中文系宿舍楼是一座木地板三层楼，我们每天洗地板，学着脱鞋子进宿舍（在农村从来没有这习惯，这也许就是敬畏城市的开端），宿舍东南方向上一个小斜坡，就是师大的第膳团。沿着小斜坡和我们的宿舍楼，种着一排生机盎然的夹竹桃，常年开花，总是那么青春、那么热闹。楼前有一个大喇叭。清晨，在"每周一歌"声中，我们按时起床做操，还曾经响应号召坚持过"新长征"晨跑运动。

长安山是我人生道路上风景最美丽的驿站。在这里我和中文系 90 位来自八闽大地的同学以及 7 位进修生共同度过了一千多个美好日子，也许我们都经历了上山下乡的伟大运动，在这里一个个都显得比较成熟老到。那时，大家都有一个共同的追求，不让机遇擦肩而过，努力恶补专业知识，用心汲取精神给养，着力练好飞翔的翅膀。

入学没几天，我的师兄汪文顶就告诉我，在大学既要学好知识，还要锻炼意志。师大是一个大熔炉，要好好锻造自己，争取成为一名光荣的共产党员，做到"又红又专"（这是那个年代最高的人生要求）。师兄的话激起我满腔激情。后来几年，我的确按照这个目标前进。

进大学前，我读的书实在少得可怜。大部头的也只看过《三国演义》《水浒传》《西游记》《红旗飘飘》《林海雪原》《洪波曲》《金光大道》《红旗谱》等，屈指可数。小人书倒是看得不少。还有许多故事和知识来源于家乡的布袋戏和稀有的电影。

师大图书馆那么多的藏书令人叹为观止！从小听我五叔绘声绘色讲过姜太公的神奇，我第一次进馆借阅的便是《封神榜》。图书馆是我教室之外读书的地方。那时候座位有限，我们经常得想办法抢占位置。大学几年我如饥似渴，恨不得一口气成为饱读诗书的人。我深深感受到，每部书都在洗涤我的心灵。第二年暑假我干脆不回家，与政教系的黄国成同学一同借了一堆书慢慢欣赏。我最受益的要算研读周谷城的《中国通史（上下）》了。所谓文史哲不分家，我感同身受。后来我研究闽南方言文化与闽南族群史，与当时的读史是分不开的。

大学期间最快乐的就是听老师讲课。充满母爱的现代汉语梁玉璋老师、和蔼可亲的古代汉语林海权老师，充满激情的古典文学李少园老师，还有现代文学等课程的许多老师，都给了我们知识的启迪。富有亲和力的辅导员黄慧老师总能给我们带来一份好心情。他们都是我从教生涯的终身楷模。记得教授我们文学理论的是李联明老师。这是一门理论性极强的课程。李老师却能把它讲得深入浅出，最重要的是逻辑清晰。同学们最佩服的是听他的课很容易明白。课堂笔记可以做到有纲有目、有条不紊。课后复习记忆依然。以李老师为范，我们懂得了讲学做事如何有理有据有序。

李万钧老师为我们讲授外国文学。我们这一届许多人之前书读得少，尤其是外国文学作品。李老师特别有责任心，他希望通过增加课时数为我们补齐短板，令同学们至今心存感激。最令人难忘的是他渊博的知识和滔滔不绝的口才魅力。他讲课不仅富有激情，还特别注重课堂互动。在每次讲解新作品内涵时，他总会"先下点毛毛雨"（为我们介绍一下作品故事梗概）。他喜欢将外国古代文学作品情景与当下时局联系，当场考考同学们对国外时事的了解。我记得我们的学习委员苏文木是最常被点名中标的（虽然他经常未能准确答题）。李老师给我们留下的那份爽朗和自信、那份温情和激情，让我们终生难忘！

我们很喜欢借用《暴风骤雨》中的"老孙头儿"来称呼孙绍振老师。虽然他当时也就是个中青年，刚满41岁。但是，同学们还是喜欢背地里叫他"老孙头儿"。孙老师讲课极具幽默性。他那吴侬软语的酥柔、充满睿智的思想、诱惑心灵的魔性，深深吸引着同学们。每每遇到他上课，同学们都会抢坐前排座位。孙老师的学识涵养和出色的口才，不仅仅在系里闻名，他面向全校的讲座更是座无虚席。一次他在政教系大教室讲电影欣赏，那是各专业学生都欢迎的话题。记得他在讲南斯拉夫电影《瓦尔特保卫萨拉热窝》时说，这部影片如果叫《真假瓦尔特》也许更吸引眼球。我当时只能站在教室外面听讲，教室里连站位都挤满了，孙老师的高超视野、精湛的授课水平、情趣十足的讲解方式使我们受益终生。

我的授业恩师个个都有大家学者风范。如今，他们有的已经离我们远去，有的还坚守三尺讲台继续教授师弟师妹。师恩难忘！今天，我们已经事业有成，但老师的身影依然烙在心中！

岁月如歌，每一个回忆都是令人激动的音符。2016年底，我们76级同学在母校举行入学40年纪念活动。当时，我感慨万千，胡诌几句感言，后被同学微信相传。现在，我依原稿，仿《沁园春》修改以资共享：

初聚长安，做伴青春，师大校园。
看山花烂漫，莺飞草长楼房栉比，灯火如烟。
学子求知，师儒秉烛，书海荡舟夜不眠。
曾记否，亦学工漳纺，挥墨江山！

人生如梦当年。
忆同砚友情展笑颜。
赞丈夫四海，不消风采；比邻万里，任尔编跖。

创业艰难，生机无限，走遍全球未得闲。

四十载，已历经沧海，相报平安！

长安山见证了我的成长！毕业38年，正所谓"三十八年过去，弹指一挥间"。我已经从一个懵懂的年轻人成长为一名教授，一路走来，我一直得到母校的滋养。1983年，我回炉师大就读助教进修班，学成转为助教。1993年获得恩师孙绍振助力，晋升副教授。1999年，在汪文顶、马重奇等老师的见证下晋升教授。2003年、2008年，在汪文顶、郑家建、马重奇、谭学纯、李建平、黄汉升等校友和领导的扶持勉励下，我先后被母校遴选为硕士生导师和博士生导师，参与了汉语言文字学、语言学与应用语言学两个研究生点的人才培养活动。我还多次受福建省教育厅委托考察学习师大语言文字工作成就和协和学院的办学业绩。

长安山见证了我的成长！38年来，我用"板凳要坐十年冷"的毅力，在《光明日报》《人民日报》《中国语文》《方言》《语言文字应用》《东南学术》《当代修辞学》《中国语研究》（日本）《中国语文通讯》（香港中文大学）等国内外权威学术刊物发表了100多篇论文，撰写和主持出版了21部著作和教材，在闽南方言、闽南文化、高等教育管理等领域取得一定的成绩，被推为中国语言学会理事，福建省语言学会、省修辞学会、省辞书学会、省美学学会副会长和省茶产业研究会会长，担任中国社会科学院文化研究中心闽南文化研究基地和台盟中央闽南文化交流研究基地负责人；出访过菲律宾、澳大利亚、加拿大、西欧、美国、北欧等许多国家和台湾、香港等地区，参加过各级各类学术活动和外事交流，荣获全国语言文字先进工作者、全国优秀社会科学普及专家、全国地方高校学报优秀主编、福建省高校教学名师等称号，获得福建省高等教育教学成果奖、福建省社科优秀成果一等奖及三等奖等。

成绩得益于在母校期间最基础的历练，点滴收获源于母校教育的结果。岁月荏苒，沧海桑田。母校已经以她的坚韧和顽强从风雨中一路走来，经历110年的时光砥砺，以不弃累土的气魄，成就了自己挺拔的身躯，成为我们心中两座绵延挺拔的大山。她以博大宽阔的胸襟集聚了一大批学界泰斗，孜孜不倦哺育着无数青年才俊，培育了众多卓有贡献的杰出人才。衷心祝愿母校明日更辉煌！

（林华东 文学院1976级校友，泉州海洋学院院长兼党委书记）

第五辑 05

| 闲笔落花 |

第 17 期 1981 年 1 月 8 日

元旦述怀

扬州慢

章翰

石鼓流泉，闽江逐浪，尔来多少人贤。听幽亭深处，尽絮语绵绵。却原是、掬心互勉：长风骥马，谁着先鞭？正新春、一路轻歌，犹控繁弦。

系心四化，路遥遥、矢志弥坚。纵瓦枕藤床，萤窗雪案，难改朱颜。应愧江郎才短，何须叹、庾信暮年。念指归桃李，自当奋发如前。

（章翰，我校校友）

第 54 期 1982 年 6 月 25 日

家山洋海隔乡梦又归来

——从《落花生》谈起

汪毅夫

我喜读许地山先生的散文，尤其喜爱他的《落花生》。

小时候第一次读完《落花生》，我就在心里记住了许地山的名字和他爹爹的话："你们要像落花生，因为它是有用的，不是伟大、好看的东西。"那时我想长大了一定要做个有用的人，要像落花生那样！你拿伟大、好看的东西来，也不换。

后来，我知道了，许地山的爹爹名叫许南英，同我的曾祖父是很要好的朋友。

许家原籍广东省揭阳县。明代嘉靖年间迁居台南（这在许地山的《窥园先生诗传》中有很详细的考证，许南英在《台感》诗中也说："居台初祖溯前明，二百余年隶圣清"）。许南英幼年在台南"台澎讲院"里是我曾祖父的同学，他们"彼此观摩，遂成益友"，院中月课，总是名列一、二（见《窥园留草·汪序》）。后来，许南英在台南窥园家中开设"闻樨学舍"，自任塾师，我曾祖父又是他这时"最常往来的亲友"之一（见许地山《窥园先生诗传》）。一八九五年《中日马关条约》签订后，许南英在台南参加了抵制割台之议的爱国义举，出任筹防局统领；我曾祖父则在京城参加了"公车上书"运动，回到台南也与许南英等"同倡民主旗帜"（见《厦门市志·流寓传》）。不久事败，他们先后离台内渡。当时清廷政府规定台湾内渡官员不得保留台湾省籍，他们遂相约同在福建漳州寄籍这一年，许地山才三周岁。

<<< 第五辑 闲笔落花

　　许地山的爹爹是一个爱国主义诗人（他的诗词由许地山编印为《窥园留草》一书，我曾祖父为之作有《窥园留草·汪序》）。他在诗词中多次抒写了盼望台湾回归、祖国统一的心愿。台南被日军占领同年，许南英作《丙申九月初三日有感》，诗云："……血枯魂化伤春鸟，茧破丝缠未死蚕。今日飘零游绝国，海天东望哭台南。"《寄台南诸友》诗则有"家山洋海隔，乡梦又归来"之句。

　　每一次读完《落花生》，我总是想得很多。

　　我想起了党和祖国亲人对台湾同胞的关怀和照顾。我们兄妹、堂兄妹中现有五人在大学工作或学习，我的弟弟自学经济学，已有论文在《中国经济问题》上发表。我们的长辈用成语"平夫凡来"的四个字分别为我们兄弟四人命名，希望我们"要做有用的人，不要做伟大、体面的人"。今天，党把我们培养成了有用的人！

　　我还想起了在台湾的亲友们，不觉吟咏起许南英先生的诗句，"家山洋海隔，乡梦又归来。"我盼望台湾回归、祖国统一早日实现，我相信"洋海不复隔家山，归来无须乡梦中"之日很快就会到来……

　　（汪毅夫 文学院 1977 级校友，全国台联会长、全国人大常委会委员、教授）

第 93 期 1984 年 2 月 29 日
罗汉岭情思
吴霏

我到过井冈山，曾惊叹黄洋界的险峰多；我去过瑞金城，曾领悟红都创业的艰辛。这次，我来到汀江水旁，一座小小的山岭使我感慨万千。她就是罗汉岭。

罗汉岭，犹如一块耸立的丰碑，铭刻着一曲英烈激昂的颂歌；宛若一座雄伟的纪念堂，记载着一个伟人悲壮的一生！

8 月 16 日，我随演讲考察队的全体同志，登上了这座神圣的山岭……

披着满身的朝霞，罗汉岭像是刚从昨夜的梦思中醒来。阵阵的涛声，仿佛是在呼唤着这个伟大的名字；摇曳的小草，似乎在寻觅着这个不朽的英灵。啊，那就是瞿秋白同志饮弹洒血的地方。

罗汉岭的青松不会忘记，五十年前的一天，敌人的威胁利诱遭到全部的破产后，蒋介石竟下达"在闽就地枪决，照相呈验"的手令。而你，毫无惧色，从容地挥毫疾书"眼底云烟过尽时，正我逍遥外"。"鸟爱自己的翅膀，人爱自己的历史"，面对临刑前敌人的最后一次诱惑，你毅然回答："头可断，血可流，我们共产党人的哲学，就是鞠躬尽瘁死而后已。"执行手令的伪师长傅镰璋劝你"留得青山在，其乐是无穷。"但你坦然回答"人之公余为小快乐，夜间安眠为大快乐，辞世长逝为真快乐。"你大义凛然，视死如归，表现出共产党人最崇高的品格！

罗汉岭的石阶难以忘记，面对刑场，你气宇轩昂，镇静自若。你从容地走向刑场。途中，你高唱着《国际歌》，深信"英特纳雄耐尔"一定会实现。在

第五辑　闲笔落花

生命的最后一瞬间，还用心灵呼喊着"中国共产党万岁！""共产主义万岁！"你的歌声，回荡在山谷；你的呼号，震撼了云霄。

罗汉岭的小花没有忘记，就在这块土地上，你席地而坐，面对敌人的枪口，轻蔑地说："向我开枪吧。"子弹固然能够夺去一个人的生命，然而，"如果人有灵魂的话，何必要这个躯壳，但是如果没有的话，这个躯壳又有什么用处！"啊！你的鲜血融进了大地母亲的怀抱，遍岭开满了芬芳的野花……

如今，这片伟人洒血的土地，再也寻不到罪恶的镣铐，再也见不到滴血的刺刀。满目是瑰丽的鲜花，我仿佛望见鲜花丛中耸起了一座庄严的丰碑！尽管她曾被涂改、毁坏，留下累累的伤痕，但是，公正的历史，伟大的人民终于做出公正的评价。

罗汉岭深藏了瞿秋白的英勇和无畏；罗汉岭记下了历史痛楚的教训；罗汉岭也给了我们沉思和希望。

（吴霏　原政教系 1980 级校友）

第 128 期 1985 年 12 月 25 日
秋访中岳庙
朱以撒

久仰北魏《嵩高灵庙碑》的艺术风采，但多年一直不能亲见。当导游告知此碑就在中岳庙里时，众多书法爱好者都欢呼雀跃了。

车出登封城，东行八九里，中岳庙的高墙飞檐已经在望。它坐落在太室山南麓，背依黄盖眠而对玉案山，西有望朝岭，东有牧子岗，群山环绕着这庄严静穆的宫殿式建筑群。导游介绍，这一组建筑是依照北京故宫的格局在清高宗弘历年间重修的，初建于秦汉，为中州祠宇之冠，历史悠久。大家赞叹着穿过遥参亭、天中阁，来到崇圣门西边的一座四角小亭，内有石碑一座，大家端详良久，不识一字，是年代久远而漫漶，还是久拓而磨损？正在猜测，一位老书家笑了："年轻人，不要傻看了，没听到清代顾炎武说吗，因岳神之德，大得难以用文字形容，故立空石，以示纪念"。大家都笑了，自怨缺少一点历史知识。

大家正嚷嚷着看碑时，导游却引我们来到峻极殿，顿时，人们被彩绘在天花板上的盘龙藻井吸引住了。这一雕刻极为精巧，使盘龙有一种跳动腾轶之感。据说修建此庙时，来了个老木匠，领工的怕他眼花弄坏了材料，就扔给他一块柏树根疙瘩，谁也没理会他。直到安装天花板时才发现少了块材料，领工的急令手下加工，不意一脚踹在这块木疙瘩上，蹦出一块十分漂亮的盘龙藻井，一经安装，天衣无缝，众木匠都说是鲁班显灵。鲁班显灵纯属虚构，但民间能工巧匠的技艺又何逊于鲁班呢？几个同行不禁用摄影机摄下了这一佳作。

从东岳殿和南岳殿之间走去，一间小木屋里立着著名的《嵩高灵庙碑》，为当时嵩山著名道士寇谦之所书，字体在隶楷之间，方峻刚毅，很是精神，可惜

228

第五辑 闲笔落花

已剥落大半，而且小屋窄小破旧，风侵雨蚀仍然依旧，不禁使人感到心疼。大家流连再三，纷纷掏出笔记本对碑勾勒数字，借此自慰不虚此行。

回来路上，有人问起中岳庙会，说是农历三月和十月各有一次，届时歌乐震耳，盛况空前。三月已过而十月未到，为睹这一古老淳朴的中州风情，书友们相约着再度重游。

（朱以撒 福建师范大学美术学院教授）

第 133 期 1986 年 3 月 30 日

喜欢

黄荷灯

我喜欢假日

站在三月的向阳坡上

用迎风的披肩发

用绷紧的牛仔裤

用濡湿的柴火燃起炊烟

问候山谷第一片新绿

我喜欢假日

喜欢篷伞在海滨浴场撑起的团梦

喜欢鸥点

蓝缎子的海面上

游艇划出的道道白纹

也许我的寒酸

无法让瞳孔

像月亮一样

于是，像童年收集星星一样

我趴在道光和书影

叠成的积木堆上

焦渴地收集眼角纤细的皱纹

我积攒分币

<<< 第五辑 闲笔落花

为获得一个资格
为在所有喜欢的检票口
骄傲地出示
证件上沉甸甸的分量

（黄荷灯，文学院 1981 级校友）

第 150 期 1987 年 4 月 25 日

绿窗小札

林公翔

这些微思，是绿叶的簌簌之声呀；他们在我的心里，愉悦地微语着。

——泰戈尔

一

春天，睡眠了一冬，被温暖的阳光的手掌搔醒了。我的书室坐北朝南，窗前的书案最早迎接第一缕阳光。我的窗外是一片十分别致的花园，高大的棕榈树、松树和杨树一溜儿排列着，忠实地捍卫着春天的神圣。稍远处，各种各样的花朵竞相开放，彩色的蝴蝶在花丛中自由自在地飞翔。在一片鸟鸣声中，我觉得世界安静极了，所有的烦躁和忧虑，如同轻飏的尘埃，都被阳光的翅膀微微掸落了。

我的这一扇盛满醉人春意的绿窗！

在刮风的时候，我坐在窗前读书写作和欣赏音乐，一听到飒飒的树叶响，便感到一阵喜悦，只觉得绿色照眼，似乎我的整个心房都被这春天的树木染绿了。

在落雨的时候，我倚在窗前，望着朦胧的雨帘中婆娑的绿树，便觉得心旷神怡。我贪婪地呼吸着，呼吸着被春雨调匀的美妙的花香。

哦，在寂寞的，没有花草的冬日里，我渴望着春天。我诅咒以任何的形式和名义扼杀春天和生命的人。

美好的东西毕竟是禁灭不了的。

<<< 第五辑 闲笔落花

二

今年的除夕之夜，我是在长沙度过的。

爱人叮嘱我，出发之前别忘了带上几株水仙。我小心翼翼地把它包好，带上了火车。到了长沙，我急急忙忙地把这几株水仙放入纯净的清水中，并配以形状各异的鹅卵石。可一直到了除夕之夜它也没有开花。爱人脸上略有愠色。我说，着什么急，花开花落岂能尽如人意，这也许是几位窈窕的少女，它越长得清秀便越带几分羞怯。我坚信它一定会开花的。

果然不出我的所料，没过两天，这几株水仙便益益然地开花了。先是一朵、两朵，尔后是你追我赶地竞相开放了。我满心欢喜，闻着满室的清香，仿佛真有凌波仙子在我眼前飘动似的。

孕育在春天的生命是无比之顽强的。

三

在春天顽强孕育的生命面前，一切卑劣的都变得十分渺小了，一切粗俗的都变得十分浅薄了。我想起了泰戈尔的诗句："她本来应该是属于所有人的，可是却降临到了我们身边。"

生命是在顽强的抵抗中发展的。

生命是在不断地呐喊中成熟的。

生命是从无到有的创造。

任何一个小生命都是伴随着阵痛、痉挛和血污诞生的。然而，没有一样美好的事物不需付出代价便飘然而至。

让我们都珍惜生命的花朵。

让我们去拥抱明天和未来。

（林公翔 曾任文学院教师，现任福建青年杂志社副总编兼《青春潮》杂志主编）

第 180 期 1989 年 10 月 25 日

初冬小记

颜良重

昨天收到燕都朋友缄来的"冰封"，说北方落雪了，今天又收到母亲寄来的入冬的包裹。母亲细腻地近乎没有必要的吩咐和远方朋友的关心，让我从漠然中猛然记起，现在该是什么季节？母亲的包裹和朋友的询问分明又在提醒和向我索取长安山的季节，不是吗？

我不假思索地告诉他们，天下冬季一般寒吧。那披坚执锐的冷气流早已踏过广袤的北方，怒目着南方脆弱的阳光，大地瑟瑟地，积满了枯黄的叶片。

早在秋季，台风淫雨就洗劫了这个城市，湮没了天上的太阳，刷下树上夏日的尘土，路面的风景抹上了污泥，大地因而失去了原有的光辉。秋风撕裂抖动着布告栏里重重叠叠争相供眼的商品广告：铁的门票，迷你的租金、培训的面额、折扣的差价。强烈的自立欲幼稚地实验着商品经济理论，理性的豁口冲劫了知识的坝垒，以往的讲座、学术沙龙编进了四方的铜孔的阀门，仅留下老教师轻微无奈的叹息。黄泛区呼啸着秋风，十万火急地报告着一个季节学殇的消息：物质的自立招致了精神的依赖和贫乏。

长安山，瑟瑟的，是一个迷惘骚动的季节。

不，四年的生活告诉我，这样的回答是一个狭隘短浅的搪塞，长安山有它永恒的季节。曾经有过的迷失更显长安山季节律动的真实。而当那每一个窗口亮起了航标灯，叙述着一个个颠簸后光灿宁静的驿港，当老教授的手杖踏着年轻人步履的匆匆，年轻的胸脯装着老教授的城府和追求，我相信，每一个长安人都用双手和肩膀开掘着这个季节的深度。

234

<<< 第五辑 闲笔落花

长安山的季节，它有迷茫，却不失清醒，它有迷惑，却没有迷失；它有单纯，也有绿的成熟；它有初冬的风寒，更有长安人青春的灼热和蒸腾。

妈妈和朋友，请相信我对这个季节的感受和推算，长安山的初冬洋溢着春夏的活力。

（颜良重 文学院 1985 级校友）

第 181 期 1989 年 11 月 15 日
独自前行
路人

我一个人走在小道上，想起远方曾经如我漂泊过的白云，想起我自己那年曾经跌落的那顶破草帽。

风，轻柔的暖风飘过我的额际，抬起头迎着细雨的亲吻，有一片迷踪的天空，沉静的山籁和阵阵的松涛。

很多人低着头，忘我地走着，他们都拿着地址和电话号码，都很有节奏地尽心地走着。而我很轻，轻得如那蒲公英一般走着。我没有电话的际程，也没有小巷或大街的门牌。我走在四处空空的大地上，天空和道路在眼际交合之处成风景。

我只管走着，听不见妈妈低吟的摇篮曲，闻不出老父的烟臭味，雀鸟和雄鹰恣意地在天空纵横成网络，我飞不起来，也不想飞，我只想自己踏在土地上往前走。

歌声与牧笛四处飘荡，我只想平视自己发梢那根摇摇摆摆的黄发，摇摇摆摆地走前面的路。

剑麻与豌豆花同样地开放着花朵，美丽的芦苇和狗尾草都随风指示着什么。

但我不懂，我只管前行于有着蓝色之波的道上。前行于有风风雨雨、飞沙走石的道上，前行于太阳正在喷薄的玫瑰色的晨曦里。累的时候，我就坐下来喘一口气，再想想昨天的情节，看看我的脚印如何在大地编织成各式的图案，而风沙又轻轻地将之拂去……

（路人 数学与信息学院 1987 级校友）

第233期 1994年10月20日
书魂
潘新和

书是有灵魂的，你信不？

我过去也不信，直到不久前的一天清晨……

那天，我照例到操场散步，在宿舍区碰到了系里的林海权教授，他向我招手，很喜悦地告诉我，他刚买了一本邢福义主编的《文化语言书》，书中对先父著的《中国语原及其文化》评价甚高，称它是中国"五四"以后文化语言学方面承先启后的第一部专著，问我想不想看。我略一沉吟，回了一句"算了吧！"便走了。

我不知道事后林教授是否对我的失礼感到不快，想必不会，因为他是一个性情温厚的长者。倒是我自己的那份淡漠渐次变得沉重起来，心里老是搁着件事儿，眼前老是浮想着一脉发黄的书脊。

我也算是出生在书香门第，家中别的没有，唯有书多。从小我与父母同居一室，当中隔开的便是一排大书橱。我可以说是在这堵书墙里长大的。我对书的最初的认识，只觉得那无非是印着铅字的纸罢了。

跟所有好奇的小孩一样，小时候我也绝不会放弃在家里寻宝的乐趣。那排大书橱自然是我搜寻的重点目标。我曾将书橱里的《史记》《汉书》《艺文类聚》《康熙字典》《辞海》什么的，一本本搬下来，翻搜个遍，再不露痕迹地上架复原。至今我还记得它们是摆在书橱的第几层，是靠左还是靠右。

一天，我在书橱的一个不起眼的角落，看到在一脉发黄的书脊上印着一个熟悉的名字——潘懋鼎，我无法形容我那时的惊喜，是父亲写的书！抽出一看：

237

《中国语原及其文化》，翻开来，却读不下去，勉强看了几页，感到十分无味，于是插回去，让它继续在那个不起眼的角落待着。父亲回家时我向他问起过这本书，他好像说了什么，又好像什么也没说，奇怪的是我的记忆一片空白，怎么也想不起当时的情景。

后来是"文化大革命"，是我和哥哥"上山下乡"，是父亲"清队"时蒙冤自尽……当我们一家不得不从大学的宿舍搬出去时，悲愤中的母亲以少有的决然，把书橱里的书全部卖掉，包括那本令我惊喜又令我失望的父亲写的《中国语原及其文化》。

我永远记得那天。废品站的板车来了，一瞬间便拆除了那堵温暖的书墙。我含着泪，看着伴我长大、我无比熟悉的书们，被硬塞进麻袋，摔到板车上，一车一车地拉走。我那少年的心陡然间升起了"永失我爱"的悲凉，仿佛一下子苍老了一百岁。——在往后的岁月里，不论我在哪里看到收购废品的板车，便无来由地没了好心绪。

大学毕业后，我留校任教。有一天在学校图书馆找书，不经意间，我看到了曾"梦里寻他千百度"的那一脉发黄的书脊，我心跳得厉害！我曾无数次地自责和悔恨，骂自己为什么那么傻，不留下父亲的那本书。这时，它就在眼前举手可及，而且，我确信已能够读懂它。可是，我终于没有伸手。是不想看，抑或是不忍看，我说不清楚。

但此后那一脉发黄的书脊时时出现在我的脑子里，挥之不去。我常常在自我排遣："父亲不在了，那书在不在，那书写得怎样，已经没有任何意义了，忘了它吧！"我故意显出超脱的宁静。每每有人告诉我，在某本语言学家词典里看到了关于先父的词条，我一句也不多问，顶多说一声"谢谢！"——那天我漠然地回报林教授的关切，也正是这种心态在作祟吧！

没想到这种漠然转眼间便荡然无存，想看一看《文化语言学》的愿望弄得我心绪不宁。

在愈来愈强烈的愿望的催逼下，我匆匆地从林教授那里借来了书，匆匆翻开他早就为我夹好的那一页，匆匆地读：

"……如果就专著而言，潘懋鼎《中国语原及其文化》（1947年致知书店出版）是上承梁启超语原之学，下启文化语言学的第一部论文集。……《本论》

收有《初民'生'之想象与中国'姓'之导源（释姓)》等论文十篇。作者在《前记》里还表示打算写《中国词语及其文化》等。"

我忽然彻悟：父亲从未离去，父亲因他的书而活着；那书是不死的，父亲也就不死，那书里有父亲的灵魂！每一部不朽的书里，都有一个不朽的灵魂。

从此，我对书有了一种异样的感觉。当我走进图书馆书库的时候，我觉得我的周围不再是"印着铅字的纸"，而是簇拥着无数睿智的灵魂，他们的音容笑貌历历如在眼前。他们是不死的！

因为要写书的缘故，那天我从图书馆借了一大堆的书，从抽出的借书卡里，我发现其中的一张有父亲的签名，我怔住了。三十年前或四十年前，父亲借过这本书，他曾经翻过的每一页，读过的每一字，我也将重新翻过、读过！当我也在借书卡上签上我自己的名字的时候，心里闪过这样的念头：若干年后，当我也已作古，我的女儿是否也会在借书时看到她祖父、父亲的签名呢？一定会的！

读书的人也是不死的。

（潘新和 福建师范大学文学院教授）

第 425 期 2006 年 10 月 18 日
一种缘分
林志强

记得以前有一个函授的学生要我写毕业留言，我这样写道："在茫茫人海中，我们能成为师生，能成为朋友，这是一种缘分……"想起我与函授教育，真有一份深深的缘分在。

我 1986 年大学毕业后，留在师大中文系函授教研室工作，就与函授教育结下了不解之缘。虽然在 1991 年硕士毕业后我被安排到了古汉语教研室，没有继续在函授组担当专任教师，但函授班的课我仍然每年必上，与函授教育的不解之缘一直延续至今，而且还将继续下去。

我初执教鞭上讲台的时候，年纪不大，见识浅陋，经验不足。当时的函授生有的年龄比我大一倍还多，在他们面前，我只是乳臭未干的学生哥而已。面对这些"大"学生，我提醒自己要发奋努力，深入钻研专业知识，提高学术水平。术业有专攻，方不愧"老师"之称。正因为有了这样的想法，我才能更快地成熟起来。如果说我今天在专业上略有成绩，我想应该感谢函授教育。

早些时候的函授生，很多因为历史的原因，年轻时失去了上大学的机会，到了可以通过函授来圆大学梦的时候，已经步入中年了。当时有的学生是父子同"学"，儿子在念大学，父亲在读函授。那种只争朝夕的迫切的求学精神，我深为感动。年轻的函授学生，也有很多好学之人。我的一个学生，师范毕业后，通过函授拿到了专科文凭，又通过自学考试拿到了本科文凭，接着考取了硕士研究生，在我名下继续深造，硕士毕业后又考取重点高校的博士研究生，今年毕业并留在该校任教。这说明，人的机遇各不相同，闻道有先有后，但只要肯努力，一定会有收获。好学的函授学生，对老师也是一种启发和教育。

古语讲"教学相长"，是一个真理。我曾经说过"函授学生是老师"的话，这里有两层意思：一是函授学生多数本身当过老师；二是函授学生比较成熟，对函授老师也有促进和助益。也就是说，在某种意义上，他们也是函授老师，特别是年轻的函授老师的老师。因此我觉得当函授老师，教学可以相长，得益者不仅仅是学生。

当老师的最大乐趣，莫过于自己所教的知识能引起学生的兴趣，自己所做的努力得到学生的认同。我以前所教的《古代汉语》，是学生比较陌生的，也是考试较难通过的，因而学生普遍害怕这门课，在校的大学生如此，函授学生也是如此。虽然我一直认为既然选择了中文专业，就不应该怕学古代汉语，但是学生古学根基甚差，乃时势使然，所以对学生的畏难情绪，也十分理解。令人高兴的是，有一些学生，通过学习这门课，确实对它产生了兴趣。有一位函授学生在信中这样写道："古文，是几千年民族文化之精华，我很想接近它，怎奈修养不够，故有乏味之感，抱之恹恹欲睡。自从听了您的课，我茅塞顿开，豁然开朗。您的引导，如叩开我学习古文、走进古籍的'敲门砖'。以后将妥善安排时间学习古文，以丰富精神生活，提高修养。"学生对我有过誉之处，但听课之后受到启发，调动了学习的积极性，决心要加强古文修养，能不令人高兴吗？每当读到这样的信，我真的感觉到自己的工作是有价值的。

早年的面授生活，其实是很令人怀念的。我们经常要下到各个地方，在八闽大地上来来往往。大家从四面八方聚到一起，生活在一个临时大家庭里。不管是年龄比我大的，还是比我小的，或者我的同龄人，我们都可以畅谈，都可以成为朋友。我们这样的朋友是君子之交，淡如水，纯如酒。我们欢迎新朋友，莫忘老朋友，朋友多了，人生就有更多的乐趣。

当函授老师，教有所值；函授师生，亦师亦友。函授之乐，其在此乎！

因此可以说，我从事函授教育，既能教学相长，又乐在其中，那么我与函授教育的"不解之缘"，其实是可解的，那答案就是两个字："良缘"。对于这

241

种缘分，我感到很亲切、很美好，因而也很珍惜、很宝贵。

当我们走过春秋、回首往事的时候，让我们想起函授之缘：我们本不相识，函授使我们走到一起，成为师生，成为朋友，互相启发，取长补短。也让我们珍惜这份缘，因为她是求学路上结出的友谊之花，她是美丽的，纯洁的，高尚的。

（林志强 福建师范大学文学院教授）

第 439 期 2007 年 4 月 20 日

烟水

朱以撒

又是一年春深，莺声和花瓣同时显出了苍老。雨落了下来，缠绵无声，濡湿了石板路，还有黛瓦和粉墙的对比度。这个我记忆中永远的小镇，现在已经长成了一个城市，和别的江南小镇一样的大同小异。如果在中心地段行走，空间里就非常明显地缺乏特色，是城市里共有的脂粉和服饰情调。只有在老街巷，从头到尾，飘浮着臭豆腐、茴香豆、霉干菜的气味，还有略带中药滋味的酒香。它们混合在雨丝里，斜风吹着，濡染着游人衣袖。

推开窗户，看六朝时的潮气敷衍开来，便想坐下，摊开有着回龙纹的信笺，用朋友新赠的"金不换"，枕腕写几封信。写信的确可以传世，就像王羲之，人们可以怀疑《兰亭序》为伪作，但是却不会怀疑这些随意自如的简札，它们是支撑了千古流芳的几片纸。

竖式的信笺像一条条潺缓向下的流水，托住了淡淡的愁烦和感伤。江南的格调就是如此，太软、太绵，六朝时的情怀如果没有南方滋润的水，也许要更坚硬和粗粝。现在，我们在纸本上只看到妩媚和金粉了。其实，我还是很赞赏晋人熏衣剃面、傅粉施朱的，除了在戏台上见到这样的扮相，现实中已难得亲睹。对于自己不能亲历的时代，不能与这样的一些人有过交往，怅然若失是常有的事——经常会有这样的人，这样的情调，对自己所处的时段不以为然，却会喜爱秦或者汉，六朝更不可免。在虚拟中得到快意，甚至在家中就以古意的服饰，包裹住躯体和心灵。现在比较可靠的只剩下静静地坐下来，展纸，濡墨。这些婉曲的晕化之痕在这个春日的潮润中，有一种璎珞相撞的活跃。按老式的

243

折法三叠，轻轻推入一个同样竖式的信封里，一抹糨糊瞬间密封起来。可以想到，在以后一路逶迤的邮路里，墨香在这个扁平的空间里氤氲舒展，待它放在朋友的掌中，用机灵的剪刀启开一条小缝时，这一缕带着江南水分子的墨香，会是如此迫不及待涌出，香破了北方书生的书房。

乌篷船是诗意和世俗完好结合的一种形式。在涟漪晃动的流淌中，诗一样的柔和，却不是承载巧匠描绘的画船。像浓墨在纸面重重地扫过一笔，一艘乌篷船就悄然无声地泊在那里，河面有些黯淡起来。最廉价的煤粉和着粘腻的桐油，刷成乌黑的颜色，朝着灿烂的天幕。朴素，还有些粗糙，生活底色就是让人实在和坦然，粉碎那些玄虚和空洞，就像见到一个脸面上透出憨厚的人，一般不会起戒备。船工是乌篷船的一个局部，他蹲在岸边抽烟，船身正直对着他缩起的身体，像一个巨大的感叹号。同样写实的是船工头顶上的毡帽，黑色，像是局部对于整体的和谐呼应。如果换成另一种色调，便令人疑心水乡的审美能力。每一个跳上乌篷船的人，身体都不自主地晃了一下，船身，这么轻薄和简淡的组成，恰恰能让内河的水流托起。黑暗外表下的内部，说起来是毫无隐秘可言的——在它敞开顶篷的时候，它的内部都在游人眼界里。哪一个游人都比乌篷船华丽，却不避简陋地坐着，看着两边的粉墙缓缓移动。夕阳下来，有鸟群掠过河面，船工把船泊在那株茂盛的黄桷树下，天暗了下来，船身成了一道弧形的影子。

和水终日相激相顺的乌篷船，终是人去船空，依然泊在浅浅的湾边。它的底部永远潮湿，不避水的亲抚。我见过几条底部朝天的乌篷船，它们离开了水，成了旱地上拱桥的模样。一定是哪一个部位，不再符合水的要求，才会这般静默。透过几道干渴的船底，前面是湿润土地上的大片油菜花。乌篷船、油菜花，新旧、明晦相替，像深藏于魔法盒中的机关，稍稍触动整个色调调了个个儿。这种新变化如我乘着卧铺车的那个夜晚，对铺是一个不断咳嗽的老人，身材干枯白发稀疏，尤其是深陷的双目，光芒迟钝。一夜过去，我惊异对铺已是明眸皓齿的少妇，正在用一把精致的牛角梳，梳理着飞瀑般的乌发，她见我惊愕的神情，嫣然一笑。乌篷船和油菜花就是这样的喜剧效果，水乡的平静在花的怒放中打破了——金粉楼台，一个清贫书生固然有很离奇的想象，但这样想让自己更贴近六朝的金粉生存，像船工头顶那顶黑毡帽的色泽的土地，居然会萌生

244

出这样耀眼的光亮。过去，这里不是这样，芳草萋萋，绿树浓荫，白鹭翩跹——六朝诗文中大都是这一类清雅的笔调，至今还依稀地导引着已经模糊的那些走向。一方如此质朴的土壤会长出如此花哨的植物，土壤本身变得不能控制自己了，只有等到像乌篷船那样的夜幕落下，会更符合寻常人家低调的日子。到水乡来不是为了油菜花，它的骤然开放让没有预料的眼神失措，过于艳丽了，不适之处就是过于暴露而少敛约，不像小桥石驳、街楼深巷，宁静中有丝缕的暗香。

这个昔日小镇所有的名人故居，始终不能引我迈入。从门口走过，手插在袋里，拔不出来掏钱买一张票。故居常是这样，遇上无动于衷者，便门可罗雀了。每个地方都有极其相似之处，许多宅院是与名人联系在一起的。他们早就不在了，只剩下破旧老宅，像一帧古意的黑白小照，稍做处理，便为大梦初醒，一个个活脱起来。游人的想法显然比这复杂得多，选择的法则显示了一个人的自由，接受或者抵制这样或者那样的灌输，也许就是在走过老宅的瞬间，此刻注定。每一个人都有自己的精神老宅，自有一种气象招引。雨多了起来，我坐在沈园的回廊上，让背舒适地靠着，看雨丝纷纭，听池鱼有力地甩尾。都到暮春了，还有许多黄叶挂在树梢不愿下来，这些从去年深秋就一直坚持到现在的叶片，显得有些不合时宜了，它们的旁边都是密密匝匝的细芽，窥视着新空间。一座和哀婉的爱情绑在一起的园林，有时比一座无名园林更让人思绪不得自由。轻看人文趣味的我，是来感受陌生的，像李义山笔下不少诗命名无题就比有题美妙得很——没有任何的指向，你随意欣赏吧，前边有浆果一般的味道，寂寥在空林中弥散。可惜的是，这个小镇的指向性太强大了，江南的小城小镇似乎都如此，导向也尤其绵密、精细，想迷路都很困难。一些旅游业还在蒙昧期的北方小城，人缺少指向的陌生中寻找隐秘，没有指向意味着指向多多，有时惊喜忽至。

名人被充分地利用了，除了上述的故居之外，连名人文章中的虚构人物、地点都毫不客气地拿来用在商品的交易上。如果六朝的风度能够储存，此时也可以卖上一个好价钱。小镇的生存越来越世俗了，曾经有过的举止浪漫玄谈悠远的风气已烟消云散。暗含着清空、超脱的地气，承载的到处是实际需求的人生。喜欢在山水林壑中行的人，在他的身体内部永远充满浪漫主义的激情，没有目的地行走，与衣食无干，与实用无干。清谈一些玄远的理，做一些常人想象不到的举动。支道林养了几匹好马，却从不畋猎骑射，他说，我是用来察看它们的神情气色的，你看，多么骏发昂扬啊。袁山松出游的时候，面对青山绿水间，不吟诗作赋，却令左右齐唱挽歌，呜呜咽咽，如怨如慕，一时悲风四起。离奇建立在实在之上，每一个人心中都有一枚浪漫的种子，有的发芽了，有的却捂死了。超出生活的实在，凌空蹈虚，真是快乐不过的事。如果要我在这个水汽迷离处找出一个虚构的人物言说浪漫，我真要说，那就是阿Q了。他的温饱要下人一等，他的浪漫又要高人一等，别人总是给他不快乐，他就总是善于为自己制造快乐，空想空议，其乐融融。和急乱生忧的六朝相比，阿Q就是缺了点洁癖，还有脂粉气。他是普通百姓中的善活者，如果不是这样，他的痛楚会有多少。

在多余的信笺上我信手蘸了点墨汁，又蘸了点清水，看渐渐晕化，像面对半明半晦的面孔，中间被来往的烟水气隔离开来——现在，也就是这些烟水气，还像当年那样，弥漫飘散。

（朱以撒 福建师范大学美术学院教授）

第 455 期 2008 年 3 月 15 日

厦门的骑楼

颜纯钧

随着年岁渐长，回忆开始成了自己的生活方式。人生似乎就是这样：越是意识到未来的时日有限，就越是竭力地想留住过去。虽然这些年厦门的变化是如此之大，虽然这些年我还是频频地前往厦门，但不时跳进脑海里的，通常并不是现在的厦门，而是深藏于记忆中的六十年代的厦门。那时的厦门是个散淡宁静的小城，小城的马路边有连成一片的骑楼。

南方城镇常见的骑楼，究竟有怎样的建筑学渊源，我是无从考究了。只是知道，厦门、泉州、漳州、晋江这闽南一带，骑楼并不是什么稀罕物儿。后来看过不少东南亚题材的影片，也常常可以看到这种城镇的建筑风格。存在总是有它的合理性，骑楼不出现在北方，而出现在热带、亚热带的南方，不想也知道和那里的炎热多雨有直接的关系。有时我会想，沿街盖骑楼和让人行通道暴露在光天化日之下，对路人来讲有什么区别呢？这种建筑空间作为人与自然相对抗的形式，它给予人的难道只是遮风避雨躲避炎日的实用价值吗？

60 年代去厦门是为了什么，住在哪里，我已经没什么印象，但我还记得走在中山路一带的骑楼里的那种感觉。初冬的日子，天下着一点小雨。南方的小雨总是带着那种悒郁而安详的气氛，尤其是在孤独中，心无旁骛、漫无目标地沿着街边的骑楼往前走。骑楼里行人不多，浅笑低语着擦身而过。檐水不时滴答一两声，小店铺门口偶尔可以看到老阿婆歪靠着门板打瞌睡——那似乎真是一种文人的感觉。这时候，你就会体验到在骑楼里和在大马路上行走是有如此大的不同。空间上的遮蔽把反复无常的大自然挡在了外面，它让行人可以这样

247

漫不经心，这样浑身松弛地持续体验着"逛"的乐趣。这时候，你就会发现原来骑楼是一种如此人性化的建筑风格，原来骑楼的建筑风格反过来塑造了一种生命的样式——它不浮躁、不喧哗、不大肆张扬，它知足、常乐，虽然只是小日子而已，但照样过得有滋有味。我就这样走在六十年代厦门的骑楼里。那个和我老家安海相似的街边骑楼，让我和这座陌生的城市贴近了不少。就在这时，我看见前面有一家吃捞面的小店。我先闻到了一股熟悉的高汤的香味。还是和老家的捞面店没什么区别：一个大铁锅里，几块猪大骨放在熬得浓浓的汤里滚得扑扑直响，旁边的锌锅稍小，中间用一块铁皮隔开，一边是清汤水——那是用来涮面条的，另一边就是肉丸、肉燕之类的配料。几张小桌摆到了骑楼里，三三两两坐着几个食客。在冬日小雨的滴答声中，这家热气迷蒙的捞面店显得如此温馨，我忍不住也挑了个位置坐下，叫了一碗。店主抓起一把熟油面塞进笊篱，就放到清汤里上下涮动，一边拿过一只小碗，抓一撮葱花，抖几粒味精。这边面条也差不多了，取出来倒在碗里，然后浇上高汤，舀上配料，再取过筷子夹进两片对半切开的大虾，就端过来了。除了锅碗瓢盆的磕碰声之外，周围只听见吸溜吸溜吃面的声音。吃完的人把钱放在桌上，抬脚就走，熟客则有一句没一句地和店主对着话。这时候我才体会到骑楼的另一番好处，它与店铺建立起一种更亲近的关系。在这里，街道与店铺之间的界限是模糊的，街成了店的一部分。你漫不经心地逛着街，不小心就走进了店里，而坐在店里吃捞面，反过来也成了逛街的一部分。如今，当我走在大马路上，看见那些装潢新潮、摆设豪华的饭店，看见门口的迎宾小姐脸上挤出的职业性笑容，就感到没有骑楼的城市不管怎样现代，似乎还是缺少一份悠长的人情味和平民化气氛。那些高层住宅、宾馆、商住楼，让都市人为自己的居住环境骄傲不少，但似乎又和自己相隔太远，只成了一种炫耀的摆设。每当这时，我就会想，什么时候能再到厦门的骑楼里去走走，那种人和人特别亲近的感觉，那种人和建筑特别融为一体的感觉，即便你走遍天涯海角，也是很难找到的。

（颜纯钧 福建师范大学传播学院教授）

第五辑 闲笔落花

第 461 期 2008 年 6 月 14 日
世界走进我的书斋

林金水

　　我的书斋不大，很普通，也不起眼，面积 12 平方米，与卧室相通。书摆不下时，先在卧室内添上书架，后来又不够放，就向大厅延伸，此时顾不得美观，只要有地方腾出的，都让位于书。不可言喻，书就成了我家的主人，地位最高。正是在书的陪伴下，我度过了人生中最美好的日子。每天睡前、睡中、睡后，在床上一睁眼，面壁的就是书。我的书斋虽小，但我很知足。与 20 世纪 80 年代，我们一家三口住九平方米的斗室相比，真是天壤之别。

　　书斋本是古人读书和藏书的地方，与"书斋"同义称呼的还有"屋""堂""室""楼""阁""亭""庵""房""洞""居""馆""舍""轩"，等等。书斋使用价值与收藏价值并存。古人的书斋，今天我们看到更多的是它的收藏价值。而对我来说，书斋主要是它的使用价值，用来看书、备课、写文章，还有就是上课。由于我的书斋向大厅延伸，大厅面积较大，可供十几个研究生上课用。按今天通常的用语，我的书斋就是普通人装修时所说的书房，类似画家的画室。为避附庸风雅之嫌，我从来不妄说我有个书斋，因此更谈不上有书斋之雅号。在我的眼里，拥有书斋的人，一定积书盈屋，珍藏善本，学问做得深，蜚声于文坛。举本地的，明代有福州诗人徐㶿的"红雨楼"，藏书七万多卷，曹学佺的"石仓园"（其中"右石仓"为藏书楼），藏书达万卷，"藏书甚富，为艺林渊薮"，清代有陈宝琛的"赐书楼""还读楼"，藏书十万册，为八闽之冠，他们都是大收藏家、大学问家，共同的特点就是嗜书如命，书斋就是他们生命的载体。他们往往因"耽玩典籍忘寝与食"，被人喻为"书淫""书痴""书

249

魔"。徐𤊂自称"可无衣，可无食，不可无书"，"淫嗜生应不休，痴癖死而后已"。当今学者的书斋，有明史、版本学专家谢国桢的"瓜蒂庵"，我曾聆听过他给我们上的版本学；国学大师陈寅恪的"寒柳堂"；陈垣的"励耘书屋"；还有就是"藏书状元"北大教授季羡林的书斋。有了书斋必有斋名，如大家所熟知的"知不足斋"，就是清代收藏家鲍廷博，取《戴记》"学然后知不足"之义而命名。陈宝琛的书斋"还读楼"，取陶渊明诗"既耕亦已种，时还读我书"。斋名的定夺，是一门学问，它可以折射和总结出斋主一生的为学之学风，为人之人格。正因为这一点，文人都喜欢以斋名为自己的字号。明代泉州著名书法家张瑞图，晚年在"白毫庵"读书咏诗，自称"白毫庵主""白毫庵道者"，出版的诗篇，称《白毫庵集》。可见在古代，文人的"书斋""字号""书集"，三位一体。当今近代史专家章开沅先生，在为其书斋定名时"踌躇再三"，他说："既乏师承之薪传，更无家学之余韵，治学已难大成，岂敢附庸风雅。"读了这段话，我感到诚惶诚恐，本人才既疏，学又浅，纯粹缘于前些日子良弼先生的约稿，师命难违，只好借书斋之名而谈起我的书斋来。

我的书斋虽然很普通，但我与它结成的深厚感情是须臾不可离开的。要检验人对一个事物怀念的感情，最好标准就是当他离开这个事物之后，他的心理处境如何。鉴于学校很快就要搬迁到新校区，为了方便，我在附近买了一套房，开始在新房子住些日子，周围环境空气新鲜，幽静到连一根针丢下去的声音都能听到。应该说，这种地方是读书、做学问的最好选择。然而，令我感到无言名状的是，我的新房子固然也有书房，但每当我在此看书写文章，我的感觉找不到了，原来与旧书斋形成的默契，荡然无存了。此时，我才真正感悟到，原来书斋给人营造出的读书氛围，一时很难随着房子的搬迁而迁移。我在新房子里写东西，把该带的参考书都带上，但动笔起来，不是缺这，就是缺那。书斋本来就是一座小型的图书馆，各类书籍基本都有，一旦斋主离开了它，就像读者离开图书馆一样，借书有限，且借不走工具书；人与书斋相互之间又存在着一根无形的链条，有它在身边，你不稀罕，离开它，你就会若有所失；书斋又像大海上的波涛，当你坐在小船上，被波涛推着小船前进时，你不感觉它的存在，一旦波涛消失，小船平静下来了，你却仿佛迷惘在大海中。写历史文章，从来就没有靠原先设定的参考书就能一笔写成。在书斋里，人与书达成的默契就在于：主人需要它时，它就会自动跳出来，出现在主人的面前。但这种默契基于主人对书的排放，尽管它被叠放得一片狼藉，它也不喜欢被人挪动。我曾请图书馆学专业的学生对书斋的书做个编目，结果书果然摆得整整齐齐了，但我要用书时，那种书自然会跳出来的感觉没有了，因为我还要花很长的时间去熟悉、掌握新编的目录。此时，我才想到读书人与书斋约定俗成的种种方便的氛围是长时间形成的，是很难改变的。人对书斋依赖的惰性，看来没必要"创新"。书斋作为个人的图书馆，其最大特点就是一切随主人的使用和方便而定。

我的书斋虽然很不起眼，但它迥然而异的个性，使它有了独特的价值。书斋大凡随着斋主身份的不同而突显出它各自的特色。1981 年我从中国社会科学院研究生院毕业后，从事中外关系史的研究，收集到了一些有关中外关系史、中国基督教史、欧洲史的专著、期刊、手稿和照片。其中颇有参考价值的是美国孟德卫教授主编、并赠送的一套完整的《中西文化交流杂志》（英文）、比利时鲁汶大学南坏仁文化协会编的《鲁汶大学中国研究丛书》，等等。尤其 20 世纪 80 年代，我在欧洲拍摄的上千张有关欧洲历史、文化、宗教、艺术、风俗田野考察资料的幻灯片，其中不可多得的是倒塌前的柏林墙。书斋与公共图书馆最大的区别就在于它专业特色的个性收藏。书斋的藏书，图书馆未必都有，它们之间是个性与共性的互补。我的书斋收藏的资料既是我教学、科研的参考书，更重要的是，它为我指导博士生、硕士生提供了最好的服务。书斋就像理科的实验室一样，有了它研究生才有可能顺利地完成他们的学位论文。对学术前沿的资料收集，是培养创新人才的基础。现代书斋收藏的价值，已超越古代收藏家越古越有价值的传统理念，它还取决于对当今学科最新研究成果的资料的收集。有了这些的收藏，我们培养的研究生才有可能走向该领域研究的前沿。在个性收藏方面，我的书斋中还有一些书，其收藏的价值在于它的纪念意义。比如我珍藏的书有我爱人外公原来在教会格致中学教书时保存下来的 19 世纪末传教士编的英文《榕腔字典》、英译《尚书》等，以及陈增辉先生去世后我向他家属购买的陈老留下的《Books on China》。这些书是我对家人和对陈老的最好纪念，我从不外借。复旦大学周振鹤教授是著名的历史地理专家，也是当今嗜书如命的收藏家，看过他家书斋的人都知道，别人买房为居住，他买房为书库。他到我家要看我藏的书，我能拿出去让他看的也就这些书了。

我的书斋虽然不大，但它容得下一个世界。现代书斋最大的特点是信息时代给它带来的电脑与网络。我的书斋网络装得较早，当时福州电视台记者到我书斋采访我时，提的问题是："网络有什么作用？"我回答的是："有了网络，世界变得更小了。"如果今天再回答这个问题，我会毫不犹豫地说："有了网络，我们走向世界，世界也向我们走来。"过去的书斋专于传统文献资源的收集和保存，信息时代的书斋为人们开辟了一条新的治学之道，就是对网络信息资源的存储、检索、整理与利用，其容量之大、信息之广、检索之快、使用之便，都是前人的书斋所无法相比的。东西方为学之道，最大的差异在于中国古人不屑编工具书，各种的丛书、类书用起来极不方便。在西学影响下，哈佛燕京学社的"引得"问世了，从1931年的《说苑引得》到1950年的《孝经引得》，总计64种81册。此成就要归功于新儒学大师福建人、英华校友洪业先生。此后的各种引得、索引的工具书相继问世。这种50年前学界做的方便事，被今天网络的"百度""谷歌"的检索所取代。网络把我们带进了书的世界。"中国国家档案文献库"让我们看到明清史、民国史和中国革命史的档案；"国学宝典"网站收录上起先秦、下至清末两千多年的历代典籍三千八百多部，总字数逾八亿字（四库全书为七亿），三千八百余种（四库全书三千四百五十三种），卷数八万九千八百四十三（四库全书为七万九千零三十）。"数字典籍库"将收录80万卷的经、史、子、集以及方志、谱牒、佛典、道藏、戏剧、小说等，其中一万卷已数字化。闽台本一家，学问之道也相同。台湾地区的"国家"图书馆网站，收录的台湾地区善本古书一万二千余部，包罗宋、元、明、清各朝刊本及珍罕手稿、钞写本，并把在大陆、日本、美国和欧洲主要图书馆收藏的中国古籍也收录进去。古人书斋再大，其存书量不会超过四库全书。现在，我们通过台北汉学研究中心的网站，可以看到北京文渊阁的四库全书。不要"行万里路"，也可"读万卷书"。网络已经没有国外国内之分，网络的世界就是一统的世界。学人脚不出国门，也能收集到在欧、美国保存的有关中国的第一手的原始资料和手稿。尤其是现在通过"谷歌"，人们就可以看到世界每一角落的卫星地图，这是以往收藏家所无法做到的。信息时代的书斋，已经打破了它原有的存储功能，书变成了两个最简单的数字"0"和"1"。谁通晓和掌握这些数字，谁也就打开了通向世界的大门。

不过，数字终究代替不了书，书还是书，书斋还是书斋。

（林金水 福建师范大学社会历史学院教授）

第 481 期 2008 年 12 月 10 日

书香墨影里的香港

袁勇麟

当我静下来时，开始整理一份记忆，一份特殊的记忆，它深沉地敲打着我的心房，回响不绝。这是对于一个城市的记忆，掸去那些浮华艳容，撩开那些声色魅影，只剩下最真实的面目，坦诚而深刻。常常在我翻阅的书香中，勾起丝丝缕缕的情怀，那是对香港的感动。我和香港之间的情感渊源不浅，作为一个研究台港澳暨海外华文文学的学者，对于香港并不陌生，但完全走近却实非易事，这种亲近不是学术研究田野调查上的一个线条，也不是空中飞行旅游度假的一次经历，而是一种更贴近心灵的真实触动，是实实在在的生命感受。于是，在奔波辗转于不同地域、见识接触了多番人事之后，我终于确信了和香港之间的这份特殊情谊，那是让我流连牵挂、倾心温暖的情感，是我生命之中值得珍惜守护的感动。

一直以来，香港在人们的眼中始终是妖娆妩媚的，铜锣湾的狂欢购物、维多利亚公园的繁花锦簇、金紫荆广场的华美气派、跑马地的紧张刺激、海洋公园和迪斯尼乐园的梦幻唯美，还有兰桂坊的酒吧……香港俨然就是闪烁着浪漫迷离光彩的"东方之珠"，在一片嘉年华般的声光电影中熠熠发光。在东西方文化交织互渗的背景下，它的千般华彩、万种风情尽情抛洒吸引着人们争相趋之，演绎了一个个悲喜交错的故事，在历史的烟尘雾幔中无声的流转。

而我与香港的故事却偏偏远离那些灯红酒绿的舞榭楼台，徘徊辗转在寻常巷陌间。一度盛传香港是"文化沙漠"，这实在是无甚凭据的流言。看一个地方的文化发展，除了气派规模的各类文化场所，图书报刊的繁荣发达是不可缺少

254

的。介绍畅销流行书籍的速度，引进专业书籍的力度，以及涵纳各方面书籍的广度，都是衡量一个地方图书报刊业发展的尺度。而对于旧书的拣选、收藏和流传，更是一个重要且不可忽视的面向，并进一步成为判断一个城市文化深度的重要价值尺度。因为只有具有一定文化深度的城市，才可能存在一批具有专业眼光的文化人。他们像熟悉历史的古董家一样，四处寻找旧书的踪影，挖掘旧书的价值，并将其推荐给同样具有文化内涵的欣赏者或具有文化深度的研究者，为他们开启了一个透亮的天窗，将学术研究推向新的台阶。即使只是品咂故事、人物，也能为人们提供真实的了解，丰富了过去年代的诸多想象。正是在这个意义上，旧书店的存在成为观察一个城市文化的重要方面。熟悉香港的人都知道，旧书店是香港的一大文化景观，据说在 20 世纪的五六十年代曾兴盛一时，那个时候旧书店的常客，大都是自京沪南下寓居香港的文人，想必不乏叶灵凤、徐訏等先生的身影，《大公报》还曾记载了香港旧书业繁荣发展的景象，并提到一些著名的旧书店："位于湾仔轩尼诗道的很有名气的三益书店，店龄极长，那位老板姓萧，有些眼光，经他手的旧书，都爱分门别类各有存放，特别是线装书，他一眼便能分辨出内中分量即文史收藏价值，特别珍贵的，则有专门的销售渠道。笔者曾听这位萧老板说起当年与本港著名文人叶灵凤的书谊之深，说是每得奇书，往往会第一时间通知叶氏。"收集整理和拣选淘买旧书的人姑且称为旧书人，他们多半是爱书惜书的文人墨客，共同坚持和执着于对书的热爱。相对于畅销书业的热闹欢腾，旧书业一直维持着清淡自得的境况，如果说商圈闹市装潢富丽的大书城陈展销售各种时尚畅销书籍是为了大众化商业运作目的，那么这些散落于蜿蜒巷道之间或高楼之上的小书店收藏出售的各色旧书，则大部分是为了一种文化喜好。这些书店的老板许多都是喜欢阅卷翻书的文化人，他们多半从自己的爱好出发，结合文化收藏整理和流传行销双重手段，以专业的眼光和广纳的襟怀从故纸堆中细心挖掘拣选具有价值的藏书，而作为爱书者，他们更将对书的热爱散而广之，希望珍贵而美好的图书能为更多人所拥有，于是香港的旧书业才一直长存不衰。可以说，旧书之珍贵，首先是因为天南海北有这样一批又一批的旧书人，发自内心地热爱旧书，让它们又有了新生。旧书飘香来自旧书人的真爱，来自旧书人永不停歇地寻觅与发现。

旧时燕影在淡淡的墨迹书香中悠游来回，转眼竟已是半个多世纪。20 世纪

长安星雨蕴芳华　>>>

90 年代中期，我在苏州大学攻读博士学位，撰写博士论文《中国当代杂文史论》时，承蒙香港中文大学的卢玮銮教授帮我在旧书店里觅得《七好文集》《三苏怪论》等在大陆无法见到的图书，获益匪浅。后来有机会到香港开会或途经香港时，我请好友、《香港文学》总编辑陶然先生带我到那些早已耳熟能详的旧书店，它们往往散落于街边巷尾，在繁华都市，独守一片清闲。从中环摆花街的神州图书文玩有限公司到旺角洗衣街八十一号三楼的新亚图书中心，从北角渣华道二十四号建业大厦地下七铺的精神书局到英皇道一百九十三号英皇中心地库十九号的森记图书公司，还有铜锣湾骆克道五百号三楼的正文书店等等，都是我搜罗旧书的好去处。每每奔波于旧书店之间，纵身跃入书海，若是觅得需要或者喜爱的书籍，仿佛千里之外寻她千百度般疲惫皆散，欣喜尽得，那种满足感是难以言说的。而有时在意外之余寻得珍贵的旧书，又恰似茫茫浊尘惊艳一瞥，伸手揽之，已不是喜悦，简直若狂。2007 年 12 月 19 日赴香港岭南大学出席"香港文学的定位、论题及发展"研讨会，22 日下午抽空到旺角西洋菜南街二手书店淘书。在城市中心九楼的新思维书店，用很便宜的三十元港币买了九本书，其中香港艺术中心 1997 年出版的《香港文化多面睇》一书，品相很好，作者之一的梁秉钧教授见了，大呼不易。那些珍贵的旧书，往往带我进入往日时空，了解文人名士的生活，贴近他们的情感，交通他们的思想，在浩瀚的历史时空中坐看云起云落；或者让我发现历史真实，追踪文化脉络，探掘历史真相，重审文学定论，在纷繁复杂的文学研究工作中冷静思索。

值得一提的是，旧书还联结了我和书店老板的情感友谊。旧书店的老板对我的热情亲切，早已不是一般生意人对待顾客的殷勤，而是知己友朋的相知相交。他们已经知道了我的喜好，常常为我介绍新进的旧书，为我留下喜欢和需要的书籍。2007 年 12 月 23 日晚上十点我匆匆忙忙赶到森记图书公司，已是打烊时间，可女老板还是为我推迟关门，让我从容地挑选到深夜十二点，并热情地推荐我急需的新闻传播类书目，包括黄葳威的《文化传播》、张秀蓉的《口语传播概论》等，在结账时还不忘给我打九折并去掉零头，虽然我至今不知道她的名字。新亚图书中心的老板苏赓哲，本身是位学者，2008 年 10 月 25 日我从台湾开会回来途经香港，在他那里淘得慕容羽军的《为文学作证——亲历的香港文学史》《香港文学展颜第二辑》《香港文学展颜第三辑》《七十年代青年刊物回顾专集》《新闻天地创刊四十周年总目录》等书后，他特意从书架上取下一册自己的著作《郁达夫研究》送我，交谈中才得知他是泉州人，算是福建老乡。还有正文书店的老板林堃煌，在淘书的过程中与他闲聊淘书心得，让我的淘书变成了一个开放式的文化享受，他告知我所买的《香港文学新诗资料汇编（1922—2000）》是主编关梦南先生寄卖的，而《柏杨 65》《梦回绿岛》和《柏杨·美国·酱缸》三本有关柏杨的旧书，则是一位艺术家寄售的。他不仅送我一本《读书好》第五期，内有"二手书潮"专辑，还热情为我介绍新亚书店和精神书局。这是一份难得的缘分，这份情感时常给我温暖。

都说人与人的相遇需要缘分，我却认为人与地的相遇也需有缘，高山流水、原野花香、密林鸟语、瀚海汪洋……世间的美景数不胜数，短短数十年，即使真能踏遍千山万水，也还有重重天外天，仿佛人海茫茫，尘雾纷扰，能有几回相见？即使行到一地，也大多如同擦身而过的行色匆匆，走马观花，疲于奔走，那种露水情缘，真是"挥挥衣袖，不带走一片云彩"，唯一留存在谈资中的也许是数码照片里的呆板笑容；甚至长留某地，也不见得心思所属，好比鲁迅之于上海，始终难以亲近。可能是一种风俗、一款饮食、一句方言，或者干脆就是一份感觉，就无法亲近，也许是拥抱也不能融化的心灵距离，在惆怅之间，就这样淡漠了情怀。倦于现代都市的建筑模式，怠于商业广场的购物热潮，我实在是一个没什么"血拼（shopping）"情趣的书呆子，唯一的乐趣不过是闲暇之时，手捧心爱的藏书，静静地坐在阳台畅然翻阅，一杯清茶，一缕阳光，一点悠然自得。而正是我这样一个痴书者，却偏偏与现代商业化气息最浓郁的都市香港结下了深深的情愫，难道不能称之为缘分？在这个欲望浮躁的现代社会，在这个淡漠疏冷的都市空间，这份情系书香墨影的缘分，让我珍存心底，刻下对香港的脉脉深情。

（袁勇麟 福建师范大学社会科学处处长、教授）

第 473 期 2009 年 4 月 15 日

千年韭花

王守民

见到洛阳，已经不再是绿柳千尺、浮水飘绵的季节了。

沿街的店铺张着空虚的嘴，懒洋洋地吸纳着秋气的清泠。石板路上，排队买韭花糕的人的怅惘被斜阳拉得与人影一般长。又卖完了。韭花糕的流传，可从五代的杨凝式的尺牍遗墨里找到些许痕迹。一个为书法而疯狂的落寞文人。

有钱买纸，但总喜欢在素笔上挥毫，被人还故意刷好了一面面白墙请他写，架子不小，文人的清高在此时得到了张扬。挥毫间的潇洒辐射出的睿智、颖敏，拟或是癫狂状态的升华。

写毕，杨凝式嘴里咕哝着，胡须扫过垂阳的辉光，素笔上新墨的水分早被长风抽干，在洁净的白色映衬下，每一点都能撼人心魄。墙在此时似乎变得脆弱了，在具有穿透力的黑色面前，变得不堪一击。好的作品出现一定要有好酒。

无论是写诗作赋还是挥毫泼墨，都是一样的。与李白相比，缺少了大气，人家是斗酒十千，任情达性，没有钱就把马拉去换酒，换个快活；比起白居易，他似乎窘迫了些，人家是马踏春风十里堤，晚年虽住在洛城，山寺月中寻桂子，郡亭枕上看潮头。笙歌曼舞的江南忆，让人听了岂止是艳羡。坐在古城的酒馆里，叫了一杯高粱酒。闻着它的香醇，我在想自己就是那个刚刚写完书法的杨凝式。

他的糟酒跟我一样淡薄。我不会喝，但他不一样。在还家缺少乐趣，寄傲南窗时，酿酒的糟床何尝没有给过他灵感呢？昼夜滴答，启迪灵府的声响，一如他斟酌的笔墨，兴味悠长。虽然他愁苦终究，客死洞庭，但能笔写意气，酒

258

浇块垒，我又怎能跟他们相比呢？

他终于在终日里不羁的痴想中迷失，疯了。但不曾忘记韭花的香甜。

他在《韭花帖》里对其有这样的赞美："昼寝乍兴，辄饥正甚。忽蒙简翰，猥赐盘飧。当一叶报秋之初，乃韭花逞味之时，助其肥羜，实为珍馐。充腹之余，铭肌载切。"初秋的韭花竟然成为他偶然欲书的诱因，一张障蔽整个朝代的翰墨，让我们在品味五代书法时，视为珍馐。

那是怎样的一种花呀。伊水桥下，秋波淼淼；香山寺畔，落枫纷纷，韭花的琐碎的香气，在秋风中的洛城中逸荡。此时的杨少师在做什么呢？或许他正沿着我脚下的这条路，带足了买纸剩下的钱，又去买酒买肉，或是去买他喜欢的韭花糕。

金谷园中那个叫翠珠的美女，比起杨凝式，生活得更加落寞。为什么一定要跳楼呢？锦衣美食，饱食终日的人都是怎么想的，我要是她，才不死呢，我要用石崇老爷的金子买好多好多的纸张，天天练字，才不要后人惋唱"落花犹似坠楼人"呢！

盛宴不再来，昔日的良苑也变成了丘墟。

脚步在丛草乱世中摸索。还是那块地，金砖没了，美人殒了，只剩下荒草荆莽中的怀旧。最好是有纸与笔，在这里临上一通《韭花帖》，借着五代的笔墨，寻绎魏晋人的风神。黄庭坚的感叹证实了《韭花帖》的地位。"世人竞学兰亭面，欲换凡骨无金丹。谁知洛阳杨疯子，下笔便到乌丝栏。"大凡旷世之作，都是出自胸襟开阔，秉性舒逸的君子吧？蓬头垢面，脱冠赤足的疯癫，只是书写者遁隐世俗，保全气节的屏障。穿越这个壁障，才可以看清他的内心，原来澄澈似秋空，浩荡如伊水。

秋日的韭花，拟或是白乐天从江南带来的。细小而剔透的花瓣，仿佛是中国画中文人用狼毫笔精心的勾勒。在修长绿叶的葱茏中点缀，摇曳俯仰于北邙的长风中。

地域习惯的不同，产生两种不同的命运：江南的画里，韭花是文人惺忪的秋梦；江北的村野，韭花是充饥的糕饼。杨凝式的骨子里有魏晋人伤逝感叹谨小慎微的因子，品到佳肴珍馐，挥洒成文，如作日记闲语，琐琐屑屑。

锋颖藏出，纤毫精进，点墨成型，神完气足。新写的《韭花帖》还在案几上未干。他就高歌出门，在荒原郊野或是寺观佛堂悠游去了。

"乌丝栏下月初三到货！"洛阳桥下的一声吆喝，把我的思绪切换到历史积淀的年代层中。那是怎样的一种情形啊。在纸张稀有，贵比珠玉的朝代，书法的魅丽刷新着一个个历史记录，书法家的聪慧在乌丝栏纸上演绎。

而今，随着造纸业的发达，书圣书写过的纸张也经巧手研制，达到肖古逼真的程度。杨凝式下笔便到乌丝栏的从容潇洒却无法模拟。我想，大概是他心底有着韭花的滋养，笔底才能衍生出如此多的神奇。从五代算起，《韭花帖》也有一千多岁了，展卷释读，令我感兴趣的，是它产生的过程。想象着酝酿《韭花帖》的杨凝式：乱蝉高柳下的酒肆里，满墙的墨气与酒气浑融，此时在醋饮的杨少师，兴味快然。把笔濡墨间，思绪正沿着乌丝栏格伸展成韭花的璀璨。

（王守民 美术学院 2012 届博士生）

第 487 期 2009 年 11 月 30 日

御风而行

朱以撒

这只长尾巴的鹊在树顶长叫一声，一朵硕大的木棉花卟地掉了下来，把潮湿的地面砸了一个坑。又是一个落花时节到了。再过不了多久，木棉的果实经不住暴晒，嘭地一下打开弹匣，刹那雪白飞絮随风起舞。这种植物身高数丈，借风力传送种子，年年如此，惹得许多人鼻头痒痒，喷嚏连连。

在城市里，一棵树的种子落在地面要自然而然地生长起来，可能性非常小。即便有这种可能，也会因为生的不是地方，很快被清除干净。只有那些在园林工人培育下的植物，大小成批、均匀如一，才有可能纳入计划之内，栽种在道途两边。那种以前我们在原野上看到的落地生根的景象——生命一沾上泥土就开始了长大的历程，毫无规划自由的伸长，在城市里是受到制约的，这也使城市的树木趋于一致。修剪是有时间表的，芟除那些生长过度的，以符合整个形态的一律，就像上班下班的钟点，踩着它是最可靠的。

那些没有被改造的老树，必定连着还没有改造的旧坊巷。由于苍老，没有哪一棵树是笔直站立的，或俯于前或仰于后。种植者早已不在人世，当初还是拉着绳子齐齐种下的，岂料风雨南方，品相也生出了那么大的变化。这也应和着老坊巷木板房的疏影横斜，斑驳脱落，已非初始时的严丝合缝。走在其中，四处望望，步子就快不起来。现在，一座座崭新的城市，已经缺少了差异的审美空间。我接连几个傍晚在中州的街巷散步，走了很长一段，如果不是耳畔充满陌生的语调，我还以为身在熟悉的居住地呢。这种雷同，也使许多城市的掌权者，在某一个角落开辟一两条仿古街或者仿古城堡，调节一下民众的口味。

261

我对假古董没有兴趣——仿古术，这是我经常听到的一个词，古人也拿它没办法，《吕氏春秋》就直说："使人大迷惑者，必物之相似也。"其实假古董也就骗骗那些没有眼力的人，一个城市热衷此术的人多了，甚至拿它做谋生玄技，城市的恶俗也就越发盛行了。

我站在中州国际饭店大立面的玻璃窗前，俯视隔街的博物院，它的外在形态有些像我插队时戴的锥形竹笠，罩住下边的宝藏。抽空我去了两回，那里正展出一批文物精品。第一回草草走了一趟，第二回就有目的的细看了。在锈迹重叠的青铜鼎彝间穿行，心绪不免沉重，直到几个元代青花瓶出现，才霎然松了下来。这个地域的青铜、碑版太多了，青花反而稀罕，就像体态修长的清纯少女，立在一群孔武的大汉当中。那么多时光过去了，依旧那么新鲜、清洁、不染尘泥。它的旁边是一匹厚重的辟邪，也被磨洗得英雄迟暮神色钝拙。喜欢青花的人很多，我想未必是价值上的缘由，而是它的神采、光泽。时光之锉锉不动它的皮表，容颜不改一贯的清雅，让人惊讶其完好如新。完好如新也是生命存在的一种方式，规避伤害，渴望保全。晋人石崇说："士当身名俱泰"，这是我见到的最有保全意识的一句名言，并不一定要以残破伤痕来显示时光过后的美感。我现在很厌烦地就是看到许多地做旧之作，很拙劣的手法篡改着生命的历程，然后声称这是清代的或者是明代的。

时间尚早，我穿过大片的阳光，买了一张票，进去听一场华夏古乐。当眼睛适应漆黑的空间时，才发现几百人的演奏厅，不过七、八人而已。我喜欢这样的场面，很宽松地坐着，很安静地倾听。这几位弹奏者的神情平明如水，举止安和，服饰也特别得体，我觉得一定有我期待的情调从他们指下、唇下流淌出来。瑟、箫、磬、编钟一起，开始了一曲《蒹葭》的旅程。四周太静了，只有这些乐器的交织、承续。如果没有听错，此曲是以商音和羽音为主的，用今天的话来说就是清音和沉细音，安和中揉入了些许幽怨，朝着那不明之处轻轻滑落。以音乐来复活远久之诗再也合适不过了，那么寻常的植物、流水，那么普通的人之常情，好像都在眼前了。音乐厅的冷气开得那么充分，我抱着双臂，如同站在白露为霜的蒹葭丛中，静默地等待那个人的到来。许多书读过一遍，如果没有机缘，再翻动的可能性很小，前边还有更多的阅读在等待。现在在这里，应和着古乐重温，已不轻易忘却。还有更多的绝妙文字被尘埃捂着，显不

第五辑　闲笔落花

出生命之新鲜。情形就是这样，迅疾奔驰中，竟至于缺乏听一曲《蒹葭》的工夫了。

所谓工夫，对于不同的城市、居住者而言，有工夫和没有工夫差别是很大的。工夫茶就是为有工夫坐下来的人设置的，反过来说也很得当，这些有工夫的人找到了以品茶打发时光这么一种闲适的形式。这么多男女，或者老少，围着茶案，嗅着茶壶、茶盅袅袅而起的清气，一泡一泡地品尝，说着闲话，有些时辰悄悄过去了，还不见散去的迹象。那种挺身站立，匆匆仰脖倒下几盅的人，若不是没工夫，就是不通晓工夫茶的饮诀。腾出工夫来的人，明显喜欢生活中的散漫，浮生闲情，从容与之。有很多人在时光里奔跑，也就有很多人坐了下来，他们的上一辈是这样，下一辈也是这样——家中至少备了一套茶具，而上好茶叶的出现也是让人安坐不起的原因。这些因素挨在一起，也就自然地散发出闲淡的味道。我经常把这看成一个整体，我相信各自的生命都是由许多不同的嗜好组成的，一定是感到了适宜痛快，才如此轻松地代代相传，不会中断。

这和我开头写的木棉花絮是很相同的，一以贯之地持抱自己的生长方式，到了时辰就结出许多的成熟种子，被轻悠悠的花絮裹着，御风而行，满城飘白。

（朱以撒 福建师范大学美术学院教授）

第 494 期 2010 年 4 月 15 日读书人

读书人

吕志达

走过缤纷世界

乒乒乓乓的生活七嘴八舌在叫喊

一句文从字顺的箴言

把脚下的路拐向恬淡宁静

文字整齐爬着蜗牛的触角

接近一个脑壳跌坐的身躯

有条不紊地前行

更迭的日月涂抹嘴角青春

一点一滴落下胡子慷慨的年代

将家中几亩田地变卖

留下把守一生的父亲彻夜无眠

看着一月追一日的速度

种下白花花的银两

长满一个头顶一个下巴

转角徘徊

总也看不透

字里行间抒写的光彩

以及矗立纸背的江山

是怎样把父亲醉迷

树梢的夕阳一步一步移走

母亲搂着的土地

托着稚嫩下巴殷红脸庞

端详孩子们长高的肩膀

正义无反顾地扛起家的脊梁

在山顶洞划亮了

钻燧的火焰从开裆裤燃烧

几千年不息的梦想

一叶离开港湾的扁舟

昼夜打理着

人生最初的航向

总也步履匆匆

鞋跟套在了地心升腾的香格里拉

秋冬春夏从泥屑土块翻找

抵达的航线

犁铧翻起了先人的尸骸

紧紧拽着冉冉霞光和煦耕耘

一垅一垅挺立

掠去平整的土坯

在稻田里拼接

一个手掌里的人生十个指头

欢快地膜拜方寸间行走的智慧

两手空空

看去了生活斑驳

咀嚼着生命深情

放远了心灵冀望

不紧不慢

写下了

一生几行潦草文字

倍感踏实地枕着

在人生后脑勺

酣眠

（吕志达 文学院2002级校友）

第 496 期 2010 年 5 月 15 日

记忆里的春天

高一花

我来这个南方城市已有四五个年头了，渐渐地适应了这里潮湿的空气、不太分明的四季，也在无奈中慢慢地接受了这里清淡甜润的饮食习惯以及人与人之间那种疏浅的相处方式。

我所喜爱的木棉花不知什么时候开了，之所以喜欢木棉，是因为它不像南方那些娇滴滴的小花开得那么腼腆那么柔弱，相反它开得那么张扬那么大气，那么无拘无束，朵朵向着太阳，不需要一片叶子的衬托。然而此时我所看到的木棉却是开得稀稀疏疏有气无力，那气急败坏的样子，使我对这连绵不断的雨也不禁生出一份怨恨来。这恼人的天气，这太不分明的春季，使我这个不是很怀旧的人念想起了故乡的春天，不知道故乡的桃花是否已开得漫山遍野，还是也在忍受着这无情的雨肆意的摧残。

桃花开时是春意最浓的时候，其实桃花开之前，春天早就到来了。冬天的北方冰天雪地，万物萧条，大地苍茫一片，正在那阳春白雪刚刚融化之时，突然杨柳吐了一个绿色的新芽，田野里的小草从土里露出半个绿色的脑袋，一下子就被人们发现了，于是每家每户折了几片青杉和几枝柳条插在屋檐下，一大清早大人煮上几十个鸡鸭蛋染成红红绿绿的颜色，放几个在用毛线织好的蛋网里，挂在小孩脖子上，我们一群孩子便排好队走十几里的路翻一两座山去寻找春天。这就是我儿时的踏青，这就是我记忆里的清明节了。此时想起来故乡人对春天的热爱，竟然有点感动，他们可能在冬天沉寂了太久，太需要春天的温暖和绿色了。他们渴望着在春天播种，开始新一年的征程，所以"一年之计在于春"，即使不识字的孩子理解起来也毫不费力。生活在这种四季不太分明的城市里的孩子，他们未必会有这种感觉。

等桃花纷纷落下柳絮漫天飞舞的时候，便到了暮春。那个季节豆苗是新鲜的时令蔬菜，午饭时我们就在校门口的小炒店炒上一盘，掌勺的是位三十多岁的大叔，急火一炒，大勺一颠，加点蒜头、辣椒和海带丝就炒好了，一块五角钱整整一大盘。我至今怀念那菜的好味道，也只在那店吃过豆苗和海带丝炒在一起的。今年逛超市时，看到新鲜的豆苗忍不住心动，买了海带丝和作料，回家自己动起手来，但是结果完全的让人失望，我想那味道也就只能留在故乡，留在记忆里了吧。在这个千里迢迢的异乡，山不是故乡的山，水不是故乡的水，人也非故乡的人，一切都是不同的，有时连回忆的线索都找不到了，还有什么好奢求一道菜的味道。

我已经好多年没有看过故乡的桃花开了，它的花期很短，只有一周多的时间便纷纷地化作春泥了，以前在城里读书时就经常错过，现在机会更加微乎其微。或许是我有点恍惚了，这边总下着阴冷的雨就老是不自觉地想到故乡的桃花是不是也被雨淋湿了，终于忍不住打电话的时候问起父母，桃花开了吗？开得好吗？父亲说，今年天气比较冷，推迟了花期，不过下周一定会全部都开的。我一个人想着想着，不小心又触动了心弦，越发地想看桃花想回趟老家去，不过父亲却说，桃花有什么好看的？还是暑假再回来吧。我们都是不善表达的人，尽管春天来了，看着草木生长，心绪很多，表达心迹却被淡淡地化解了，一时不知再说什么好。

意外地，雨连绵下了数日之后，今天竟一下子放晴了，气温猛然上升，路上有人还未来得及脱下过膝的羽绒服，有人却已换上了 T 恤，我想这个春天好像都没来过，又好像是真的快要过去了，不知道故乡的春天是不是还会逗留很久呢。

（高一花 美术学院 2005 级校友）

第 503 期 2010 年 10 月 31 日

秋日想起海子的花楸树

薛昭曦

清晨

想起了海子的花楸树

想起黎明来临前的铁轨上

向着太阳的奔跑

雨水向着村庄的河岸飞翔

一万只蝙蝠飞过低低的山岗

从此月光下的麦地

汲水的少女还有

雨夜归来的狩猎人

都将老去

人们不再谈论幸福

从黎明到黑夜

秋风吹黄了野径的雏菊

在狗尾巴草的黄昏里

两只蟋蟀用泪水交换着沉默

整整一夜的沉默

白了父亲的头发

人们不再谈论幸福

就像人们不再相信

飞翔的石头舞蹈的月亮还有

天空下不再老去的新娘

埋藏着秘密的远方

躲在流浪人疲倦的目光里

流浪人也不想流浪

星辰和灯火

都不再构成温暖

幸福像是迷路的孩子

孤独而又倔强

谁在远处焦急的呼喊

黑夜嘲笑着这一夜的灯火

在黑暗的尽头

太阳扶着海子站起

花楸树花楸树

你是否已化作太阳的影子

我双目如火————

向往幸福

（薛昭曦 文学院 2007 级校友）

第 524 期 2011 年 12 月 15 日

生命的记忆行吟

袁勇麟

生命就是两个永恒之间的一片狭谷，两朵黑云之间的一次闪电。

——阿明·雷哈尼

今年 4 月 16 日收到《香港文学》总编辑陶然散文集《街角咖啡馆》的书稿时，该书还未铅印出版，他邀请我与香港著名作家董桥、台湾散文研究专家郑明娴教授一道为新书写推介语。细细品读完电子版后，我写下了这些文字："在厌倦了喧嚣璀璨的声色光华之后，当代人纷纷调转头来追逐澄净质朴的自在天然，但不知有多少人能像陶然那样，把自然当成一种人生态度和生命状态，不管辗转游历了多少变幻风景，亲身体会过几许世事沧桑，都不会被岁月冲刷纯真的向往，也不会被时光磨平感触的敏锐。他的散文删去了曲折离奇的情节、摈弃了惊心动魄的悲欢，在细碎琐屑的市井人生里分辨是非，在平凡拥扰的日常生活中寻找感动，这种成熟浑然、从容大气的意境也正是自然天成的真义。"

陶然这棵华文文坛的"常青树"，自 20 世纪 70 年代初期辗转漂泊到香港之后，就不曾放下手中的笔。他在三十多年的创作中，为广大读者奉献了三十多本长、中、短篇小说集和散文、散文诗集，不论是人世情爱的纠缠牵绊，还是都市繁华的声色光影，抑或是游历参观的触动感怀，都在流动的语言文字间得到淋漓尽致的舒展呈现，难怪他声名享誉世界华文文学界，获得了众多海内外文学爱好者和评论家的好评。很显然，《街角咖啡馆》是一本抒写记忆的散文集，其中的大部分篇章都是关于往日情景和昔日情怀的回忆和感慨，但我更愿意将其视为一种"记忆行吟"，一种漫游记忆的情怀书写。它不仅表现在时空的游移转换和情绪的起落浮动，更在于主体精神游走穿行、随遇而安的自由状态：

"已经记不清是巴黎的春风还是东京的夏日、北京的秋阳还是伦敦的冬雪，那些捎来的异地情态，刹那间澎湃我的脑海，我静静倾听那絮絮细语，灵魂早已越过千山万水，悠然翻飞；在这样慵懒的时刻，时空凝聚在眼前，没有间隔，显得意味深长。"（《街角咖啡馆》）

没有现实压力沉重的负担，没有人情世事烦琐的牵绊，更没有精神理想疲惫的追逐，任由性灵自在地舒展，这种状态不是自由是什么呢？正是这样自由的主体精神，使这场记忆的漫游行吟成为可能，并显得奇妙精彩。辑一《声色光影》中大多是故景回想，从市井热闹的香港茶餐厅到情调别致的街角咖啡馆，从风雨飘摇的港产电影到悠悠来往的老式电车……仿佛一张张老照片诉说着往日情怀；辑二《青春年华》是往事追忆，漂洋过海回到祖国的艰辛，北京求学生涯的曲折，穿插着破旧宿舍楼的欢声笑语、骑着单车穿街走巷的意气风发、闲逛公园的消遣不羁，青春岁月的时光，如同老电影一般幕幕重现；辑三《山上山下》和辑四《悠长记忆》则是旅游散记，在当下游览中处处透露着悠悠岁月的袅袅轻音：

"还记得那年夏天的中午，蜻蜓在南湖畔成群结队高高低低地飞翔，即使今年夏天蜻蜓还是依然，也肯定已经不是当年我所看到的那一群了。"（《长春点滴》）

"我只觉得，多年后追忆，它必然会把我带回到这令人难忘的旅程，连同那声音那气息那阳光那东北的氛围，还有汉文和朝鲜文并列的招牌。"（《山上山下》）

"可是时光溜走再也抓不回来，那年秋天已遁入过去，任我如何回首也已经无力触摸，连同那秋凉。"（《水乡，不在梦中》）

虽然行走游览的是当下，但触景生情的是往日情怀。在这里我们可以很清晰地感受到，不论是直言往事回忆，还是悠游往日情怀，都透露着强烈的怀旧情绪，这也正是台湾作家陈义芝所说的："充溢在陶然笔下，为其思维形式、情感机制的怀古意绪，是他散文的另一特色。"事实上，怀旧是散文很重要的一个主题，毕竟散文特有的淡化故事情节、重视情调营造的文类写作规范本身就对回忆性题材书写更具包容性。像陶然这样以记忆为主线，散乱时间序列，打破空间疆域的情怀书写散文其实也不在少数。但陶然的特殊之处就在于他不只是沉浸在记忆的泥沼中，喃喃自语那些陈年旧事，而是凭着在记忆中行走的自由状态观察生活，体验人生，进而升华生命的理性思考和认知。

任何对生命意义的穿透都是以自我认识和立足为根基的，英国学者瑞恰慈在《文学批评原理》中谈到记忆时说："每个经历过的刺激都留下一个印记，一个痕迹，日后它会重现并且在意识和行为上起着它那一份作用。我们行为方面系统性的、经过组织的特性就产生于过去经验的这些潜移默化；它们介入进来，这就说明我们有能力吸取经验教训。它是活的生命组织所特有的一种方法，过去的一切通过它来影响着我们现在的行为，也许仿佛是跨越了一道时间的鸿沟。"在瑞恰慈看来，"记忆"是构成生命组织的特有质素，它以经验的方式渗透主体建构的过程，成为主体生命的一部分。因此，对记忆的整理往往成为主体追寻自我的一个过程，在这个过程中，主体通过想象与虚构整合意识碎片，重建经验生活，并以此观照此中的自我，甚至将过去与当下的经验生活相联系，在参照对比中发现自我的成长经历：

"对于我来说，这无异于小小的社会实践，只是那么一次出游，也明白社会虽然并不单纯，但也不像我想象中的另一种极端，到处是陷阱。"（《电车悠悠行》）

"但我们再也回不到从前，岁月如歌也如流水，北京的四月已离我远去，我再也闻不到四月那春寒料峭的气息，微凉中让人清醒的氛围。可是，我不知道何日可以重临，即使真的可以再来，或许也是别一样的情致别一样的心思了。在现实生活中，重归的足音，实在太难不染上岁月沉重的风尘。"（《四月北京》）

"我后来常常想，如果当时我给分到外地去，后来的生活道路肯定会有所不同，人的选择，即使是被动的，有时也会影响一生，岂能不信！"（《补习生涯》）

显然，在这里，不论世事如何变迁、人事如何代谢，记忆都是唯一的主线，牵引着作者在过去和当下、纪实和想象之间游走，在对青春的茫然无措与骄傲不羁、家国情怀与异域想象、亲人友爱与友朋相交等一系列情绪的体验中，回望自己漂泊、求学、求生等人生历程，反观自我生命成长，并由自我成长体验中凝练升华对时间、宿命、人情等生命命题的思考和认知。一路行走一路浅吟，将心事诉诸笔端，把思考凝结成墨。

每个人都拥有属于自己的记忆，但要在回望过去和体验当下间来去自如，对情绪体验和理性思考把握得当，并由此提炼生命意义则并非易事。陶然的"记忆行吟"在自由、自然、自在的性灵状态下，以非虚构性与内心真实作为观照世界的方式，通过对自我心灵的内审和追问，融入主体审美生命和人生境界，不仅使文章保留了纯朴清雅的原初诗性，而且使"生命的存在与超越如何成为可能"的思考成为可能。经过岁月的涤荡和时间的历练，陶然的文字在用心灵的眼睛观察生活的表象、用灵魂的温度感受生命的本真的坚持中逐渐成熟、圆融，最终达到淘洗浮华的境界。

（袁勇麟 福建师范大学社会科学处处长、教授）

第580期2014年12月15日

假想敌

叶杨莉

女孩生命里有太多战争。

有时候，你需要细细划开那些表面的微笑，歇斯底里的悲伤，才可以看到每个女孩的成长伴随着浓浓硝烟，硝烟底下的落寞，和扬起的滚滚尘土，最终都落在成熟的微笑唇边那浅浅的窝里。

战争是不是就是这样先从家里打响的。这个母亲或慈爱或严格，女孩开始时也许是她贴心的小棉袄，虽然从襁褓中的第一个温暖可能是来自她的怀抱，但是她们俩迟早还是会成为势不两立的敌人。俗语是“女儿是爸爸上辈子的情人”，女孩就会想，女儿是妈妈上辈子的什么呢，“一定是敌人”，她愤愤不安地肯定。

当女孩长到了春末的季节，正要步入热情如火的夏季，这个贴心的小棉袄已经巴不得要脱下了，那一场场战争就开始执拗地打响。

先是母亲的唠叨像箭一支支射来，她躲闪不得。“读书!”“练琴!”“周末上补习!”当然女孩也不是吃素的，她会悄悄架上暗箭，偷懒成了她对母亲背地里的反抗——读书，我就偏不！在书本底下架起了童话书、言情小说，读个天昏地暗，就是不愿意正儿八经读奥数；练琴，我就偷懒！趁母亲夜晚去跳广场舞的时候偷偷开了电视，打开电脑，玩个天昏地暗，就只在掐好时间关掉设备后，才坐在琴前面装模作样；上补习，没法偷懒！那么只好生着气，噘着嘴背上包去上补习，心里怪着敌方的强大。

这些懒偷得巧妙的情况下，大多都不为母亲知情，但是失手的情况也是不少。母亲满足地跳完广场舞回家的时候，出其不意摸摸电脑主机，触触电视机，好家伙，是热的，于是逮了个现行。你的反击以失败告终，心惊胆战地迎接一场臭骂吧。

在女孩的世界里，母亲越来越进化成为一个法力无边的"巫婆"，有时候真的怀疑母亲有洞察自己一切的特殊技能，心里的鬼胎好像她都能一眼识破。在那种青春张扬的夏季到来，小棉袄早已经变成了恼人的小坏蛋。母亲开始执拗地打探女孩方面的军情，而女孩早已执拗地一关关做好保密工作。在家中，她开始沉默，好像一字一句都会泄露了自己的什么，而自己的什么事情巴不得她一点也不知道。在学校里和男生的小约会、小短信更是用谎话锁得森严。

她觉得自己已经长大，却偏偏处在这种半大不小的阶段，她一丁点也不想母亲来管自己的生活、自己的行踪、自己的交友，可是母亲却拿出了比小时候还要高的警惕去管她。正是中学阶段的她，哪里懂得什么社会和人生，只是会本能地想做一个独立的大人。有时候瞥见母亲多出来的皱纹和已经不如她的身高，她偶尔会有点心疼，但更多的是庆幸，这个敌人已经不那么强大了，甚至于自己可以正面迎击，顶嘴和摔门样样都可以打倒她，那种白热化的战争程度只要一个火星点儿就可以燃起。

可能要很多年后，她才明白，那么多年的战争，她是一直拿她的不懂事和叛逆去攻击母亲的爱，她胜得轻而易举，也败得一塌糊涂。

自古同类之间多摩擦，正如学生时代的男孩经常碰撞扭打在一起一样，女孩之间也有很多战斗，只是多潜于无形。女孩天生的同类宿敌有二：一是别人家的女孩，二是校花或者班花。

别人家的女孩总是比自个的要好，样样会拿来做比较，于是咬牙切齿，却抓不着，因为太多。而班花却是有形的，天生丽质的女孩哪有那么多，可女孩从小到大，换了许多个班级，每个班级里却总会有一个女孩，颜如春花，笑如朝阳，身边总不缺少殷勤的男孩，走到哪里都是人群中的显眼者。

有种班花琴棋书画样样精通，成绩佼佼，老师喜欢，大半个班的男生喜欢，连女孩自己欣赏的男生也喜欢。而女孩却这么普通，丢在女孩堆就找不到了，对班花这样的同类总是又爱又恨，常常偷偷观察她，看她那漂亮的脸蛋自己也喜欢，也讨厌和她说话或者和她站在一起，憎恨自己的失败。偏偏遇上一个好脾气的班花，没有不可一世的傲气，和她说话像在白云上飘似的，她浑身散发着吸引人的气质，女孩喜欢和她来往，但是又愈发憎恨上天总是爱造出完美的宠儿来衬托世间的不公。

可是有一天听到有人讲班花的坏话时，心里却有发现了完美人的不完美的痛快感，那痛快感有一种酣畅淋漓的庆幸，有时候甚至愿意上去帮腔，"没错，班花的好都是装出来的，就会惹男生同情"。原来和班花之间的战争包含着女生之间的闲言碎语，包含着自己心里的暗自猜想，从没有停过，那是一种从妒忌心中升起的硝烟，除非你的脸蛋足够称上第一。

女孩，你承认你还有一个敌人，她叫作"闺蜜"或者是"死党"吗？你别否认，她常常就像你衬衣最顶上的纽扣，扣上了紧得你难受，不扣又像少了什么。朋友，最亲的朋友，彼时，你还不知道朋友的情谊比天还高，比地还辽阔，但你一定知道，少了朋友，自己一个人绝对很无聊。

更小的时候，还担不起朋友一词，只能称为玩伴。那时候，你们的战争其实只爆发于吵架之中，因为一些鸡毛蒜皮的小事，吵得两人都泪汪汪，之后又笑了起来，什么事情也没有似的继续玩耍。小学时候的女孩就会分派，你我一国，就不要和另一国的来往，也许只是和另一国的一个女孩有点交集，就会被踢出到另一个群体。

再大了一些的时候，你们会有战争，只不过不会再当面吵吵，而是更可怕的冷战，有的一冷下去就直接成了绝交，有的一冷下去还是会渐渐回温。有的时候，朋友之间的感情像爱情，会吃醋，会钩心。认定了的闺蜜和其他人也很要好，女孩的心里就多了一个小疙瘩。身边的死党在成绩上超过自己，女孩的心里也多了一些不甘。因为相似，她们容易走在一起。因为亲近，她会容不得她的或有或无的超越。

女孩，最大的敌人是男孩。也许是先从暗恋的那位男孩开始的，正是懵懵懂懂的年纪，不知道是什么激发了荷尔蒙，看到他的瞬间脸就会红，甚至紧张地说不出话。越是喜欢看他，却越是不敢看他，不敢泄露。迎面看到他，女孩会赶紧把头撇开，千万不能让他知道自己的一切心思，甚至装作冷漠。女孩心里的喜欢和高傲的自尊心在进行顽强抗争，她收集着一切他的信息，好的信息，她会快乐，坏的信息，她会说服自己。直到有一天她知道了，男孩喜欢的是另一个女孩，于是，她的一切战争的炮火一边对着自己猛烈射击，难过地抹了泪，一边对着男孩开火，让男孩相信自己其实无比讨厌他。就这样，浓浓硝烟中，直到男孩消失在自己的生命里。

正当一场恋爱慌慌张张来临的时候，虽然这一个男孩没有消失，而是深刻地在女孩生命里留下印记，但是这个印记也带着浓浓火药味。女孩开始伪装自己，在他面前总是尝试把自己最好的形象展现出来，而收敛那些随意的坏习惯。她永远也不愿意比男孩更主动，男孩短信回得慢，女孩要回得更慢，她觉得这样才不吃亏。她期望他在特殊的节日里能给她一份特殊的礼物，但是一旦没有，她会什么也不说地变了脸，只留下一头雾水搞不清状况的男孩。她看到他和漂亮女孩打闹，也会故意和别的男生说笑，故意制造了摩擦，就是不愿意承认自己的吃醋。

于是女孩越发觉得他们在爱情里，是情人亦是敌人。其实谁认真谁就输了，而女孩往往是认真的那一个，那份恋爱战争里无关金钱，无关地位，只关真心，不管结局如何，女孩常常都打得身心俱疲。每个女孩的成长就是伴随这样一场接着一场的战争，殊不知，那些她胜了的抑或败了的战争其实根本不存在，那些让她咬牙切齿的敌人不过都是她的"假想敌"。

女孩真正的敌人就是她自己，是她的不成熟，她的自卑，她的骄傲，她的嫉妒心，她的虚荣心。好在那些战争的炮火并没有让她少鼻子少眼，而是在炮火消殆之时，她长大了，她变得成熟，她学会了该如何去爱。

（本文获省高校文学作品大赛散文二等奖）

（叶杨莉 文学院2012级校友）

第 584 期 2015 年 3 月 16 日

我的三个心境

朱鹤健

年轻时，觉得前面的路很长，经常往前看，盼望快些变老；到了老年，觉得日子过得很快，往前看是"公墓"，不敢多想。只好往回看，经常回忆旧事，原来老年怀旧只因前面没有想象的空间的缘故。我往回看，觉得这一生有三个心境——读书瘾、农村梦和宽容心，就是这三个心境支撑着我生命的主要活动。到了这一大把年龄心境已是"荣辱不惊"，没有什么顾忌，说起话来率真，记起事来水分也不多。在这个时候，自画像可能会逼真。

读书瘾

如今我平日或多或少都得看一些书，如同散步一样成为我生命活动的必修课。读的书都是本专业科技书，其中没有修身养性、娱乐消遣的功能，却有自我陶醉的作用。多天不读书，心中总觉空荡荡的，不好受。这好像我当年与老伴热恋的时候，没有什么事，也明知此去她在医院查房，谈不上话，但脚却不听使唤，不经意就拐到她那里，照面一下，打个招呼，就心满意足。心理学家认为这种心态是一种心理依赖症，也就是大脑皮层里有一个"犒赏系统"，这个系统受到某种刺激后会产生欢快体验。当刺激解除之后，个体就会对以前的欢快体验产生渴望。烟瘾、酒瘾、网瘾都是出于这个道理。按此推理，我可能患上"书瘾"。现在老伴患了健忘症，医生说只是初期，多与人交流可早康复。我有心按医生嘱咐护理她，却往往因读书而疏忽，有时她呼之，我没应，惹她生气，自觉愧歉，但不能把握自己，一犯再犯。这说明即使我想做的事，也会因读书而耽误了。

我早年不爱读书，经历被动读书转化到主动读书的过程。童年时在父母鞭子下逼着读书，青年时在考试指挥棒下读书，只读老师要考的那些内容，应对考试。再多一些书，就不想读，读书捆在考试的范围内。当老师后，刚开始也只为完成教学任务去读书，读的书只限于教材那一本，只求读熟这本书，上课时能朗朗上口，不忘词，就感心满意足。总之，很长一段时间，都是在外力胁迫下被动读书。随后教学、科研遇到一些难题需要破解，为寻求答案去读书，这时候才有一些主动搜索知识的想法，做资料卡片、读书笔记，为特定目标，广泛收集资料。也正是这个时候，才出现主动学习外文的劲头，还带来读书的快乐感。特别是读书有了成效，还带来成就感的愉悦，又鼓励我再读书。例如，读书所得编写了有特色的教材，1992年出版，得读者点赞，获全国高校教材一等奖，就这么一着，促使我又读了好些书，继续对教材做了精加工，补充新观点、新成果，2010年第二版教材诞生，列入国家级规划教材。这是读书成就感推动我主动读书的例子。这说明主动读书至少还有一种成就感当作驱动。主动读书积以时日，竟发展到自动读书。所谓自动读书是指没有任何驱动力的情况下，也会自订一个问题去读书求解答。犹似惯性运动，想刹也刹不住，控制不了自己。古人说：学海无涯苦作舟。到了自动读书时已不是这种心境。每当碰到难题，通过读书而获解决；一种想法，通过读书开阔视野，另辟天地，其乐无穷耶，何苦之有？耄耋之年，教学科研已经偃旗息鼓，也无成就之渴望，却有一股劲头还想读书，这只好用满足精神上的欢快来解释。当然也包含一些贡献余力报效社会的心思，这就是我读书由被动转为主动又再转为自动的过程。

自从读书上了自动化轨道以后，知识不断增长，派生许多想法，于是渴求知识外溢。我找了两条外溢的路径：一条路径是教书，把自己的想法溢到学生中去，盼望薪火相传。到了老年仍乐于教书，都出于这个原因。正因为有知识与经验的沉积，老年讲课内容仍能吸引学生，学生们常说爱听我的讲课。另一条路径是写书，把我的想法溢到社会中去，盼望我的想法有人接受能变成现实。在我（包括与学术团队成员合作）出版的19本科技书中，有2本是在八十岁以后的三年中出版的。在第19本书的序言中，我写道："这是我最后出版的一本书。"看来这句话说得太早。现在，我的脑子中还有一些想法，按捺不住又着手写了第20本书。心中有些想法不写出来，憋在心里难受，所以说写书还关系到我的养生。

<<< 第五辑　闲笔落花

农村梦

我的身份一直都是教师，但却有好多时间待在农村里。这一方面是因为我从事的专业，教学、科研都必须到农村实践。而另一方面是在我青壮年时期，国家政策要求知识青年去农村与农民"三共同"（同吃、同住、同劳动）。在农村里，我看到农民起早摸黑劳动，而过的生活却十分贫困，长年不见荤腥，炒菜只用一块肥肉在锅里划几下。在农村里我又见证了农民的朴实感情，劳动时特别照顾我；劳动之余去捕田鼠、泥鳅为我改善生活；我病了上山为我挖草药，此情此景永生难忘。这段经历刻骨铭心，给我这个长期待在校园里的人装上了农民心。改革开放后，我有机会组建学术团队，首先想到的便是要把促进农民富裕成为我的学术团队研究的主题。在闽南的漳浦，在闽西的长汀建立试验区开展研究，引导学术团队成员为农民富裕做出一些事情来。于是，花了15年时间，研究了农业资源优化配置，寻求少投资、多产出的农业致富的路径。花了11年时间研究生态与经济同步发展的路径。取得许多数据，找到一些理论、规律与路径，写了论文和专著，也探索出富农的一些有效技术，在试验区内见到实效，但大面积推广却遇到许多实际问题。从而感悟到富农技术需要富农环境相配套，而富农环境涉及社会上多方面的改革。我期待着富农大环境的形成，使我研究的富农技术真正落到田间，这就是我的农村梦。我这个梦想通过教学活动层层传递给学生，告诉他们这些梦想迟早会实现的。早年我向学生也说过一些梦想，当时的学生们只当梦话。如今这些梦想实现了，学生们感佩我料事本领。实际上这种料事本领是从读书与实践过程中感悟到的，因为事物的发展必须遵循自然规律。

宽容心

抗战时期，我随父母到沙县避难，在那里完成小学和初中的教育。沙县临河而建，我家近河。读小学时，夏天经常结伴到河中游泳，父母担心，每当我拿裤子与毛巾时，就禁止我出门。于是，我只好不带裤子与毛巾去游泳。游泳时光着身子，游后躺在岩石上，晒干穿衣回家。当时年少，没人介意。但这样的做法仍被父母发现，他们用指甲在身上一划，如果呈现明显线痕，说明我又去游泳了。因为我没有擦洗，身上会沉着薄层细土。在屡禁不止的情况下，父母想出一招，每当学校放暑假，就早早送我去当地私塾读书，实则是锁住时间不让我去游泳。私塾有一些规矩，早上上学先叩拜孔子，老师手执竹鞭，十分威严。每日要背诵规定内容，不会背诵要打手心。经历好几个夏天的私塾生活，陆续读了《论语》《中庸》《孟子》《大学》，当时只顾背诵，不解其意。但有一些说教，诸如"君子莫大乎与人为善""中庸之为德也，其至矣乎""将其善者而从之，其不善者而改之"，像涓涓流水浸润了我幼小的心灵。长大以后接受阶级斗争教育，视孔孟之道为封建渣滓，我有心改造自己，力图铲除脑子里尚存的这些说教。然而，先入思想有其顽性，时起时伏，新旧思想经常在脑海交锋。于是，每次写鉴定时，在缺点中必有"斗争性不强"这一条。"文化大革命"乍起，第一时间我就与十几位老教授一起戴高帽、涂黑脸，游校示众。老教授挂的是反动学术权威的牌子，我当年才三十出头，只是讲师，沾不上权威的边，却以修正主义苗子定罪。罪状是贪图名利，发表文章赚钱，走白专道路。斗争之后，列入牛鬼蛇神，在红卫兵监督下劳动改造。到了清理队伍阶段，一些人因派性或历史问题，关入"牛棚"审查，我却获得自由，重返革命群众队伍。"文化大革命"结束后若干年，一位当年挑动红卫兵斗我的老同事，重病住在医院，我去探望他，他深情对我说："您是老实人，文革被斗只因政治不开展。"给我一个感觉，我在"文革"中能化凶为吉与老实人的评价有关。"文革"前，我生活平顺，一路赞歌，没有经历风雨。"文革"突变为牛鬼蛇神，心里十分痛苦。想当时，倘若有人再加压力，我可能会走上绝路。好在当牛鬼蛇神时未受皮肉之苦，后期又转化为革命群众。联想古训"言人之不善，当如后患何"，省悟到"宽待别人，就是善待自己"的道理。所以后半生以"海纳百川，有容乃大"作为待人处事的座右铭。

老伴与我共同生活了近一个甲子，她勤于工作又善于持家，得我敬重。我待人处事也得到她的点赞。唯有一点，她认为我被人伤害，不做反击，反而帮助对方，持有异议，常有争论，对我曾有"几分可爱几分傻"的评语。如今，我俩都步入暮年，她思想反应已经迟钝，而我仍能正常思维，又悟出一个道理：宽容是养生之道也。

（朱鹤健 福建师范大学地理科学学院教授）

第 593 期 2015 年 9 月 15 日

潜心学术乐在其中

——退休生活的杂忆与感悟

张萍芳

时间过得真快，我出生于 1933 年 12 月，转眼之间，今年已经 82 岁了。如果从 1997 年底退休算起到现在，也快 20 年了。

我们这一代人，在特殊的人生环境中，经历了风雨坎坷，遍尝了酸甜苦辣。当我们步入老年，离开工作岗位后，和以往一个重大的区别是：供自己自由支配的时间多了，可以选择各种自己感兴趣的事情来做。有人含饴弄孙，尽享天伦之乐；有人根据具体情况，学点自己想学的东西。我呢？学习国画、玩电脑、打网球，这些都尝试做了，自得其乐，收获不少。从 1954 年考上北京大学哲学系做学生那时开始，我就与哲学结下了不解之缘。现在退休了，要把它完全地放在一边，还真是有点难舍难分啊！

像我这般年龄的老人，也曾经拥有过精力充沛的青春年华，但在"左"的思想统治的年代，却被数不清的政治运动，占去了太多的宝贵时光。在退休之后，既然有了可供支配的时间，总想把失去的时间尽可能地找回来，多读一些自己感兴趣的、有价值的书。我与哲学相伴，至今已经 60 多年了。对我来说，读书不仅是"老有所学""老有所为"的有效途径与必要环节，而且还成为"老有所乐"的最佳方式与有效手段，真的是"乐在其中"！

2006 年后，我先后受聘于本校的公共管理学院和马克思主义学院，分别为博士生、硕士生讲授"中西哲学比较"和"哲学概论"课程。这样一来，读书学习的目的就不仅是自娱自乐，而且是与提高个人的学术水平和教学质量直接相关了。

所有当过教师的人都有这样的体会：讲课要想摆脱照本宣科、人云亦云的被动状态，就得要有自己的独立见解，而这只有勤读书、多思考，才有可能做到。读书可以增长知识，但如果只读书而不思考，是无法把知识转化为智慧的，更不用说能改变自己的气质与提高人生的境界了。"学而不思则罔，思而不学则殆"，"胸藏文墨虚若谷，腹有诗书气自华"。古人的这些说法不是空泛之言，而是深刻的经验之谈，适用于所有的人。哲学最根本的目标就在于，引导人们志存高远，从现实中追求人生的终极意义和神圣价值，那就更要在实践、读书的同时，强调致力于思考与探索。

在西方古代，哲学向来就与"爱智慧"相联系，而且哲学本身就来源于惊奇。中国古代的学者不仅提倡博学、笃行、言行一致，而且也强调审问、慎思、明辨等环节。看来，一个从事哲学工作的人，只要是还活着，就不能停止思索与探求。既然历史的机遇让我走上了哲学之路，也就只能无怨无悔地继续走下去了。有的朋友问我，当初为什么要选择哲学这么个抽象的学科来读？我只能说，这是客观的实际情况造成的。那时，我刚刚离开抗美援朝战场回国不久，思想准备不足就仓促应考，在填写志愿时，不知如何是好。后来多亏了所在部队的领导和战友的积极建议，我才做出了选择。坦率地说，当时我对"哲学是什么"并不很了解，只是爱思索的性格，才使我后来慢慢地喜欢上这门以抽象思索为特征的学问了。

也许是惯性使然吧，退休以后，我仍旧继续保持着思索的习惯。在读书与思考之中，每偶有所得，便自然而然地执笔为文。日积月累，居然陆续写出了一批相关的学术论文。在此基础上，逐步形成学术专著，也就顺理成章、水到渠成了。退休以后，我陆续写成60多篇学术论文，并先后公开正式出版了5本学术专著，这些都是我自己始料不及的。其中《"天人合一"与"主客二分"——中西哲学比较的重要视角》（社会科学文献出版社，2010年）和《哲学：智慧与境界》（社会科学文献出版社，2013年）这两本书是在分别为博士和硕士研究生讲课的过程中逐步完成的。《张世英哲学思想研究》（人民出版社，2008年）和《中国哲学的现代转型——六位哲苑名家的学术生涯》（人民出版社，2012年）主要是以我在北京大学读书时给我们讲课的几位老师的学术生涯作为研究和阐述的对象，研究他们的学术成就与人生际遇，从某些侧面反映出近现代中国哲学发展的艰辛而又复杂的历程，从中得出若干值得反思的教训。我的老师中，有些人在 20 世纪 30 年代就已经是享誉国内外的知名学者了，但由于众所周知的原因，我在大学阶段，读不到他们当年写的书，只有在改革开放的新时期才有这个可能。2013 年出版的那本《〈自然辩证法〉研究》（社会科学文献出版社，2013 年），那是 20 世纪 90 年代初版的书，2013 年又重新补充修订出版。

今年初，我从 2003—2014 年（即我 70—81 岁）期间陆续写的学术论文中，选出其中的 38 篇汇集成书。退休之前，我曾经出版过一本名为《爱智篇》的论文集，副标题为"哲学学习探索 40 年"。为了与之区别，今年的这本论文集书名定为：《皓首沉思录——哲学论文自选集（2003—2014）》。其中的绝大多数文章都已经在全国性或省级相关的学术刊物和报纸上公开发表过，著名哲学家、北京大学资深教授张世英先生为之作序。全书 40 多万字，内容涉及中西哲学及其比较（诸如海德格尔的哲学史观、雅斯贝尔斯的"轴心时代"理论、中国古代哲学基本问题、王阳明哲学属性以及梁漱溟关于中西文化哲学及其比较等），对以往哲学理论中若干争论问题的回顾与反思（如何正确对待哲学唯心主义、如何全面理解对立统一规律等），以及对我国现代几位著名哲学家（金岳霖、冯友兰、熊十力、汤用彤、张岱年、任继愈、张世英等）具有原创性与代表性的哲学思想与人生际遇的回顾与探讨。此外，还涉及哲学与科学关系（着重于对"李约瑟问题"和"希格斯玻色子"的发现问题的思考），哲学、科学与宗教三者的关系，审美观与人生境界问题等。该书也已于 2015 年 8 月由社会科学文献出版社出版了。

古人说，学海无涯，学然后知不足。60 多年来，我在哲学这个领域中虽然竭尽所能，做了一些努力，但至今还不敢说已经登堂入室。所幸撰写的这些文章从某个侧面反映了我在退休后之所思、所想，是在边读书、边思索中所形成的个人体悟与一得之见。至于观点是否正确，那是另当别论；其中的是非曲直，只能留待读者指正与历史评说。对于我个人而言，总算是对自己有了一种交代。

我认为，人之所以为人，人之尊严，就在于人能够劳动，能够思想。中国古代哲人曾经有"人为万物之灵"的说法。恩格斯也把人的思维比喻为宇宙间

"最美丽的花朵"。作为"万物之灵"的人的思想，实际上是大自然漫长的进化过程中赋予人类的最珍贵的礼物。人类之所以能够走出原始的蛮荒，不断地在文明的道路上阔步前进，正是凭借着思想的力量。从这个意义上，17世纪法国著名思想家帕斯卡尔认为，"人只不过是一根苇草，是自然界最脆弱的东西；但他是一根能思想的苇草"。人类的"全部的尊严就在于思想"，为了不断地提高自己，"我们要努力好好地思想"。这位思想家说得很对。人只有"好好地思想"了，才能不断地增进知识，提高智慧，洞察人生，以清醒的头脑，面对纷繁复杂的客观现实，力求做个睿智的人，明白事理的人。记得古罗马著名哲学家西塞罗在《论老年》中曾经这样说：老年人不仅要保重身体，还应注意理智与心灵的健康，因此，老年也得不断学习，从中寻求人生的乐趣。一个总是在学习和工作状态中的人，"是不会察觉自己老之将至的"。这与孔子所说："发愤忘食，乐以忘忧，不知老之将至"，不正是一个意思吗？

人这一辈子，生和死都是被动的，基本上不是个人能够选择的。我们自己能够掌控的，只有调整好自己的心情。我们所应该做，而且能够做到的就是：清理与安顿好自己的内心世界，放下对世界的过多的物质欲求，去除心中的烦恼和负面情绪，潇洒地、轻松地面对人生。思索生命的意义，洞察生命的真谛，保持乐观的精神状态，把生命掌握在自己手中，以各自不同的兴趣与自己认可的方式，做自己想做的、有益于身心健康的活动，从来使自己的精神世界丰富多彩而又果实累累。如果能够这样，那就可以说是无愧于此生了。

（张萍芳，福建师范大学马克思主义学院教授）

第 594 期 2015 年 9 月 30 日

小巷深深

——关于童年的如歌散板

林依标

导语:"童年"是首无字的歌谣,适合低吟和哼唱……

一个童年快乐的人,灵魂一定善良而高贵。

"福州西门外向西有一条逶迤的石板路,住着福威镖局林平之家。"金庸的武侠小说《笑傲江湖》开篇写的这条石板路,就从我家门前蜿蜒而过。自福州出西门,再往西,经凤凰池、祭酒岭、洪山桥、洪塘、下安、科贡,到闽江分叉口的淮安村,这条石板路延绵 20 余公里。我家就在洪塘状元街的一段小巷——状元街上境、沟漧街五块石,由此向西约 1 公里,小巷即沿江而上,往科贡村、淮安村。在小路的南侧,金山寺已立闽江千年,成为福建独特的一景。

洪塘是座有着千年历史的古镇,唐代的侯官县、宋代的怀安县,其县治都在洪塘附近。洪塘还是块文化宝地,历史上人文兴盛,最出名的是明朝状元翁正春,状元街因此而得名,还有兵部尚书兼抗倭名将张经、"闽剧创立人"曹学佺等。

清末以降,状元街一带是福州富商聚集地之一,规模较大的商行,有南北京果店"泰丰行"、酒库"元春"、酱鱼奇厂"同隆"、米行"瑞丰"、糕饼店"旺记"、燕皮店"永乐"、金银店"新华楼"、中药店"万安堂"、典当店"新隆"等,另有布店、书店、苏广百货店、饭店、点心店、扁肉摊、鱼摊、厨具店等商铺。

历史常被时光偷换,而时代又善于变幻色彩。及我懵懂初成,状元街已成了新工农兵的时代：公社、供销社，蓖梳手工业——洪塘牌"蓖梳"是当时劳动妇女的主业。此外，打春卷皮、打"燕皮"、邮局、弹棉花、修车行、修鞋以及小小的私家诊所，早点摊子、夜宵担子，普通人的生计鲜明而凸显，尊文崇商已退出了历史舞台。

儿时的记忆，播撒在小巷，积淀于光阴，一年四季上演的种种生动，皆是隽永的农耕生活画卷。

春天的小巷

春天的小巷，是喧嚣的小巷，只一个"闹"字便了得。

月光带着寒意，洒在早春的小巷，果树努力地生长，青竹拔节依稀有声，野草暗暗较劲，看似敷衍一季的野花，也顽强地撑出石缝，展露姿容；月光在后山的果林和池塘边闪现，远处一声声布谷鸟鸣，春夜的宁静就这样被打破。

绿荫萌动了，百鸟觉醒了，翻飞扑腾，在江边觅食、在田头跳跃、在枝头啾鸣，屋檐、草垛、树杈，到处藏着鸟窝，人们在鸟鸣中醒来了，开始一天的忙碌。孩子们提着书本穿行在树下，常得防备着鸟粪袭击。可也因了鸟粪，小巷百花盛开，成了花海之巷。四处觅食、迁徙的鸟儿，粪便里带着各类瓜果树木草花的种子，这些"破壁"的种子，随着粪便落地，遇到适合的水、阳光和土壤，就破土而出。小巷的石板路、家家户户台阶以及树下，长满了各种野花，甚至有紫云英，墙缝中还会罕现红豆杉的树苗。红豆杉因种子壳坚硬，无法"破壁"不能人工种植，但经鸟胃加工而破壁，就可自然生长。现在红豆杉的人工培育技术已很成熟，福建明溪县是"红豆杉之乡"，人工已种植十几万亩，其提炼出的紫杉醇还是很好的抗癌药品。小巷各类植物竞相生长，鸟儿的功劳最大。

春，使生命涌动，而我们，也在乡情乡俗的血管里一天天褪去青涩，懵懂地成长……

春节，每家每户要清扫庭院，洗刷门脸，贴春联挂红灯。巷子的红灯不只挂到正月十五，要过了正月二十一才收。正月二十一是普渡节，每年的这天，在外工作的人不仅要带着家小悉数而归，还要盛邀亲朋好友前来观看一年一度的游神及祭拜。

小巷出过的状元、进士或武官等，数百年后被人们奉为神灵，记得"文革"前，真人庙和大王庙里都还保存其雕塑，"文革"期间被毁。这两座庙在1949年以前已作学堂，后来完全被当小学使用，几经修建，现在已是一所很现代的小学。庙毁后，直到20世纪80年代后期，村里又集资建了座小小的真人庙，重塑了神像，恢复了每年正月二十一的普渡游神祭拜活动。

"游神"从正月十五后就开始准备了，祭祀那天，一对对高跷、狮舞、龙舞，依次而出，威严其行。穿梭其间的，多是闽剧打扮的演者（村里有闽剧爱好者，还有剧社），再循次是黑白无常、神像，队伍长近千米。本地的神像游到哪家，主人就摆出香案，放上祭品，点燃香烛，虔诚祷告，于是队伍就地停下，表演、放鞭炮，为主家祈福。游神起于金山寺，终于瓦程塔，近三公里的行程，祭祀仪式要历时三小时多。孩子们追随观看，堪比欢郎。窄窄的小巷，两边伸出的木屋屋檐制造了许多"一线天"景观，阴雨的正月，鞭炮焰火冲天，整个小巷都充斥着浓浓烟雾，火药味刺鼻，故每次游神，必有119火警现场保驾，以防不测。

这天之后，春节才算过完。然而孩子们的乐事还没完，"游神"过后会漏下许多未点燃的大小鞭炮，第二天，孩子们会沿路去捡，然后集中燃放。倒出火药，或集中一堆，置于平坦石上，或撒成条状，外加一根引线，点燃后像一道火焰；或将几根大鞭炮绑在一起，用吸水烟的草纸延长引信，点燃后，双手捂耳，仓皇跑开。

每次的欢聚，小巷家家户户必有一道菜：春卷。春卷各地都有，但小巷的春卷独具特色。巷口叶家是祖传摊春卷皮的高手，到了这一辈名叫"细细知"春卷皮，皮薄，均匀，有韧性和嚼劲，堪称一绝。春卷馅一般不用豆芽而用包菜，但配料是各家不一。我家以包菜为主外加冬笋、豆干、韭菜、虾皮、肉丝等。包菜洗净，焯水至半熟，挤干，和上配料、佐料，好不好吃关键看主妇的手艺和经验，这也是诱惑邻居间互相品尝、评价的理由。

春寒料峭，最闲不住的是孩子，光着脚板在石板路上飞跑，欢乐从来不因寒冷而停止。女孩子们两两分拨跳方格、踢毽子、抛沙袋、跳绳、跳橡皮筋；男孩们运动量则大得多，滚铁圈、踢皮球、摔纸片、打柿子核、踢铁罐。捡一个罐头盒，放在开阔地，大家手心手背，选出守罐人，令其闭眼、转圈，伙伴们四下躲藏，由守罐人寻找，被找到的则去替换守罐人，再寻找他人，依次循环，这个游戏比的是机警和速度。活动一小会儿就满头满身的热汗，此时常常甩掉外衣，光脚踩在石板上，很是舒适。

夏天的小巷

树在屋旁，屋在树下。经年流影，两旁的木屋泛出氤氲的金黄，伴着蜿蜒无尽的石板路。而汩汩不息的，则是石板路下流淌的淙淙水声。

夏夜，月光轻泻，木屋拥着树影，似披着一层银色薄纱。燕子、斑鸠、麻雀、喜鹊，归巢了，平静了；鸡鸭猪狗牛羊入圈了，也无声了。小巷忽然陷入了月光的海洋，一切回归安详宁静，劳作了一天的人们，此时停歇下来，享受这惬意时光。

庭院早早洒上水，降了温，小圆桌支起来了，几个小菜安静地趴在桌上，有闽江的蚬子、菜园里随手摘下的空心菜、土鸡蛋和丝瓜汤。男人们端起自酿的"青红酒""地瓜烧"，月光下浅饮，开始谈天说地。这样的饭桌夜话，主题随意，心情随意，无谓得失，该说的话，再拙的嘴也说得令人心动；不该说的，再巧的舌也惝惶打结。谈戏文、谈小巷春秋、谈家长里短，照样能烹饪一桌熨帖的话题。乡村的道德与戒律慢慢浮现上来，对小偷小摸痛恨，对小奸小诈揶揄，他们执守"小隙可以败大节、小恶也会污大善"的理念，这固然是对不良行为的鄙视，但更多的是对自身生存环境和所持价值的珍惜与维护，和睦、友善与相互关照，是根植于农耕文明深处的核心价值，就这样，在一啖一食之间，相互传承、相互制约。月白，风轻。此刻，惬意的时光属于这群乡村汉子。

孩子们枕着一天的兴奋与疲惫进入梦乡，在些些呓语中盼着明天。清晨，炊烟与雾霭在屋檐和树丛中缭绕，小伙伴们揉着惺忪的睡眼，一个个从家里溜出来，急不可耐地合计一天的活动。午饭后，知了唱得更欢，燥热难耐的我们，或许正骑在心仪的果树上大快朵颐。傍晚，斜阳笼罩，一个个泥猴、皮猴，走出沙滩，自闽江"泳而归"……

长安一片月，万户捣衣声。小巷的女人喜欢晨起浣衣，做完早饭，家庭主妇们不约而同，或提或挑，带着家人隔夜换下的衣物，去闽江边洗涤。台阶旁，一排溜的洗衣妇，沐浴着霞光，七嘴八舌，叽叽喳喳，江水温润，鱼儿绕膝，好不畅快。清清江水荡涤汗渍，即便孩子们旧旧的汗衫，也透出阵阵清香。

夏季的小巷是芳香的小巷。茉莉花、玉兰花、夜来香还有瓜果的香味儿随风飘散。最有特色的，是闽侯上街公社一带广种的茉莉和玉兰，夏季收获的季节，花农们凌晨下地摘花，正午前整理收拾完，一定要赶在下午送到福州工业路的香料厂去卖。制作香料、香精和茉莉花茶的花，须当天采摘并保持完整。时令的花很娇贵，花农们用竹编的篓、或麻织的袋子盛装，架在自行车上，过江而来，一拨拨成群结队地从门前的小巷穿过，石板路凹凸不平，自行车颠颠簸簸，花香随处飘溢。夏日的午后，我们就这样沉醉于花之香氛。

除了闽侯的茉莉花，家乡的白玉兰也是福州一绝。玉兰花树一般都很大，常要双人合围，小时候去姑姑家，她家门前就有数棵高大的玉兰树，采花时要将竹梯搬上树杈，用绳子绑固，采花人爬上竹梯，再用小竹勾去勾采。孩子们在树下捡拾，但因摔落地下，花品差了些，故价格也低。如今，面对工业化的颠覆，我能捡拾的，只是在应季时节，从出租车上系挂的几朵玉兰或茉莉来回味当年的情景；偶尔自己开车，也会在等待红灯时，买上两串路边花童之售物，闻闻嗅嗅，聊慰童年之想。除了花香，还有鱼香。我家隔壁是供销社的"酱鱼奇厂"，做虾油、酱油和一些咸菜。虾油是福州特产，也称鱼露，用小鱼、小虾泡制而成。夏季泡制虾油的大缸的盖子一定要打开，令食物曝晒，通过光与热的作用增其鲜味。小巷常年都或浓或淡地飘着豆香和鱼虾香。对岸闽侯的百姓，每每去福州，扁挑两头都带着数个竹筒，用来盛装酱油和虾油。这种竹筒长近一米，是将多年生的老竹中间打通，上头留洞。因为要替邻里相帮代买，所以每个过江进城的人几乎都要挑好几个竹筒，他们先将竹筒寄存在供销社，做好记号，回去时挑上几十斤油带回去。小巷每天都能见到这些肩挑调料、脚步匆忙的人们，他们挑回去的，是一家的滋润和邻里的满足。

秋天的小巷

秋天，小巷充满色彩。

秋月有些朦胧，洒落在铺满落叶的小巷，微风吹起，落叶翩翩起舞，凌波微步。月光在屋檐、树影中闪动，凤尾竹沙沙作响。月光送来阵阵成熟的稻香、果香，香味伴随着月光，月光掺和着香味，在小巷上空弥漫、升腾……人声寂静，夜色凝练不动，仰望星空，繁星点点，仿佛可以感到万里上空的深邃与神秘。

清晨，霞光或雨露的枝头，已是果实累累，人们忙着收获。秋天的色调最是斑斓，果实们也各呈其彩：葡萄、桃子、香蕉、龙眼、橄榄、芒果、番石榴，由青而黄、而红，随季节不断变化。黄皮果一串串挂在树上；香蕉像灯笼压得蕉树弯了腰；福橘是闽江沿岸的特色；柿子须得摘下来捂熟，有时偷偷将它埋在米缸里，时间一长忘了，淘米时常常不小心被抓烂……

"戏园"东边的阮阮婆，家门口种了几棵桃树，品种很好，每到这个季节，我们就开始惦记，甚至比主人更了解每只桃子成熟的时间。朝东的和树顶的果实一般最先熟也最好吃，因光照时间长，长得快。阮阮婆种着刺篱笆将桃树围起，还时时拿根"竹撑"出来驱赶家禽，顺便照看桃子。记得有次偷桃，我们趴伏在刺篱笆内侧的地上，待她巡视一番"回营"后，便分成两拨，一拨放哨，一拨行动。桃树不高，上下很方便，我们把摘得的桃从领口放进背心里，腾出两手好动作，特别要注意的是她家的狗，乡村人家门户敞开，狗也四处游荡，她家的狗与我们也混得很熟。秋阳下，狗多数躺在树下乘凉，因为没有汗腺，时常张嘴吐舌并将身体卧在泥土上散热。那次摘得正起劲，忽然听到信号，我们立即滑下树，迅速卧躺在篱笆边，紧张不安，偏生这时她家的狗也跟着主人出来，发现了我们，立即很亲热地跑到我们身边，嗅来嗅去。真是"恐"极生智，蛋蛋弟立马主动地轻轻抚摸它的头和背，这乖乖狗居然和我们一起卧倒在地，腹胸起伏，享受泥土的芳香和凉爽。阮阮婆未发现"敌情"，回屋去了。又惊又怕的坏孩子们，长舒了一口气，带着偷摘的鲜桃，一溜烟跑到江边，跳入江中清洗战利品，桃毛刺得皮肤痒痒，直抓得身上一道道红痕。

从生吃到熟，很多令人赧颜的偷险之乐，就这样尴尬地丰富着那个贫瘠的年代，丰富着我们的成长。

秋夜，风高物燥，小巷传出打更声"关好门户、放好柴火、小心火烛、防火防盗"，夜深后，打更声变成了"平安无事"。这样的提醒从秋天开始，一直到来年的春天。

另一种声音也在此时的小巷出现：夜至深，调羹敲打碗的声音由远而近，这是小巷的叫卖声。一副简单的挑子，一头是热锅，锅里架着方格，一边煮面，一边捞汤圆，底下放着木柴或煤球；另一头是各类熟食，猪下水、鸡鸭肠和卤肉，主食是兴化粉和面条，放入热锅捞一捞，搁点儿佐料，就是十分可口的宵夜。他们在深夜的小巷游荡，这该是中国传统的快餐吧，但这快餐与我们无缘，每碗两三毛钱在当时实属高消费。若是实在饿，我们就将地瓜切成小块煮熟，放些芹菜和蒜，搁些盐，一样充饥，也十分可口。

燕子飞走了，大雁排成"一"字和"人"字，也要飞回他们的老家去。站在小巷，望着天空，看雁群在领头雁的带领下轻松地飞翔，领头雁带走了雏雁，也带走了我们的秋天，冬天就要来了。

小巷还有一个特殊功能：医治术。巷边丛生的野草中有不少中草药"单方"及"偏方"，小时候我打球时常脚踝关节扭伤，外婆会到屋后摘一片梧焦的大叶，切成若干小段，在热锅中捂软，趁热贴在创口上，消肿止痛，疗效很好。孩子们踢伤、擦伤、摔伤、长芥子、发脓是常事，外婆就到屋前一棵叫溪陌的木本小树上摘几片叶子，长芥子的就捣烂，和些稀饭汤，敷在伤口上；割伤或擦破皮了，就用牙咬出齿印或用竹管刺个小洞，让叶子的汁渗入伤口，疗效也很好，一两天就愈合结痂，可算是当年的创可贴吧。

冬天的小巷

落叶已归藏于深秋，冬天的小巷，月光带着清冷，格外皎洁，透过稀疏、婆娑的几片树叶印入小巷。家家屋檐的影状清晰可描。西风吹拂，树叶淡淡的沙沙声，伴随着闽侯油厂马拉胶皮车的马蹄敲打石板路的清脆声，时常进入清晨的梦乡，似漫不经心的晨曲。

胶皮车拉走了油，拉来豆子、花生和豆板。闽侯油厂是块插花地，供应闽侯的食油，它是这一带最好的企业之一，自己发电，有电灯，还可洗热水澡。油厂的一个重要功能，是给周边的妇女提供洗头的"香波"。豆子炸过后，豆板被拉走当作饲料或肥料，但它还有个用途就是用来做洗头液，将豆板切出一小块，用热水浸泡后就成了香波，用它洗头，头发蓬松，有光泽、气味好，经济、环保，很受妇女们青睐。

白天，孩子们取暖主要靠户外活动。到了晚上，大人、孩子个个手提"火笼"，这种竹编的取暖器，里面放一个碗状的瓷器，盛入灶膛中未燃尽的木炭，覆上膛灰，睡前先放入被窝中取暖，入睡时再取出，是因担心睡着了被踢翻，烧了被子烧伤人。最好的"火笼"是全铜制的，长期使用后被磨得光亮，如果是古玩件，那就堪称包浆了。

孩子多的人家冬天一床被子要盖两三个人，你拖我拽，时常被冻醒。床垫就是稻草，60年代后期种杂交矮秆双季稻，矮秆不够长，不能做床垫，外婆每年总是托人到淮安她娘家去要几捆长秆稻草，她说，每年换草垫才能睡得暖和。这是不是也应验了那句话"金窝银窝不如自己的草窝"？其实稻草不仅御寒，也挺环保。

1966年，我11岁了，那年冬天的一件事，至今印象十分深刻。有一天晚饭后，舅舅突然回来了，他时任邵武县领导，去福州交界处即现在的西湖宾馆开会，顺道看望外婆。亲友邻居们都闻讯而来，有的还携着煤油灯，昏暗的客厅顿时明亮、热闹起来。我一眼就看到了他胸前佩戴的毛主席像章，红底金黄色的头像，外圈也镶着金黄，有一分钱硬币大小，十分时髦。整个晚上我的眼睛一直没离开这枚像章，完全不知道大人们说了些什么，因为惦记，辗转反侧一夜没睡好。舅舅一早要赶路，先要步行五里路去洪山桥，赶头班公交车参加市里八点钟的会。早上四点多外婆起床做饭，我也顺势滑下床，去灶口帮着烧火。饭做好了，我叫舅舅起床，吃完饭舅舅就告别外婆出了门。

树影在昏黄的路灯下摇曳，石板路忽暗忽明，我与舅舅匆匆踏上小巷。寒雾笼罩，偶尔一两声鸟鸣划破寂静，鸡犬被唤醒，直着嗓子唱晨曲。走了一小段路，舅舅说："回去吧，早上很冷。"我不吭气，只跟着走。又走了一段，舅舅说："回去吧。"我没吭气，还是跟着走，走着走着，我想再不开口就没希望了，于是鼓足勇气，嗫嚅道："舅舅，您这枚毛主席像章，能不能给我？"舅舅笑了，说："跟了半天，是想这个啊！"站在小巷边，他将像章摘下来给了我。我握在手里，十分激动，寒冷一扫而光，脚下轻快了许多，一直把舅舅送到车站。从洪山桥到福州西门有4站公交地，2分钱一站，售票员斜挎着一只多口袋的帆布包，手里拿着木板票夹，撕出一张票就用铅笔划一下。在售票员的催促声中，我挥手与舅舅告别，一转身，立马把徽章别在胸前，觉得自己似乎高大了不少。此后好一阵子，小伙伴们总是无比羡慕与景仰地看着我，使我体味到一种拥有的自豪与满足。这枚像章我保存了很久，部队转业时还见它躺在外婆小梳妆台的顶层。至今回想起来，还会为那种亲情与信任而感动。

福州有首民谣："月光光，照池塘。骑竹马，过洪塘。洪塘水深不能渡，娘子撑船来接郎。"洪山桥未建之前，闽江西岸的人们来福州，常常要乘船或竹筏摆渡，乘竹筏也叫"骑竹马"。记得幼时，从西门到洪塘，沿路还有不少池塘、稻田、菜地间杂，一副山清水秀。小巷不仅是乡村重要的行道，也是闽侯人去往福州的主要通道。公社搬运站有数十条船专门负责两岸的摆渡，一年四季，不分昼夜，一条船有两个船工，一个掌舵一个撑杆，船中央有蓬，两边坐人，船头船尾可堆放货物。

春夏秋冬，应了季节，花市、果市，探亲、访友，渡船上行人、货物也各有差异，但有种现象不分季节与昼夜，即送医的病人。缺医少药的农民不熬到大病躺下是不去城里看病的，这些病人一般都躺在竹椅上，竹椅两头用绳子绑好，中间穿根竹竿，前后两人抬着。每次病人经过，小孩都捂着鼻子跑得很远，家长告诫孩子们要避让，怕晦气也怕传染。大多数病人家贫，舍不得长期住院，从福州回来也多是抬着，但这其中就有区别：逝去的是脚朝前，不论季节脚都露在外面；头朝前的则意味着回家继续休养。渡船，联结了小巷与远方的人群，让小巷的人们也时时感受着远方的风物。

90 年代初修建了洪塘大桥后，闽侯到福州汽车可以直达，从此小巷逐渐萧条，人来人往的喧嚣，让位于本地居民的和平与安宁，留下街巷的古朴与恬静……

月亮是小巷的守护神，她见证着小巷的温柔、多情与忧愁，凝视着人们的快乐与艰辛：春天，她搅动人们的梦想；夏天，她祈祷孩子们成长；秋天，她昭示收获与成熟；冬日，她送来暖暖的梦乡。年轮有迭、四季更替，她用温馨、慈祥的眼神，记载村落的变迁：拆平、重建；乡村、社区……乡村在变，人们的感受也随着时代在变，然而无论怎么变，月光在故乡的小巷撒播的温情，永远不变。

小巷延绵两公里，近千户人家沿途居住、鳞次栉比，由于居住的固定性、农耕生活习性及姻亲相连，人们个个相识相熟，一起读书、一起农耕，经年累月，家家知根知底。这样的熟人社会相互往来、相互影响、相互制约，自然就形成了农村居民们自身的道德规范和评判标准。

几十年来，小巷从未发生过案件，甚至没有偷鸡摸狗的事。和睦的邻里关系、和谐的熟人社会，成为小巷人的集体意识。在故乡，即便是被亲友所诟病的，也往往是善良之人，只是可能某方面小节有亏，乡邻们虽有时小题大做，其实也是见微知著，意在提醒。故乡总给人以更多的包容，她有爱心让你撒欢，更有耐心让你成长。她是永恒的热土，不温不火、不愠不怒，滋润着一个个或悲怆或沧桑、或饱满或快乐的游子之心。

（林依标 我校校友，曾任福建省人大常委会环境与城乡建设工作委员会主任）

第 616 期 2016 年 11 月 30 日

另一种风景——我和华文文学

袁勇麟

我们一般所称的"华文文学",是指台湾、香港、澳门地区作家,以及旅居世界各国的华人作家用汉语创作的文学作品。与华文文学的渊源从何时结下的,似乎连我自己都说不清楚。有时一个人凝视着满橱满架的华文书籍,有一种莫名的安定和亲近,好像感觉到如马来西亚旅台学者、散文家钟怡雯博士所说的"与书神游"的状态:"我通过文字开启深邃宽广的知识世界,同时释放囚在坛子里的书魂。"我能感受到藏在这些华文书籍中的魂魄精灵,那些浮游的心灵,孤独或者喧闹,平静或者焦虑,近在咫尺的呢喃低语,嘈嘈切切的此起彼伏,有种温暖和充实的满足。华文文学研究一直处于文学学科中的边缘位置,这样的身份确实具有某种地域对应关系,身处宏伟的国家民族叙事之外,它似乎更关注具体的生存状态,尤其是一种边缘化的生存状态,也因此,它一直不被纳入主流视野,即使在当今学术界和社会舆论多方提倡的环境下,华文文学研究也还没有享受到充分的观照。但是,空白从某种意义上说也意味着广阔,具有一种更开放更自由的状态,因此,多年来,我始终坚守着这片土地,有一种执着的信念支持着我的守望:那就是出于对华文文学的挚爱深情。

和华文文学的缘分是在不经意间滋生的,然后理所当然地生长、蔓延。当我回首往事,竟然发现走过的每一步都那么巧合,又那么必然,似乎命定的归宿。其实一开始从事学术研究,我接触的并非华文文学,而是现当代文学作家作品。尤其是散文那种凸显自由心性、传达主观体验的文类特征和从容自如、潇洒流利的文体特点,深深吸引着我,以至于我对散文研究情有独钟。也许由于对个体精神和生命体验真实态度的偏爱，我逐渐将目光转移到华文文学上。我现在还记得初次阅读台湾旅美作家白先勇作品时那种强烈的震撼，当时正是20世纪80年代初期，我所接受的教育还较为传统，白先勇那种吸收外国现代文学的写作技巧，融合中国传统的表现方式，以及描写新旧交替时代人物的故事和生活，富于历史兴衰和人世沧桑感的写作深度都打动了我。我似乎意识到，也许一片丰盛肥沃的土地就在不远的地方。紧随其后，便是陈映真、余光中、琦君、张秀亚、陈若曦、李昂、张晓风、席慕蓉、柏杨、李敖、龙应台、钟怡雯等台湾地区作家，以及金庸、梁羽生、小思、也斯、西西、陶然、蔡澜、董桥、梁锡华、金耀基、陶杰等香港地区作家，名单是开列不尽的。我曾经代表文学院请过陈映真、余光中、张晓风、林清玄等人到福建师范大学开讲座，深受学生们的喜爱。华文文学有着显卓的成就，有着频繁的文学步伐，前有古人，后有来者，这条文学之途从未荒芜过，因为文人朝圣的心灵未曾干涸，正是这份心灵，一直以来感动着我，在最柔软的心房。

无论怎么界定，世界华文文学者已经成为了一个具有普遍认同性的学科概念，其差异所在只是人们对这一概念的内涵和价值做出怎样的理解。由纷争到共识，也标志着正在从一个学术概念转为一种学科概念。这也成为中国文化走向世界的窗口，促进了整体中国文学创作和研究的发展。它不同于本土文学，也不同与异域文学，是一种由于空间变化而导致作家情感和文学属性变化的文化表达。由于世界各地都有华人的身影，他们有早期因灾荒战乱而离乡背井的艰难探索者，也有后来因求学交流而远涉重洋的孤零漂泊者。他们的故事或许不同，如一曲高低错落、氤氲昂扬的多声部混杂交响乐章，但这其中一定有着一个主旋律，那就是身为华人的烙印——这个深入骨髓的印痕，总在异国他乡落叶纷飞、黄昏幕障徐徐落下的时候，点燃灵魂深处的悸动，于是他们用文字缓缓书写。我很难形容那是一种怎样的刻骨铭心，也许真的如中国内地女作家徐晓斌说的"以血代墨"，我只是在阅读的时候，在与那些文字相遇的时刻，感受到自己心灵深处的撞击，一声声，敲打着我，让我不由自主地走进这片迷园，聆听那番心声。

与华文文学相遇，我便知道那会成为我生命的一部分。我不想仅仅满足于阅读欣赏，而是希望做出更多有实际意义的建设性工作。除了本身的学术研究之外，我还试图将这块文学版图带入大学课堂中，于是我开设了台港澳暨海外华文文学课程，从本科生的选修课到博硕士研究生的学位课，我一直努力让这片文学天宇纳入更广阔的视野。

记得有学者曾经感慨："文学并非专业所能限制的，它原是精神产品，自然也是精神食粮了。何况台港澳地区及海外华文文学作品往往包含着更多的艺术信息和滋味，因而更具诱人的魅力。"这正是我心中一直想说而未说的话。华文文学，因为它特殊的身份而具有某种程度上的疏离，于是也可能具有了更自由更任性的文学言说。正是这种言说，为我们提供了另一种风景，这道风景，永远有着独具一格的魅力，在人类的精神天宇烁烁闪光。

（袁勇麟 福建师范大学社会科学处处长、教授）

第 625 期 2017 年 5 月 18 日
爱它的人已经老了
李泉佃

说来惭愧，已经很久没有走进新华书店了。

上次去的时候，距今竟已十八个年头。唉，时间过得真快。

那次，是去参加新华书店读书沙龙活动的。

一次，读报得知，厦门新华书店莲坂总店，每周六晚上都会举行读书沙龙活动。那时，我刚到厦门不久，家属还没来，人地生疏，业余时间，也就泡在书店。通过读书沙龙，我不仅认识了本单位的一些同事，也认识了不少外单位的书虫。他们是读书沙龙的常客，而我是新兵，但从踏入书店的那刻起，我的心便不再如飘荡异乡的游魂，而是有了可以安放的温暖巢穴。

往事重提，是 4 月 24 日早上，听广播说，这天，是新华书店值得铭记的日子。因为，80 年前的这一天，新华书店诞生了。

我记住这条新闻，是想说，大凡出生于 20 世纪 70 年代之前的人，对新华书店，都怀有一种特殊且绵长的情感。尤其是像我这样的 50 后。那些年，经历过文化大萧条，博物馆、图书馆近乎关闭，唯有新华书店大门始终是敞开的。

新华书店留给我终生难忘的印记，是 20 世纪 80 年代初，我在福州读书期间。

我们这代人，深受"文革"荼毒，深知知识重要，深感时不我待，因此，在学期间，几乎一心扑在书本上。大学四年时光，我只去过一趟福州鼓山及福州西湖。每逢周末，窗外小鸟开始喞啾，就早早地起来，到了食堂，一碗粥，一个馒头，打发了自己，就紧赶慢赶步行前往台江。

第五辑　闲笔落花

从仓山到台江，解放大桥横卧闽江，桥的这头，是我的母校，桥的那头，是一家书店，准确地说，是新华书店。这家书店，面积200多平方米，是临街的一个店面，外墙装修与内部陈设极不起眼，书籍的摆放，也没有多少规则；但这里，却聚集着大量读者，类似我这样的学生是主流。

我经常诧异于这里书籍内容之丰富，文艺书占了一半以上，西方现代文学著作、汉译世界学术名著等，一应俱全；一些新书一上架，迅速脱销，又迅速增补。记得卖得最好的是《百年孤独》《鲁滨孙漂流记》《安娜·卡列尼娜》等。我是个穷学生，虽嗜书如命，却囊中羞涩，很多时候，只能望"书"兴叹。省吃俭用，从自己的口粮中，硬生生地克扣些许购书费，只能挑最便宜的买。那时候，出版社还真的挺替读书人考虑的，不讲究装帧，不以牟利为目的。当时，上海人民出版社出版了一套"五角丛书"，每本不多不少，定价一律五毛，即便书略厚些，价格也不变。这套丛书，大多是从文化角度，普及科技知识，精巧的文字，仿佛是一把打开新世界大门的金钥匙，让人印象深刻，使我如获至宝。几经搬家，几经折腾，家里一些书，该淘汰的也淘汰了，可这套丛书，却始终陪伴着我。除了在这里买书，更多时候，是在这里读书。书店早上八点就开门，直至晚上九点才打烊。那时，我们正在上外国文学课，也不知老师是否有偏好，特喜欢讲授拉丁美洲文学，尤其讲到哥伦比亚作家加西亚·马尔克斯《百年孤独》时，就两眼发亮。受他影响，我曾在台江新华书店蹲了整整四个周末，囫囵吞枣，将《百年孤独》给生吞活剥了。

我记住这条新闻，也与去年底的一次公差有关。

去年11月，到西安开会。我这个人有红色情结。比方，最想去的地方，无非是遵义、延安、井冈山、六盘山等。于是到了西安，下了飞机，就直奔火车站，自费买了到延安的动车票。近两个小时车程，下了车，当即赶往宝塔山。"几回回梦里回延安，双手搂定宝塔山"，心里默念着《回延安》，心想，总算没有对不起贺敬之了。接着，又步履匆匆地赶往宝塔山对面的清凉山。

在延安众多的革命旧址中，清凉山的新闻出版部门旧址是新中国新闻出版事业的摇篮，中共中央在延安时期，这里曾是新华通讯社、解放日报社、新华书店、中央印刷厂等众多新闻出版部门的所在地。

在清凉山，我了解到，新华书店最早叫新华书局，诞生于1937年4月24日的延安，原本是为了对外发售中国共产党的理论刊物《解放》周刊。当时没有门店，工作人员在延安万佛洞底层的两门洞窟外，摆放了一张桌子，既当办公桌，也当卖书柜。

讲解员跟我们说，在佛像下，印刷党的报纸杂志，发行党的理论刊物，宣传党的方针政策，是当年延安革命圣地的一大特色，这也足以说明我们的党，有着大海一样的胸怀。

时光走走停停，随着数字时代和网络时代的来临，人们的阅读习惯发生了深刻变化，已很少有人再将新华书店当作唯一的精神家园了，一些不堪重负的基层新华书店相继"关门大吉"。

但是，我始终认为，实体书店和纸质阅读，对一座城市的强盛和一个人的成长，有着深远的影响。国家层面也意识到这个问题，已着手实施实体书店扶持政策，越来越多的新华书店也开始主动出击，为购书者提供更好的阅读环境、更多的服务内容和更多元的业态组合，使书店不仅是卖书之所，还是一个名副其实的文化生活空间。

但无论如何改，我还是怀念曾经保留一片僻静空间、静候一颗浮躁的心的新华书店。或许，爱它的人，真的老了。

（李泉佃 文学院 1980 级校友，曾任厦门市委宣传部副部长、厦门日报社社长）

640 期 2018 年 4 月 16 日
我的 2017 年
穆克宏

我是 1930 年出生的，到 2017 年，虚龄已是 88 岁了。88 岁，即民间所谈的"米寿"。米者，上八下八，中间是十，即八十八。

今年是 2018 年。我的"米寿"之年 2017 年已经逝去。但是回顾起来，记忆犹新。

2017 年，我最大的收获是学术研究工作的继续。从 20 世纪 60 年代开始，我开始六朝文学的研究工作。我的六朝文字研究工作是从研究《文心雕龙》开始的。由于"文化大革命"的影响，我的学术研究工作不得不停顿下来。直到 1977 年，才恢复了正常。1977 年以后，我每年都有论文发表，已发表论文一百余篇，出版学术研究著作十余部。我活到"米寿"之年，还能撰写作文、发表论文，实在不容易。为此，我感到十分高兴。

2017 年，我先后发表学术研究论文三篇。

《<文选>文体分类再议》，发表在《中国典籍与文化》2017 年第 1 期（总 100 期）上。此文评论了《文选》的文体分类。《文选》的文体分类学术界颇有争议，有三十七体、三十八体、三十九体、四十体之说。我认为李善注《文选》文体分三十七体是继承了萧统《文选》的原始分类，是正确的。而五臣注《文选》分的三十七体，骆鸿凯等分的三十八体，汲古阁《文选》分的三十九体，刘永济等分的四十体，改变了萧统《文选》的原始分类，都是不正确的。

《汪师韩<文选理学权舆>平议》，发表在《文学遗产》2017 年第四期上。清代汪师韩的《文选理言权舆》是研习《文选》的入门书。其内容分为撰人、注引群书目录、选注订误、选注辩论、选注未详、前贤评论、质疑八卷，对《文选》和李善注做了比较全面的介绍和评论，以供读者参考。作者汪师韩是清代著名的《文选》学家，他的《文选理学权舆》，在历史上对《文选》的传播起了积极作用。

《陆机的籍贯》，发表在中华书局出版的《文史知识》2017 年第 12 期上。陆机是西晋太康时期著名的文学家。他的籍贯，学术界一直存在不同看法。这是史籍不同记载造成的。《三国志·吴书·陆逊传》云："陆逊，字伯言，吴郡吴人。"陆逊是陆机的祖父，陆逊是吴郡吴人。即今江苏苏州人。陆机的祖父是苏州人，陆机自然是苏州人。《晋书·陆机传》云："陆机，字士衡，吴郡人也。"这里否定了根据《三国志》的记载，认为陆机是苏州人的说法。认为他不是苏州人，而是吴郡人。吴郡区域广大。陆机的籍贯在何处？我以为吴郡华亭（今上海市松江区）人，许多资料都可以证明这个论断。

以上三篇论文，是我研究《文选》学的系列论文，已收入《穆克宏文集》。

2017 年，我点校的《玉台新咏笺注》，中华书局出版了典藏本，精装，上下两册，外加封套，十分精致，美观，供人收藏。《玉台新咏》是《诗经》《楚辞》以后最古的一部诗歌总集，它专选歌咏妇女的诗篇，产生在六朝时期的梁代，距今约一千五百年。学习中国文学史的人必须了解这部书，学习六朝文学的人必须阅读这部书，值得收藏。

2017 年 7 月至 10 月。中华书局陆续将《穆克宏文集》四册的清样陆续寄来，请我校阅。我用了四个月的时间，校阅了一遍，改正一些错字。但是校书如扫落叶，扣了一层，还有一层，打扫干净是十分困难的，这部一百七十余万字的大书，消灭错字，对我这个年迈的作者来说，几乎是不可能的。中华书局原拟在 2017 年底出版此书。为此，我还写了一篇《＜穆克宏文集＞简介》在福建师范大学校报（2018 年 1 月 30 日）和中国《文心雕龙》资料中心，中国《文选》资料中心主编的《文心学林》（2017 年第二期）发表。谁知就在去年年底，中华书局领导人提出消灭中华书局出版书籍的错字，每一万字只允许一个错字，有两个错字就不合格。这样，《文选》的责任编辑又要将《文集》再校阅一遍，还得查对引文，这就需要很长的时间，《文集》的出版就被推迟了。预计大约今年秋季可以问世。这里顺告读者，并表示歉意。

撰写学术研究的论文和著作是十分艰难的事情，每当我在从事此项工作前，我常常想到英国哲学家弗兰西斯·培根在《新工具》中说的一段话，他说："假如有人……转入图书馆而惊异于所见书籍门类之浩繁，那么只需请他把它们的实质和内容仔细检查一下，他的惊异一定会调转方向，因为，他一经看到那些无尽的重复，一经看到人们老是在说着做着前人已经做过的东西，他将不复赞叹书籍的多样性，反要惊异于那直到现在还盘踞并占有人心的一些题目是何等的贫乏。"这一段话经常浮现在我们的头脑之中。我写论文，写书都是提出自己的见解，对这些见解，加以论述。不知道与前人的研究有没有"重复"，如有"重复"就没有学术价值可言了，我希望我写的论文和著作，表达的是我的思想，不与前人的论文和著作重复。如果"重复"，必将受到时间的淘汰和社会的唾弃。

学术研究是无穷的，而人生是短促的。人的一生，个人的研究成果是十分有限的。光阴如白驹过隙，转瞬之间，我已是耄耋老人。俗语说："活到八十八，不知瘸和瞎。"人在"米寿"之后，身体衰弱，精力不济，已不能坚持正常的学术研究工作了。研究"《文选》学"我还有许多工作要做，可是已经力不从心了。壮志未酬，为人生留下许多遗憾。"老骥伏枥，志在千里。烈士暮年，壮心不已。"奈何！

（穆克宏 福建师范大学文学院教授）

641 期 2018 年 4 月 28 日

五月的惊雷

——纪念马克思诞辰二百周年

魏建翔

五月的惊雷
从夜空劈落。
是普罗米修斯的天火，
还是那个游荡的幽灵
降自天国？

不是幽灵，
如何能解开命运的铁锁，
引渡向自由的王国。
不是天火，
为什么燃烧了权贵的宝座，
横扫千年的痼疾沉疴？

狂风吹，暴雨落。
禽兽四散，无处可躲。
雷声隆，紫电闪。
满地红绿，锦旗霍霍。

同志啊，请相信，
当云消雨过，

<<< 第五辑 闲笔落花

东方将会升起
一颗明亮的幸福之星。
人类会从睡梦中惊醒,
开始新的生活。

(魏建翔 福建师范大学学校办公室)